Per Olov Enquist

Kapitän Nemos Bibliothek

Roman

Deutsch von Wolfgang Butt

Deutscher Taschenbuch Verlag

Von Per Olov Enquist
ist im Deutschen Taschenbuch Verlag erschienen:
Gestürzter Engel (19006)

Ungekürzte Ausgabe
September 1998
Deutscher Taschenbuch Verlag GmbH & Co. KG,
München
© 1991 Per Olov Enquist
Titel der schwedischen Originalausgabe:
›Kapten Nemos bibliotek‹ (Norstedts, Stockholm)
© 1994 der deutschsprachigen Ausgabe:
Carl Hanser Verlag, München · Wien
Umschlagkonzept: Balk & Brumshagen
Umschlagbild: Ausschnitt eines Gemäldes von Christen Købke
Satz: Fotosatz Amann, Aichstetten
Druck und Bindung: C. H. Beck'sche Buchdruckerei,
Nördlingen
Gedruckt auf säurefreiem, chlorfrei gebleichtem Papier
Printed in Germany · ISBN 3-423-12506-3

Prolog
(Die fünf letzten Vorschläge)

1 Jetzt, bald, wird mein Wohltäter, Kapitän Nemo, mir befehlen, die Wassertanks zu öffnen, damit das Schiff, mit der Bibliothek darin, sinkt.

Ich bin die Bibliothek durchgegangen, aber nicht alles. Früher träumte ich insgeheim davon, ich könnte einmal alles zusammenfügen, einen Schlußstrich ziehen unter alles. Um am Ende sagen zu können: so war es, so ging es zu, dies ist die ganze Geschichte.

Doch das wäre wider besseres Wissen. Wider besseres Wissen ist andererseits eine gute Art, nicht aufzugeben. Wüßten wir es besser, gäben wir auf.

Es ist, glaube ich, kein Fehler, Angst zu haben und die ganze Zeit zu sagen: *jetzt, bald*. Schlimmer ist es, wenn das Ganze vorbei ist, und es wird daraus: *damals, nie*. Dann ist es zu spät, Angst zu haben.

Josefina Marklund besuchte mich ein einziges Mal in den Jahren, die ich in Verwahrung war, als ich schwieg über das, was eigentlich geschehen war, die vier Jahre und zwei Monate, in denen ich nichts zu sagen hatte, obwohl ich einiges zu sagen gehabt hätte. Man kann ja anfangen zusammenzufügen, auch wenn man noch schweigt. Sie kam mich also besuchen. Drei Monate später war sie tot, und das grüne Haus wurde verkauft.

Es war schon etwas einseitig. Sie redete hauptsächlich selbst. Sie kam auf Eeva-Lisa zu sprechen und sagte, sie habe soviel Hoffnung gehabt, als sie gekommen sei. Sie hatte gehofft, daß, ja. Daß Eeva-Lisa, obwohl sie ein Kind war, wie eine Mutter für sie werden würde. Obwohl sie selbst die Mutter war. Ungefähr so, aber nicht mit diesen Worten. Und am Ende war es die reine Katastrophe. Danach brachte sie nichts mehr heraus.

Kein Wort davon, daß sie gehofft hatte, sich des toten Jungen annehmen zu können. Ich muß schon sagen. Ich muß schon sagen.

Wenn man nichts mehr herausbringt, wird es *damals, nie*. Und dann sitzt man da und muß flennen.

Als sie ging, sah ich, daß sie daran dachte, mich zu streicheln oder so, aber sie fand wohl, daß es unnötig wäre.

Wenn man an all das denkt, wozu es nicht kam, weil es unnötig war. Ihrer hätte ich mich auch annehmen müssen.

2   Härte und Tränen. Härte und Tränen.
Zuerst wurde es mir eingeschärft. Dann Johannes, dann Eeva-Lisa. Josefina schärfte uns allen ein, daß Gott der strafende Vater sei, nicht »wie« ein strafender Vater, nein, die Botschaft lief darauf hinaus, daß zwischen ihm und den irdischen Vätern kein Unterschied war. Die irdischen Väter waren abwesend und tot, aber gerade durch ihre Abwesenheit stellten sie eine Art von Bedrohung dar, und sie schärfte uns ein, daß dies die Natur eines Vaters sei. Aller Väter. Gott war der absolute Vater. Strafend.

Es gab jedoch Hoffnung. Diese Hoffnung war der Menschensohn. Er war nicht so böse, fast bösartig, wie Gott. Der Menschensohn war nettig und allgemein beliebt und hatte eine Wunde in der Seite, aus der Blut und Wasser flossen und in der die Elenden sich verstecken konnten wie in einer Höhle, verborgen vor dem Feind.

Das war auch im Dorf die allgemeine Meinung. »Und alsbald ging Blut und Wasser heraus.« Man beendete jedes Gebet mit den Worten »Um des Blutes willen, Amen«.

Jesus war der Fürbitter vor dem strafenden Gott. Ich brauchte meine ganze Kindheit, um zu lernen, daß der Menschensohn im allgemeinen keine Zeit hatte. Und er war auf jeden Fall in den letzten sechzehn Tagen nicht bei Eeva-Lisa und mir in der Grotte der toten Katzen.

Johannes bekam eine Pflegeschwester als Belohnung, es war eine Art Versöhnungsgeschenk, für ihn, aber nicht für mich.

Das war das Komische. Er glaubte sicher, er müsse sich dieses schöne Geschenk verdienen. Aber das Allerbeste braucht man sich nicht zu verdienen. Die Schönen, Tüchtigen und Nettigen machten sich verdient, aber die anderen konnten das Schönste trotzdem bekommen, vollkommen unverdient.

Es war der Wohltäter, Kapitän Nemo, der mich zur Nautilus führte, zu Johannes, und zur Bibliothek.

Es ist klar, daß Johannes die ganze Zeit log. Er hatte wohl auch Angst. Aber ich lernte mehr aus seinen Lügen als aus seinen Wahrheiten. Die Wahrheiten waren immer uninteressant. Aber wenn er log, entfernte er sich nie sehr weit von ihnen. Er präsentierte mir die Lügen wie eine Art Entschuldigung. Eine Bitte um Vergebung. Als könnte man sich selbst um Vergebung bitten.

Doch, das kann man wohl. Vielleicht ist es das, was man die ganze Zeit tut.

Wenn er lügt, versucht er im allgemeinen, etwas Wichtiges zu verbergen. Das ist die Regel.

Wenn man keinen Namen hat, ist man niemand. Auch das ist eine Art Befreiung.

Der letzte Text, den Johannes schrieb, bevor er starb, auf der Küchenbank in der Nautilus, die Finka ungegessen, die Küche unaufgeräumt und die Filzstiefel draußen im Flur, war der Versuch einer Rekonstruktion der Szene, als Eeva-Lisa fortgeschickt wurde. Er versuchte verschiedene Varianten. Nicht gerade eine großartige Rekonstruktion, eher eine Beschwörung.

»Wie sie mir genommen wurde.« Ich bemerke den ein wenig feierlichen Tonfall.

Josefina Marklund, die er ständig beschwörend »meine Mutter« nennt, obgleich er wußte, daß sie meine war, sie hatte ganz oben auf der Treppe zum Obergeschoß gestanden und wütend zu Eeva-Lisa hinuntergesprochen. Wirklich, »hinunter« zu Eeva-Lisa, wie ein strafender Gott. Johannes wollte wohl diesen Eindruck vermitteln. Und ganz unten am Fuß der Treppe hatte er selbst gestanden, als Augenzeuge.

Mit den Lokalitäten hält er es immer genau. Die Treppe, die Nebengebäude, die Zimmer, die Hagebuttenhecke, die Quelle. Beinah jeder Nagel. Sobald er von Menschen spricht, lügt er. Nägel, Heizkörper und Tiere beschreibt er hingegen mit großer Wahrheitsliebe.

Aber es gibt ja immer einen Anfang.

Die Treppe kommt häufig vor. Und das Schlafzimmer mit der Feuerleiter, die Papa montierte, als das Haus gebaut wurde, und die Eberesche, die ein Glücksbaum war, auf dem es im Winter Schnee und Vögel gab. Und der Dachboden, wo Eeva-Lisa im Sommer ihr Bett hatte.

Der Dachboden war voller Gerümpel, und ganz hinten war ein Verschlag mit alten Zeitungen. Hauptsächlich *Norra Västerbotten*, mehrere Jahrgänge. Wenn auf dem Lokus das Papier ausging, wurden die Zeitungen dahin gebracht. Man konnte auch Dinge darin einwickeln. Fisch zum Beispiel, oder was sonst in den See geworfen werden sollte.

Der Hutzucker stand auch da. Er stand auf einem Butterbrotpapier, und daneben lag die Zuckerzange.

Er führte Buch über die Punkte, wo er am unsichersten war. Mit Nummer und allem. Es machte ihn vielleicht sicherer.

Eeva-Lisas Mutter hieß also, behauptet er, Backman. Sie »war geboren in Nyland, wurde in der Zwischenkriegszeit in Berlin zur Konzertpianistin ausgebildet und hatte vielleicht Wallonen- oder Zigeunerblut in sich. Sie führte jedoch ein zweifelhaftes Leben, erkrankte schwer an Parkinsonismus und wurde schließlich in Misiones, Nordargentinien, von der örtlichen Polizei aufgefunden, als sie schon halb von den Ratten aufgefressen war.«

Das ist sein Standpunkt.

Er beschreibt Frau Backmans Tod als etwas, das sehr weit weg geschah. Unfähig sich zu bewegen, halb von den Ratten aufgefressen. »Und da wurde zuletzt der erste Stern auf ihrer Wange angezündet.«

Es ist ja möglich. Aber so führt ein Verräter in die Irre, der nicht aufdecken möchte, daß etwas sehr nah geschieht, nicht weit weg, in Misiones, Nordargentinien.

Vom Hutzucker schreibt er oft.

Josefina hatte ihn und Eeva-Lisa in die Küche geholt, und sie hatten sie zwischen sich genommen und waren vor der Küchenbank auf die Knie gefallen. Es sollte einen Strafgottesdienst vor dem liebevollen Gott geben.

Für Eeva-Lisa, die gesündigt hatte.

Es war etwas ganz Unbedeutendes, ein kleiner Diebstahl, vielleicht fünfundzwanzig Öre. Aber man mußte dafür beten, daß diese Saat der Sünde nicht auch auf den geliebten Sohn übertragen wurde, der wiedergefunden und wieder in die Familie aufgenommen und im Unterschied zu mir nicht ausgestoßen war. Josefina würde unisono, also für sich selbst, beten, daß nicht die Saat der Sünde übertragen würde auf Johannes, ihn nicht hinabzöge in das schwarze, schwindelerregende Loch, das der tiefste Grund des Meeres war.

Er ist sehr ausführlich in der Beschreibung dieser Teufelsaustreibung.

Hinterher hatten sie ein Lied gesungen. Eeva-Lisa, die Sünderin, hatte mitgesungen, aber war ansonsten still gewesen. Um des Blutes willen, Amen.

Später am Abend war Johannes zu ihr auf den Dachboden gegangen.

Es war Sommer. Draußen vor dem Fenster war der Hügel mit den Espen. Sie waren riesig, wuchsen wie Unkraut und zitterten, als ruhte unter der Erde ein Vulkan schwer in seinem Schlaf: wir Kinder begriffen, das war seine Natur. Vulkane schliefen immer. Die Espen wußten jedoch, daß es sie gab, sie hörten viel besser als Menschen. Eher wie Katzen.

Er war zu ihr auf den Dachboden gegangen und hatte ihren Namen geflüstert. Sie hatte nicht geantwortet. Er hatte sich auf die Kante des Bettes gesetzt. Ihre Augen waren dunkel, sie waren fest auf ihn gerichtet. Es war, als wollte sie dadurch, daß sie ihn fixierte, eine Antwort provozieren, oder ihn um etwas bitten, aber die Augen waren auch wachsam. »Als wäre ich ein Sendbote Josefinas, der Frau, die solchen Haß auf sie hatte, und die sie ihre Mutter nannte, die aber ihre Todfeindin war.«

Das schreibt er. Auf diese Weise sind alle seine Texte in der Bibliothek der Nautilus barmherzige Beschwörungen. Aber ich lasse mich nicht länger betrügen.

Ihre Augen dunkel, ihr Haar dunkel, die Nägel abgekaut. Ich weiß, daß er sie liebte.

Sie atmete unmerklich, schwieg aber. Er streckte dann die Hand aus und hielt ihr das Stück Kandiszucker hin. Sie rührte sich nicht, nahm es nicht an. Er wartete, die Hand ausgestreckt.

Draußen in der Sommernacht rührten sich die Blätter der Espe, sanft, nicht warnend, aber unruhig. Doch er schreibt nur über Eeva-Lisas Augen.

Er wußte, wie die Frage lautete. Er hielt ihr den Kandiszukker hin. Fast unmerklich wandte sie den Kopf von ihm fort. Da bewegte er das Stück Kandiszucker näher zu ihr hin, hielt es dicht an ihren Mund. Ihre Lippen trocken, etwas zerbissen, sie atmete lautlos. Dicht, dicht vor ihre Lippen hielt er das Stück Kandiszucker.

Und dann, endlich, sah er, wie sich ihre Lippen still öffneten, nicht viel, aber genug, daß er sehen sollte: und mit der äußersten Spitze ihrer Zunge rührte sie vorsichtig an die weiße Bruchkante des Kandiszuckers.

»Es gibt nur drei Arten von Menschen: die Henker, die Opfer und die Verräter. Die Henker und die Opfer sind ja so leicht zu verstehen. Die Verräter haben es schwerer. Ich glaube manchmal, daß jeder Mensch einmal in seinem Leben gezwungen werden sollte, ein Verräter zu sein. Dann würde man die allerschlimmsten Übeltäter besser verstehen. Die, die es am schwersten haben. Wenn man selber einer war, weiß man besser, was ein Mensch ist, und man kann sie verteidigen.«

3 Sechs Monate, nachdem Johannes und ich geboren wurden, starb Papa, also der, der zumindest der Vater eines von uns war.

Man glaubte, es sei der Blinddarm. Aber es war etwas anderes, eine ererbte Krankheit, die es fast nur in den Dörfern im oberen Norrland gab, Porphyrie. Sie wurde ererbt, das war die innere Wurzelfaser des Todes zwischen den Generationen. Da die Krankheit so ungewöhnlich war, glaubte man immer, es sei der Blinddarm, und verschrieb Medizin dafür, oder man operierte – wenn es dann Porphyrie war, fast immer mit tödlichem Ausgang.

Er war es, der das grüne Haus gebaut und die Feuerleiter angebracht hatte.

Einer von uns, Johannes oder ich, hat den Abdruck dieser Krankheit in sich. Beide wollten wir den Abdruck haben. Es war das Erbe des Todes, damit wir würden leben können. Es gibt viele, die nicht wissen, wer ihr Vater ist. Aber eine Mutter, die nicht weiß, ob ihr Kind ihres ist – das ist ungewöhnlich.

Es wurde auch für Johannes und mich ungewöhnlich.

So komisch kann es sein, wenn man verwechselt wird. Man hat nichts außer der Hoffnung, wenigstens eine Krankheit geerbt zu haben, den kleinen Abdruck des Todes im Leben, der uns überleben helfen soll. Das Erbe, das Anspruchsloseste, die kleine, sonderbare Krankheit, das, was einen aneinander bindet, obwohl das Leben zu trennen versucht.

Ich muß überlegen. Nachdem ich Johannes in dem Unterwasserfahrzeug wiedergefunden habe, geht es ja praktisch auch um mein Leben.

Der Vorfall auf der Treppe ereignete sich im Dezember 1944. Zufällig weiß ich es genau. Damals wurde ihm Eeva-Lisa genommen.

Sie sollte fortgeschickt werden.

Alles, was nicht weh tut, ist dokumentiert, von der Form der Treppe bis zur Position des Pinkeleimers. Und wie sie zu Eeva-Lisa hinunterschrie, daß sie fort sollte.

Aber nicht, warum. Es ist unfaßbar, daß er nicht sieht, daß Josefina Marklund furchtbare, ungeheure Angst hat. Unglaublich, daß man so blind sein kann, dieses vor Entsetzen zusammengezogene Rosinengesicht nicht zu sehen.

Man merkt, daß der Tonfall, wenn er sie belügt, nicht der richtige ist.

Jetzt, bald.

Es ist, glaube ich, nicht so sonderbar, daß man Angst hat. Das haben alle. Dann sagt man *jetzt, bald* und hofft insgeheim, daß es einmal zu spät sein wird.

Ich bin weit gereist nach dem, was damals mit Eeva-Lisa geschah, und nach den sechzehn Tagen und Nächten mit ihr in der Grotte der toten Katzen. Und es sind viele Jahre vergangen, ich habe mir ziemlich weh getan, auch anderen ziemlich weh getan. Wenn ich an Johannes und Eeva-Lisa und mich dachte, war es lange wie ein scharfer, brennender Schmerzpunkt, wie ein Sandkorn im Auge, und es dauerte fast ein ganzes Leben, bevor ich begriff, daß es der kleine Schmerz war, der mir sagte, daß ich lebte. Und daß ich wohl trotz allem eine Art Mensch war.

Wenn man den Schmerz fortwirft, war er vergebens. Dann hat er nur weh getan.

Er schickt mir Signale auf seinen kleinen Krakelzetteln aus der Bibliothek. Ich fand sie überall in der Nautilus.

Habe sie eingesammelt.

»Hauche mein Gesicht hin.«

»Man muß seinen Wohltätern dankbar sein, sonst muß man Scham empfinden, und Schuld.«

Scham, und Schuld.

Aber ich weiß ja, daß er sie liebte. Und als es zu spät war, war der erste Stern auf ihrer Wange schon angezündet, und ihm selbst blieb nur noch, sich für alle Zeit in Kapitän Nemos Bibliothek einzuschließen, um die Beschwörung zu rekonstruieren.

Wir entdeckten die Grotte der toten Katzen am selben Tag, an dem wir die Vogeljungen töteten. Es war das Jahr vor der Auswechslung, als Johannes noch mein bester Freund war.

Wir hatten oben im Wald, nahe dem Pfad, der zur Spitze des Bensbergs hinaufführte, ein Vogelnest gefunden. Wir fanden das Nest auf der rechten Seite von unten gesehen. Fünfzig Meter tiefer im Wald entdeckten wir danach die Grotte mit den toten Katzen.

Die Katzen machten es, als ich Kind war, wie die Elefanten: sie zogen sich zurück, wenn sie sterben mußten. Über Elefanten wußten wir alles, sie enthielten der Welt ihren Tod vor, sie verbargen ihren Tod vor dem Leben. Wie bei uns die Katzen. So hatte der Tod für uns zwei Gesichter, die nicht zueinander paßten, oder die das gleiche zum Ausdruck brachten, aber auf verschiedene Weise. Einerseits war es wichtig, die Toten im Sarg zu fotografieren. Die Leichenfotos waren wichtig. Sie wurden eingerahmt und auf die Kommode in der kleinen Kammer neben der Küche gestellt. Dort konnte man sich dann mit den Toten vergleichen, mit seinem Vater beispielsweise, und das Blut gefror einem in den Adern, wenn man fand, daß man es selbst war, den das Foto zeigte. Das gab sich mit der Zeit, und was blieb, war die Einsicht, daß man ein Teil des Toten war. Gleichzeitig aber sollte man es mit dem Tod halten wie ein sterbender Elefant. Man entzog sich dem Leben und starb, obwohl man lebte, aber abgesondert.

Viele lebten so.

Das Vogelnest war fast oben am Gipfel des Berges, wo der Elchturm stand. Die Eier waren eben erst ausgebrütet, die Jungen lebten und sperrten unentwegt die Schnäbel auf. Sie forderten die ganze Zeit, doch wir hatten nichts. Wir fanden jedoch, daß sie nettig wirkten, und wollten Laub darüberlegen, wie eine Schaffelldecke, gegen die Nachtkälte, damit sie nicht frören.

Sie fühlten sich ein bißchen klebrig an.

Wir kamen zwei Tage später zurück. Das Laub lag noch da, unberührt. Wir nahmen es fort. Die Vogeljungen waren tot. Sie hatten nicht verstanden, daß wir Wohltäter waren. Der Mensch hat eine Art tötenden Geruch, und so wurden sie allein gelassen.

Wir konnten nichts tun. Wir hatten die Vogeljungen ermordet. Wir hatten ihnen den menschlichen Geruch des Todes angeheftet.

Ich erinnere mich, daß wir empört waren. Die Vogelmama hatte die Jungen einfach verlassen. Es war das Jahr vor der Auswechslung, als Johannes noch mein bester Freund und noch nicht in das grüne Haus eingezogen war.

Am selben Tag entdeckten wir die Grotte der toten Katzen.

4 Ich hatte nicht ein einziges Buch, als ich Kind war, aber nach der Auswechslung bekam Johannes nacheinander zwölf, und eines davon schenkte er mir. Es war »Die geheimnisvolle Insel«.

Unsere ganze Kindheit hindurch lernten wir, Signale zu deuten und Signale zu geben. »Die geheimnisvolle Insel« war ein Signal. Es galt nur, es zu deuten. Es dauerte fast ein ganzes Leben, aber schließlich konnte ich es.

Das wichtige war das Todeslager des Wohltäters. Der Wohltäter, der sich Kapitän Nemo nannte, hatte sein letztes Lager in der Mitte des Vulkans Mount Franklin. Er hatte Zeit für die Siedler auf der Insel, die Halbblinden, Gestürzten, für die, die fast nicht glaubten, daß sie Menschen waren. Der Menschensohn war ein Vorbild, aber er hatte nie Zeit. Auf den Wohltäter konnte man sich verlassen.

Alles wäre so einfach gewesen, wenn ich von Anfang an verstanden hätte. Johannes sollte in der Bibliothek der Nautilus auf mich warten. Kapitän Nemo würde mir den Weg weisen. Und dort würde ich endlich alles zusammenfügen können, die Wassertanks öffnen und hinausrudern.

Die Geschichte handelt von Johannes und Eeva-Lisa und mir und Alfild und Mama in dem grünen Haus. Aber ich verstand sie erst, als ich Johannes in Kapitän Nemos Bibliothek wiedergefunden hatte.

Es ging so vor sich.

Die Franklininsel lag vor der nyländischen Küste.

Von Kapitän Nemo stammten die Anweisungen. Ich sollte nur der dünnen Metalleitung folgen, hinein durch den halb eingestürzten Tunnel, der zum Vulkankrater führte.

Das stand im Buch. Es war einfach.

Die dünne Leitung verschwand im Wasser. Ich ankerte dicht bei der Klippe, das Boot schlug gegen den Felsen im Meer wie der Schnabel eines Vogels, aber nicht einmal eine Sekunde der Ewigkeit wäre verflossen, wenn ich auch für immer dort geblieben wäre. So war es, Mensch zu sein im Verhältnis zu Gott: Gott war die grauenvolle Ewigkeit, aber es war die Aufgabe des Menschen, den Berg der Ewigkeit mit seinem Vogelschnabel abzutragen, um zu dem Wohltäter vorzudringen. So begriff ich den Zusammenhang, als ich Kind war.

Etwas Hartes und Riesiges, das Gott war und sich die Ewigkeit nannte. Und etwas Kleines und Hartnäckiges, das der Mensch war, mit einem Vogelschnabel, und das einst Gott abtragen würde, der der schwarze Fels im Meer war. Es war unglaublich, beinah nicht möglich. Aber man mußte es versuchen. Und kein Wunder, daß ein Menschenwurm in diesem hoffnungslosen Kampf gegen Gott die Hilfe und Führung eines Wohltäters brauchte.

Das Hochwasser verbarg die Mündung des Tunnels. Ich mußte warten. Die Flut würde zurückgehen und der Eingang frei werden.

Ich saß unter einem Felsvorsprung. Regen fiel, ein Sturm kam und ging, es wurde still, und ich sah, wie das Wasser sank. Ich dachte daran, daß ich bald eine Erklärung bekommen würde. Man kann Liebe nicht erklären. Aber wenn man den Felsen im Meer, der Gott ist, abtragen kann und einen das zum Menschen macht, warum sollte man da nicht die Liebe erklären können?

Ich setzte mich wieder ins Boot und begann, zur Mitte des Vulkankraters zu rudern.

Die Grotte weitete sich langsam. Schließlich konnte ich sie in ihrer Gesamtheit sehen. Sie war ungefähr dreißig Meter hoch, eine gigantische unterirdische Kathedrale mit blauweiß schimmernder Decke und weich einfließenden rotweißen Tönen; sie erhob sich in einem gewaltigen Bogen über dem See, der den Boden der Grotte bedeckte: es war, als ginge man in das Innere eines Menschen hinein.

Im Bauch des Menschen, dort befand ich mich. Wie in meinem eigenen Innersten: ich betrachtete das allereinfachste Geheimnis in dem Rätsel von innen heraus, wo es sich immer befunden hatte, aber wo man es nie erwartet hätte.

Die Decke der Grotte schien von Säulen getragen zu werden, zig oder Hunderte beinah identischer Säulen, die die Natur selbst geschaffen hatte: vielleicht schon, als die Erde entstand. Ich stellte mir gern vor, daß die Erde in einem einzigen Handgriff entstanden war, plötzlich geschaffen wie in einem Akt der Liebe.

Die Basaltsäulen standen mit ihren Füßen in der blanken reglosen Wasserfläche, eingelassen in das schwarze, quecksilbergleiche Wasser; ja, so kam dieses Wasser mir vor, wie blankes, schwarzes Quecksilber, das sich nicht damit abfand, mit dem Meer um die Insel in Verbindung zu stehen, sondern es vorzog, still zu sein und sich nicht beeinflussen zu lassen von den Stürmen des Lebens. Hier drinnen war es so still. So wollte dieser Quecksilberarm seine Stille haben.

Ein Arm schwarzen Wassers stieg durch das Innere des Vulkans nach oben, ein schwarzer Riesenarm, der sich hier, in der Mitte des Lebens, erhob.

In der Mitte des Lebens.

Ich ließ das Boot langsam vorausgleiten, dann anhalten. Und dort, in der Mitte, sah ich nun das Schiff.

Es kam Licht vom Deck des Fahrzeugs, es waren zwei Lichtquellen, vielleicht zwei Scheinwerfer. Die Lichtarme waren erst gebündelt und konzentriert, streuten dann aber ein wenig. Das Licht prallte gegen die Wände der Grotte und verwandelte die Gesteinsformationen in Kristalle; die Reflexe waren nicht zu zählen, ließen aber die Decke der Grotte unbeleuchtet. Das Wasser schwarzes Quecksilber. Dort glitt ich still dahin, das Fahrzeug hundert Meter entfernt. Und dann die Reflexe des Lichts, die Sterne, in dreißig Metern Höhe.

Es war wie an späten Winterabenden, als ich Kind war. Das war die Zeit, als das Nordlicht noch leuchtete. Es war, bevor das Nordlicht uns genommen wurde, und als die Sterne noch dünn und warm und stechend waren. Man konnte im Schnee stehenbleiben und zu den Lichtsignalen hinaufsehen: es war eine Welt, die von den schwarzen Löchern der Sterne bevölkert war, und von den Drähten, die an ihnen befestigt waren.

Johannes hatte, bevor er zum Verräter wurde, gesagt, das sei die Himmelsharfe. Die Musik konnte man in kalten Winternächten hören, dann sang es in der geheimnisvollen Welt, die er und ich uns geschaffen hatten: voller Sterne und Drähte und Musik und heimlicher Signale. Alles diente dazu, die geheimnisvollen Wege aufzuzeigen, die zum Inneren der Franklingrotte führten, wo unser Wohltäter sich noch verbarg, uns aber schließlich den Weg zeigen und alles dazu bringen würde, sich zusammenzufügen, alles dazu, zusammenzuhängen, alles dazu, endlich zusammenzuhängen. Es war eine Welt voller geheimnisvoller Zeichen, die uns anvertraut wurde, und niemand wurde allein gelassen.

Und jetzt wußte ich, daß er hier war. Unter den künstlichen Sternen, die die Scheinwerfer schufen. Hierhin hatte er sich zurückgezogen. Hierher hatte er mich gezogen, wie er es einst versprochen hatte.

Die zwei Lichtquellen befanden sich eine Kabellänge entfernt. Ich begann zu rudern.

Ich wandte mich um und betrachtete das Fahrzeug, das ich nun sehr deutlich sehen konnte.

In der Mitte der Vulkangrotte, getragen von dem riesigen schwarzen Quecksilberarm, schwamm ein langer, spulenförmiger Gegenstand. Er war ungefähr neunzig Meter lang und ragte drei bis vier Meter über die Wasseroberfläche. Ich konnte die physische Beschaffenheit des Fahrzeugs nicht sicher bestimmen, aber das Material war nicht Holz, eher irgendein Metall, Aluminium oder schwarzer Stahl.

Mein Boot glitt langsam auf das Fahrzeug zu. Ich erkannte es wohl. Es war ein Wasserfahrzeug, und es glich so exakt den Illustrationen in dem Buch, das ich von Johannes bekommen hatte, daß es genau das sein mußte, das ich gesehen und von dem er geträumt hatte.

Ich glitt an die linke Seite des Fahrzeugs. Alles war in der richtigen Weise vorbereitet. Die Seite des Fahrzeugs war aus schwarzem Metall. Ich machte mein Boot fest und kletterte hinauf. Eine Luke stand offen, wartend, mitten auf dem Deck. Ich begann den Abstieg in das Innere des Unterseeboots.

Zuerst hatte er überhaupt keine Bücher. Dann begann er die Bücher in Sehlstedts Kiste zu lesen, wo es die Blaubandbibliothek gab. Als sie sahen, daß er gern las, bekam er das erste Buch. Dann bekam er, bis zu dem Vorfall mit Eeva-Lisa im Holzschuppen, insgesamt zwölf.

Daß er mir eins der zwölf – »Die geheimnisvolle Insel« von Jules Verne – schenkte, war also kein Zufall. Er hätte mir »Das Geheimnis der Grotte« (über Abenteuer im Baskenland mit Pelota und mit einer Grotte, die tiefer war als die der Katzen) schenken können oder Kiplings »Kim«, das ich so oft gelesen habe, daß ich es am Ende nicht verstand und nur wußte, daß eines Tages auch ich in den Fluß der Einsicht eintauchen würde, wenn ich nur lange genug wartete. Oder Mia Hallesbys »Dreihundert Erzählungen für Kinder«. Das enthielt die Geschichte von dem schwarzen, riesigen Felsen im Meer, zu dem einmal in tausend Jahren ein Vogel geflogen kam, um seinen Schnabel zu wetzen. Und wenn der eine Meile hohe und eine Meile breite und eine Meile lange Felsen vollständig abgewetzt war, dann war eine Sekunde der Ewigkeit verstrichen. Es war der Traum vom Kampf des Menschen mit Gott. Aber er war schrecklich.

In manchen Nächten konnte ich nicht schlafen, weil diese unermeßliche Ewigkeit mich mit einem solchen Grauen erfüllte. Ja, vielleicht war es so, daß seine sehr kleine Bibliothek von zwölf Büchern tatsächlich meine Welt formte, daß die Märchen, die Bilder und Schreckensphantasien in meinem Kopf schon damals festgelegt wurden und dann unverändert bleiben sollten. Aber lange war ich ganz sicher, wie es enden würde, wo die Mythen durch Klarheit ersetzt sein würden, die Angst durch Erklärung, und wo alles sich am Ende zusammenfügen würde.

Er hatte zuerst lange an »Robinson Crusoe« gedacht, erzählte er später, das Buch, mit dem er viele Jahre gearbeitet hatte (»gearbeitet« war sein Lieblingswort, wenn etwas seine Vorstellung einnahm) und aus dem ich ihn unzählige Male die endlosen Bergungslisten abschreiben sah; abschreiben und ausweiten, als ob diese Listen (»vier Büchsen, ein Faß Pulver, acht Pfund getrocknetes Ziegenfleisch, fünf Äxte, fünf Beile«) Beschwörungen wären, beruhigende Rituale, Gegenstände, die er wie der Einsame auf der Insel in seiner Grotte in Sicherheit bringen und sich damit vor der Welt in Sicherheit wähnen könnte.

Doch er gab mir ein anderes Buch.

Es war »Die geheimnisvolle Insel«, worin er den Schluß angestrichen hatte, der von der Entdeckung des Wohltäters in seiner Bibliothek, eingeschlossen in dem Fahrzeug, erzählt.

Deshalb fand ich ihn.

Nebenbei gesagt: es ist nicht wahr, daß ich einmal Eeva-Lisa geliebt habe.

Es ist nicht wahr. Falls es so gewesen wäre, wäre es ja eine sehr sonderbare Liebe gewesen. Und angesichts einer solchen muß man doch Scham empfinden, und Schuld.

Ich stieg in den Schacht ein und schloß sehr sorgfältig die Luke hinter mir, als wollte ich alles klarmachen zur Abreise, obwohl ich es natürlich besser wußte.

Unterhalb der Treppe erstreckte sich ein langer, schmaler Gang. Er war elektrisch beleuchtet, und am Ende des Ganges war eine Tür. Dorthin ging ich. Ich öffnete sie.

Ich befand mich in einem gewaltigen Salon. Ein Museum, so umfassend und gewaltig, wie ich es mir nicht einmal, als ich Kind war, wie ein Kind redete und die Träume eines Kindes hatte, je hätte vorstellen können. In diesem Museum schienen alle Schätze des Mineralienreiches versammelt zu sein. Aber auch gewisse Schätze aus den Bergungslisten des gestrandeten Schiffes waren hier. Er hatte alle Gegenstände auf seinen Bergungslisten verzeichnet, auf denen, die er abgeschrieben, und auf denen, die er ausführlicher selbst aufgestellt hatte; und so genau hatte er alles verzeichnet, daß es nun in diesem seinem letzten Museum wiederzufinden war.

Ich betrachtete lange und ohne Verwunderung die wohlbekannten Gegenstände. Ich erinnerte mich an das Wort »prüfend« und strich mit dem Finger prüfend über die Schneide einer Axt. Ich dachte einen Moment an die Grotte der toten Katzen und lächelte ein prüfendes, aber trauriges Lächeln.

Dann öffnete ich die Tür und ging hinein. Und da war die Bibliothek.

Er lag auf einem Diwan und schlief und hatte mich nicht kommen hören. Ich erkannte den Diwan. Es war die Küchenbank.

Kapitän Nemo hatte mich richtig geführt. Ich hatte Johannes wiedergefunden.

Ich ging zu ihm. Er lag schlafend in seiner Bibliothek, und er hatte lange auf mich gewartet. Er schlief leicht, wie ein Vogel, die Lippen leicht geöffnet, einen leichten, lautlosen, kindlichen Schlaf. Es war, als lächele er, und jeder Atemzug war wie der eines Vogels. Ich erinnere mich daran, wie ich Johannes damals gesehen hatte, als ich versuchte, zu dem Haus zurückzukehren, nachdem wir ausgetauscht worden waren: er war im Hausflur eingeschlossen worden. Er stand auf der anderen Seite der Glasscheibe und durfte nicht mit mir sprechen, und er kratzte mit seinem Nagel an der Fensterscheibe, als wollte er ein unsichtbares Zeichen einritzen. Er war mir vorgekommen wie ein Vogel hinter dieser Scheibe, ein Vogel, der mit seinen Flügelspitzen daran rührte: denn so leise waren seine heftigen Atemzüge gewesen und so undeutlich sein Weinen, daß ich nur das Geräusch seines Nagels auf der Scheibe hören konnte, wie die Flügelspitzen eines Vogels gegen das

Fenster, das ihn von der Freiheit ausschloß, die ich selber war, wie mir plötzlich klarwurde.

Nun schlief er. Er sah nettig aus. Ich hatte nie erwartet, daß dieser Verräter so nettig aussehen könnte. Aber wie alt er geworden war. Genauso alt wie ich. Wie alt war ich selbst denn geworden.

– Johannes, sagte ich leise. Johannes, ich bin es. Ich bin jetzt hier.

Da veränderten sich seine Atemzüge: er stieg aus dem Traum auf, öffnete die Augen.

Wie alt er geworden war. Wir betrachteten einander schweigend. Er sagte nichts. Noch einmal sagte ich:
– Johannes?

Ich glaubte vielleicht, daß er mich beim ersten Mal nicht gehört hätte. Aber das hatte er wohl.

Er war jetzt alt. Er sah ziemlich nettig aus. Rund um sich herum hatte er seine Bibliothek. Es waren nicht mehr zwölf Bücher wie damals, als er mir eines davon geschenkt hatte. Es waren Hunderte, vielleicht Tausende von Büchern. Ich wußte auf einmal, daß er sie alle geschrieben hatte. Er hatte sich, wie er einmal versprochen hatte, als wir jung waren, in seiner Bibliothek eingeschlossen.

Und er wandte sich um und lächelte irgendwie nettig und sagte:
– Nä siehmalan, du gucksma widderein zuhaus.

Das Fahrzeug war ein Unterseeboot. Es hieß Nautilus.

So hatten wir es gemeinsam geplant.

Wir hatten damals einen Traum gehabt, daß am Ende alles dem letzten Sinken Kapitän Nemos gleichen würde. Er würde im Krater des Vulkans eingeschlossen sterben. Die Ventile des Unterseeboots würden langsam und feierlich von mir geöffnet werden, und ich, als letzter Besucher, würde das Fahrzeug verlassen. Die Wassertanks würden sich füllen. Und das Sinken beginnen. Nur die hermetisch verschweißte Bibliothek, deren sämtliche Türen verschlossen sein würden, die Bibliothek mit all dem Verlorenen, mit den Schlußberichten und den Verteidigungsreden, würde bestehenbleiben. Und während die Scheinwerfer noch leuchteten, würde das Unterseeboot, dessen Name Nautilus war, langsam in den mit Wasser gefüllten Krater des Vulkans hinabsinken. Dort würde er, auch nachdem der letzte Schimmer vom Licht der Scheinwerfer verschwunden war, im innersten barmherzigen Dunkel weiterleben. Dort würde sein Sarg, das phantastische Unterseeboot, ihn umgeben, er würde tot sein, aber leben, ohne Luft und ohne Nahrung und ohne Schmerz, von Ewigkeit zu Ewigkeit.

So hatten wir es uns damals vorgestellt, so hatten wir es geplant: ohne Schmerz leben zu können, für immer in der Tiefe in Kapitän Nemos Bibliothek.

Wir brauchten gar nichts Besonderes zu sagen, sondern schwiegen.

Eine Stunde später fiel er wieder in Schlaf. Ich erkannte, daß er krank war und bald sterben würde.

Es wurde Morgen.

Ich sah es, doch nicht daran, daß Licht durch die kreisrunden Fenster drang. Es drang ja kein Licht in die Grotte. Nein, ich beobachtete seine Uhr, die einmal in der Küche gehangen hatte, und die sein Vater gekauft hatte, bevor er starb. Die Uhr hatte einen Zeiger, der sich sehr langsam drehte, so daß ein Umlauf nicht zwölf, sondern vierundzwanzig Stunden anzeigte. Die Tagesmitte, zwölf Uhr, befand sich also ganz unten auf dem Zifferblatt, und der Morgen lag geradeaus auf der rechten Seite.

Ich betrachtete die Uhr ohne Verwunderung, weil ich sie als Kind gesehen hatte.

Ungefähr um acht Uhr am Morgen betrat ich den inneren Raum.

Es war eine Küche, deren Herd, ein geschickt eingefügter Eisenherd, von sinnreich dekorierten Marmorplatten vermutlich indischen Ursprungs umgeben war. Der Eisenherd war von guter Qualität, er hatte Ringe, die man mit Hilfe des Schürhakens fortnehmen konnte. Auf der einen Seite war ein Kupferbecken, mit Wasser, um die Luftfeuchtigkeit auf dem richtigen Niveau zu halten. Man konnte das Becken mittels eines kleinen Krans an der Vorderseite entleeren.

Der Herd wurde mit Holz beheizt. Das Feuer war erloschen.

Er hatte einen Topf auf den Herd gestellt. Er war halb voll mit Essen. Ich ging zum Herd und betrachtete den Inhalt des Topfes. Er war mir wohlbekannt. Es war Finka. Finka war hartes Knäckebrot von ziemlich kräftiger Konsistenz, man brach es in kleine, zollange Stücke, briet es in geschmolzener Butter und rührte etwa einen viertel Liter Milch hinein. Ich wußte, daß er Finka immer sehr gern gemocht hatte, er aß sie oft mit einem Heringshappen, in anderen Fällen nur mit einem Klacks Butter.

Ich nahm den Kochtopf und schüttete den Rest Finka in einen tiefen Teller. Dann aß ich die Finka, doch ohne sie aufzuwärmen. Sie war trotzdem genausogut. Dazu trank ich ein Glas Dünnbier.

Dann ging ich zurück.

Ich erinnere mich daran, daß wir beide sehr gern Finka mochten.

Er schlief jetzt tiefer.

Ich legte die Hand auf seine Stirn. Sie war schweißnaß. Er wälzte sich unruhig im Schlaf, wachte aber nicht auf.

Ich sah mich in der Bibliothek um. Hier würde ich einige Zeit bleiben, das wußte ich.

Auf dem Fußboden lag der allerletzte Text, an dem er gearbeitet hatte. Ich las ihn. Es waren nur wenige Zeilen.

»Ich sehe noch das Haus mit seiner recht hohen Treppe vor

mir, die zum Weg zur Schindelhobelei hinunterführte. Unterhalb der Wiesen lief ein Bach, über den ein Weg ging. Neben der kleinen Brücke war ein Steg. Ich war bei jener Gelegenheit, an die ich mich erinnere, an die drei oder vier Jahre alt. Ich lag auf allen vieren auf diesem Steg und grub mit einem Stock im Lehm, wo die schwarzen Blutegel waren, und ich erinnere mich, daß in mir in diesem Augenblick zum ersten Mal die Einsicht über mein eigenes Leben erwachte. Ich erinnere mich deutlich daran, wie ich plötzlich aufblickte, beschämt meine Finger abwischte, und dachte: Wenn jemand dich hier sähe ... dann ... wäre es eine Schande für dich. So lag ich oft auf meinem Steg, schaute ins Wasser und sah die schwarzen Blutegel, die vielleicht Roßegel waren, mit langen, schlingernden Bewegungen zu mir heraufschwimmen, kehrtmachen und wieder zum Schlamm zurückkehren. Ich begriff nicht, was sie dort unten im Schlamm suchten, ich nahm an, daß sie sich durch ihre langen Schwimmtouren waschen wollten. Und um ihnen so gut ich konnte zu helfen, hob ich diese Blutegel, die, wie ich später lernte, Roßegel waren, heraus aus dem Schlamm, wo sie sich zusammengerollt an ihr schwarzes Lehmbett klammerten, hob sie hoch auf den Steg. Diese Wesen aus dem Bach wusch ich dann so vorsichtig, so liebevoll, daß sie am Ende vollständig ... rein wurden.«

Er scheint hier eine Pause gemacht und, wie nach genauerem Nachdenken, die letzten Zeilen durchgestrichen zu haben, um sich wieder einem anderen Geschehen zuzuwenden, das sich offenbar zu einem viel späteren Zeitpunkt ereignet hatte.

Die Passage lautet, in ihrer Ganzheit, folgendermaßen – sie beschreibt den Vorfall auf der Treppe:

»Auf dem Weg zum Dachboden wurden wir von meiner Mutter aufgehalten.

Eeva-Lisa war ungefähr zehn Stufen hinaufgekommen, vielleicht weniger, und ich selbst stand ganz unten, hatte noch nicht einmal den Fuß auf die unterste Stufe gesetzt. Gerade da fing meine Mutter an zu reden, und deshalb blieben wir alle drei auf demselben Fleck stehen, auch während des folgenden.

Ich konnte das Gesicht meiner Mutter ganz deutlich sehen. Sie war mit einem strengen, beinah abwesenden Gesichtsausdruck aus dem Schlafzimmer gekommen, der sich aber, während sie sprach oder eher mit immer lauterer Stimme schrie, langsam und ganz unerklärlich veränderte. Als ob eine Woge lange aufgestauter Wut plötzlich ihre Gesichtszüge zerrisse, ihr Gesicht beinahe unmenschlich machte, so daß die gewöhnlich so strengen, regelmäßigen (und in gewissen Fällen so milden und beinah schönen) Züge sich nun wie in einem unkontrollierten Krampf, ja beinah Schmerz, zusammenzogen.

Sie begann Worte zu sagen, die ich zunächst verstand, dann nicht verstehen wollte. Die Bedeutung, die man den Worten zunächst entnehmen konnte, der lange Zusammenhang von Gerechtigkeit und treffenden Anklagen, den ich teilweise schon vorher gehört – und verstanden – hatte, das alles ging nun in Anklagen über, die ich nicht verstand, und nur der Ausdruck einer unerhörten Wut blieb bestehen. Oder Haß. Ja, plötzlich sah ich zu meinem Entsetzen ein, daß sie Haß empfand, aber nicht den gewöhnlichen Haß, den man verstehen kann, sondern einen ganz anderen. Und sie schrie voller Haß und Zorn, daß Eeva-Lisa jetzt fort müsse, ein für allemal, das Ganze sei ein Irrtum gewesen, und nun solle sie fort aus diesem Haus.

Und da, ich gebe es zu, fing ich an zu schreien.«

Durchgestrichen, aber leicht lesbar, folgt dann:

»Ich schreibe *gebe zu*, weil ich mich klar an die Scham erinnern kann, die ich empfand, weil ich schrie. Und ich gebe *voller Scham* zu, weil ich genau in diesem Augenblick im Gesicht meiner Mutter etwas sah, das ich niemals vergessen kann: die unerhörte Einsamkeit in diesem Gesicht, und daß sie Angst hatte.

Ich hätte nie geglaubt, daß sie Angst haben könnte. Sie hatte vorher noch nie Angst gehabt. Und während ich vor Verzweiflung und Entsetzen schrie, begriff ich immer klarer, und das sollte den Schlußpunkt unter eine Phase meines Lebens setzen und mich zugleich in eine neue hinausschleudern, daß mir in diesem Augenblick sowohl Eeva-Lisa als auch meine Mutter genommen wurden, auf die gleiche Weise, wie mir schon früher einmal alles genommen worden war, als ich ausgetauscht wurde, und Eeva-Lisa und meine Mutter würden mich zurücklassen wie ein leeres Schneckenhaus, und nichts würde sie mir jemals zurückgeben können. Ich sollte später begreifen, daß dies der Punkt in meinem Leben war, der sich ein ums andere Mal wiederholen sollte, der Punkt des Verlassens und des Fortnehmens.

Sie hatte es zu Eeva-Lisa und mir hinuntergesagt. Da begann ich zu schreien. Und plötzlich begriff Josefina, daß auch sie von diesem Augenblick an sehr einsam sein würde.

Nie würde ich mich von diesem Augenblick befreien können. Solange ich lebte, würde ich wissen, daß dies der Augenblick war, in dem der Tod mich besuchte, der Zeiger der Uhr zeigte auf die Vierundzwanzig, war aber stehengeblieben. So ging es zu, als Eeva-Lisa mich verließ, aber auch, als meine Mutter am Ende verlassen wurde. Ich sah ihr Gesicht, als sie sich mir zuwandte. Und nachher dachte ich: Wie sonderbar, daß ein mächtiger und strafender Gott Angst davor haben kann, verlassen zu werden. Obwohl ich damals vor allem an Eeva-Lisa dachte. Ich hätte an meine Mutter denken sollen. Ihr Gesicht wurde wie das des Vogelnestes; wenn man das Laub abhebt, das das Nest bedeckt, die toten Vogeljungen findet, in plötzlichem Tod und in Einsamkeit.

So war es, als sie mir genommen wurden.«

Ich mußte viele Stunden gelesen haben. Schlief ein, auf einem Bett im Raum neben der Bibliothek der Nautilus.

Der Raum war, im Unterschied zu dem Museumsraum und

der Bibliothek, sehr unordentlich, eigentlich kaum eingerichtet. Ich erkannte in der einen Ecke den halb zugenagelten Verschlag, wo die alten Zeitungen verwahrt wurden, die alten Nummern der Lokalzeitung *Norra Västerbotten*.

Ich hatte auf einer alten Schaffelldecke gelegen, die ich über mich gezogen hatte. Ich hatte die Vorstellung, daß es dieselbe Decke war, die über Großmutter gelegen hatte, als sie starb, schob den Gedanken aber von mir, weil diese Decke sich nicht gut hier, im Innern des Unterseeboots Nautilus, befinden konnte: sie war doch Nicanor Markström aus Oppstoppet gegeben worden.

Ich ging in die Bibliothek.

Die Uhr an der Wand, die, die vierundzwanzig Stunden zeigte, nicht zwölf, schien die eine oder andere Umdrehung gemacht zu haben, aber ich konnte jetzt nicht mehr wissen, ob es Morgen oder Abend war. Es tat nichts zur Sache. Die Exaktheit, nach der ich früher gestrebt hatte, hatte mich zum Gefangenen der Uhr gemacht. Nun war ich frei, nun war ich nur der Gefangene der Bibliothek und Johannes'.

Auf diese Weise war ich am Ende von mir selbst eingefangen worden.

Ich trat zu ihm. Er hatte die Augen geschlossen. Seine Stirn war feucht, er stöhnte schwach, und ich begriff, daß er im Schlaf Schmerzen hatte.

Der Mund halb geöffnet. Die eine Hand bewegte sich wie in einem Krampf. Ich versuchte seine Finger zu lösen, damit er sich nicht verletzte, aber er schien noch sehr stark zu sein.

Er war krank und hatte Schmerzen. Ich verstand, daß er sehr bald sterben würde.

Er hatte, in seinen Mitteilungen an mich, oft über die Schmerzpunkte geschrieben. Was er nun erlebte, waren die physischen Schmerzpunkte: mit denen konnte man leben oder sterben, aber ohne eigentlichen Schmerz. Die inneren Schmerzpunkte hatte er hier in seiner Bibliothek katalogisiert; hier, in seiner bald ins Innere des Vulkans hinabsinkenden Bibliothek.

Ich holte eine Wolldecke und legte sie über ihn. Er bewegte sich nach und nach immer ruhiger, lag schließlich ganz still, als hätte der Schmerz ihn vorübergehend verlassen. Die Hand fiel herab, der Krampf ließ nach.

Ich hätte eigentlich meine Arbeit mit der Bibliothek beginnen sollen, aber es kam mir nicht in den Sinn. Ich saß nur da und sah ihn an.

Bald würde Johannes sterben. Zuletzt.

Ich mußte auf meinem Stuhl eingeschlafen sein.

Erwachte, las ein paar Stunden. Er stöhnte von neuem. Ich versuchte ihm Wasser zu geben, doch er wollte nicht trinken.

Er hatte immer nettig ausgesehen. So sagte man, als er Kind war. Aber wie alt er geworden war.

Ich glaube, er erkannte mich. Er hatte ja gefragt, ob ich es sei. Ob ich zu Besuch nach Hause gekommen sei.

Und da mußte wohl ich es sein, der nach Hause gekommen war.

Ich erinnerte mich an die Sonnenuhr auf dem Fußboden der Grotte der toten Katzen.

Kapitän Nemo hatte sich der Küchenuhr aus dem grünen Haus angenommen und verwahrte sie nun hier, im Unterseeboot.

Die Uhr an der Wand bewegte sich, nein, nicht die Uhr, aber die Zeiger, ich nehme also an, daß die Zeit verging. Jedesmal, wenn die Zeiger senkrecht nach oben zeigten, war es Nacht. Da imitierte die Uhr einen Augenblick, der schon gewesen war, einen Tag vorher; es konnte ebensogut jetzt sein. Die Uhr hatte ja kein Gedächtnis, sie konnte sich an die vierundzwanzig Stunden nicht erinnern, nur an die Sekunde, die jetzt war.

Eigentlich war diese kurze Sekunde der Ewigkeit ja vollständig wertlos. Sie hatte kein Gedächtnis. Aber das hatte ich, und Johannes, und unsere Bibliothek.

Manchmal konnte ich spüren, wie ein schwaches Zittern durch den Rumpf der Nautilus ging, als ob der Vulkan tief unten sich umgedreht hätte und wieder eingeschlafen wäre.

Ich frage mich, ob Vulkane in ihrem Schlaf Schmerz verspüren können, in dem Augenblick, bevor sie erwachen und sterben. »Die Grotte der toten Katzen« hatte er auf einer Seite an den Rand geschrieben.

Wie eine kleine Bitte an mich.

5 Jetzt, bald.

1
Die Eindringlinge in dem grünen Haus

1
Die Ankunft der Siedler

> Eeva-Lisa, große Schwester,
> kriegt um elf 'nen Bastard klein.
> Fürchtet Mama, fürchtet den Fisch,
> fürchtet Gott und Christi schwere Pein.
>
> Schämt' sich sehr, zog sich zurück,
> ging im Dunkeln zum Schuppen hinauf.
> 's war verschlossen dort, kein Schlüssel.
> Wild der Schmerz, versperrt die Himmelsbrück'.

1 Ich besaß das Recht, in dem grünen Haus zu wohnen, aufgrund eines Irrtums, der im September 1934 im Krankenhaus in Bureå geschah, an dem Tag, an dem Johannes und ich geboren wurden.

Dann wurde der Irrtum korrigiert. Da wurde ich durch ein ordentliches gerichtliches Verfahren ausgeliefert, und das Recht, in dem grünen Haus zu wohnen, wurde mir genommen. Es wurde statt dessen Johannes Marklund zugesprochen.

Später wurde ihm Eeva-Lisa zugeteilt, als Ersatz für mich. Aufgrund seines Verrats wurde sie ihm fortgenommen, und außerdem mir fortgenommen. Johannes übernahm das Recht auf das grüne Haus, wurde Verräter und verlor sie, und auch das Recht auf das grüne Haus. Drei Jahre später brannte das Haus ab. Das ist die ganze Geschichte in Kurzfassung.

»Der Pulsschlag des Todes«, schrieb Johannes auf einem der Zettel an mich.

Ich glaubte zunächst, er spräche von einem herannahenden physischen Tod. Aber er meinte etwas ganz anderes, glaube ich jetzt.

Er meinte: wie ich verstehen sollte, daß nichts endgültig war, nicht einmal der Tod, und daß es möglich war, auch in diesem Erdenleben wiederaufzuerstehen, wie Eeva-Lisa, gerade dadurch, daß man nicht einfach weiterlebte, als Toter.

Erwachte 3 Uhr 45, der Traum von der Grotte der toten Katzen noch immer ganz gegenwärtig. Strich unwillkürlich mit dem Finger übers Gesicht, über die Haut der Wange.

War der Antwort sehr nahe gewesen.

Draußen über dem See hing ein eigentümlicher Morgennebel: die Dunkelheit war aufgestiegen, hatte aber eine schwebende graue Decke zurückgelassen, nicht weiß, eher wie mit einer Art Widerschein der Dunkelheit: sie schwebte vielleicht zehn Meter über dem Wasser, das absolut glatt und still war, wie Quecksilber. Die Vögel schliefen, eingebohrt in ihre Träume. Ich konnte mir vorstellen, daß ich mich an einem letzten Ufer befand, und vor mir nichts.

Eine letzte Grenze. Und die Vögel, eingebohrt in ihre Träume.

Plötzlich eine Bewegung: ein Vogel, der aufflog. Ich hörte keinen Laut, sah nur, wie er mit den Flügelspitzen die Wasseroberfläche peitschte, freikam, schräg aufstieg: es geschah plötzlich, und so leicht, so schwerelos. Ich sah, wie er abhob und der grauen Decke des Nebels entgegenstieg, und verschwand. Nicht einen Laut hatte ich gehört.

So war sie sicher gestorben. Nicht wie die Schnecken, wenn sie mit diesem Knirschen unter meinen Füßen zermalmt werden. Sondern leicht, so wie ein Vogel auffliegt und steigt und plötzlich fort ist. Und man ganz sicher weiß, daß er wieder durch den Nebel sinken wird, dem Wasser entgegen, und zurückkehren wird, auf irgendeine Art, aber ganz sicher.

2 Schon am zweiten Tag wurde Eeva-Lisa bei der Frühstücksgrütze gesagt, daß sie Josefina Mama nennen sollte.

Sie gehorchte sofort. Ich war damals seit einem Jahr aus dem Haus gewiesen.

Lange glaubte ich, daß es nur eine einzige wahre Verszeile gäbe in der Ballade, die er in der Bibliothek verbarg, die ich aber wiederfand: »Fürchtet Mama, fürchtet den Fisch«.

Der Fisch war ja leicht zu verstehen, für mich. Aber Mama?

Es war viel die Rede von den Nebengebäuden in seiner Verteidigungsrede. Sehr wenig die Rede von Mama. Er versetzt die Nebengebäude, um mir angst zu machen, beschreibt aber sie sehr genau, um mich zu beruhigen.

Ich bin ruhig. Aber es hilft ja selten, nur ruhig zu sein.

Doch: es war typisch für ihn, daß er sich zu nähern versuchte, indem er Verse schrieb.

Er versuchte wohl, mich freundlich zu stimmen. Verse, also Gedichte, waren ja Sünde, fast eine Todsünde. Es war sündig, Verse zu schreiben, wenn es keine geistlichen Lieder waren. Also konnte man in einem Vers praktisch alles schreiben. Sie waren deshalb notwendig, aber ziemlich überflüssig. Und man brauchte ihnen keinen Wahrheitsgehalt beizumessen.

Den Mythos vom Notizblock wiederholt er ständig. Also: daß Papa einen Notizblock hatte, wo er Verse aufschrieb. Poesie also. Er soll sie aufgeschrieben haben, wenn er aus dem Wald nach Hause kam, abends. Oder am Sonntag, was weniger wahrscheinlich war, auf jeden Fall aber sündiger. An einem

Sonntag Verse zu schreiben, mußte eine doppelte Sünde sein, außer am Karfreitag, wo es eine Todsünde war.

Josefina hatte ihm gesagt, daß sie den Notizblock verbrannt habe. Er sollte ihn nicht am Jüngsten Tag dem Schöpfer vorzeigen müssen.

Aber weder sie noch Johannes wußten ja, daß Kapitän Nemo eines Nachts zu mir gekommen war, und zu Eeva-Lisa, in der Grotte der toten Katzen, und mir den Notizblock mit den Versen gegeben hatte.

Ich komme auf die Auslieferung zurück. Nun will ich zuerst erzählen, wie es vor sich ging, als Eeva-Lisa ankam, bei meinem besten Freund Johannes, dem siegreichen Eroberer, dem allgemein beliebten, dem, der später Eeva-Lisa verraten sollte.

Es gab Probleme mit Johannes nach der Auslieferung am 4. Dezember 1940.

Er hatte etwas nervös gewirkt, nachdem er von der Polizei dorthin gebracht worden war, und ich weggebracht. Andererseits war er ja in den besten Händen. Trotzdem, erklärte Josefina, war er ein bißchen nervös. Niemand fragte sich, ob es nicht sie selbst war, die nervös geworden war. Es war Johannes. Auch der Pfarrer hatte Mitleid gehabt. Es wurde deshalb beschlossen, daß Johannes eine Pflegeschwester bekommen sollte. Man hätte sich auch einen Pflegebruder vorstellen können, beispielsweise mich, aber dem Recht mußte Genüge geschehen, und Sven Hedman, der durch den Gerichtsbeschluß Johannes verloren hatte und sich mit mir begnügen mußte, wurde schweigsam, wenn jemand auch nur so zu denken anfing. Und so kam die Pflegeschwester an.

Ich beschreibe dies vollkommen ohne Bitterkeit.

Bei der Ankunft saß Johannes am Küchenfenster, wo ich früher gesessen hatte, und schaute über den Abhang. Es war im September 1941. An den Birken hing noch gelbes Laub, aber in der Nacht hatte es geschneit; und es war, als ruhte der

Schnee nun auf den gelben Blättern und rührte sie an, leicht wie der Kuß des Todes. Es war der ganz und gar normale, sehr kurze Augenblick, der jedesmal weh tat: wenn der Herbst am schönsten war, und am bedrohlichsten. Am nächsten Tag würde der Schnee fort sein, und wenn der Schnee verschwand, waren die Blätter auch fort. Aber gerade an jenem Tag hingen die Farben und der Schnee und die Blätter zusammen; tote und gelbe Blätter und Schnee.

Es dauerte eigentlich nur ein paar Stunden. Nicht gerade viel Zeit, beinah nur eine Sekunde eines Lebens. Aber während man all das Frühere, Schöne, und Spätere, Weiße, vergaß, war dies hier leicht zu erinnern, für immer.

Eeva-Lisa kam vom Bus, der hielt und die Leute aussteigen ließ. Der Chauffeur, es war Marklin, ließ sie aussteigen. Und sie ging zu dem grünen Haus hinauf.

Sie hatte einen Koffer bei sich.

Es war eine großartige Sache, einen eigenen Koffer zu haben. Alle im Dorf hatten einen Rucksack, das war das Übliche, aber den einzigen Koffer weit und breit hatte die Frau des Pastors, die in Bureå wohnte; sie galt als etwas Besseres, und es hieß, der Pastor hätte sich mit so einer eigentlich nicht abquälen müssen. Zwar hatte niemand den Koffer der Pastorsfrau gesehen, aber so wurde geredet.

So dachte man über Koffer. Eeva-Lisa kam mit einem Koffer, aber ein paar Jahre später, nachdem diese Sache geschehen war, hielt es niemand mehr der Erwähnung wert. Es war, meinten alle, ziemlich unnötig, sich darüber zu ereifern.

Aber der Koffer war wohl falsch. Es gab vieles, das schon von Anfang an falsch war an Eeva-Lisa.

Zunächst, daß die Gemeinde für sie bezahlte. Nicht viel, genaugenommen so gut wie gar nichts, wie Josefina zu betonen pflegte. Im großen und ganzen würde es nur für die Finka reichen, wenn man es so sah, aber immerhin. Als nächstes, daß sie eine unzüchtige Mutter gehabt hatte, über die ausführlicher zu reden man zwar nicht der Mühe wert fand, die aber außerdem Pianisse gewesen sein sollte, also eine, die Piano spielte.

Nicht Orgel. Dann, daß sie einen Vater hatte, der verduftet war, nach Südamerika. Es konnte auch ihr Großvater gewesen sein. Niemand wußte wirklich Genaues.

Später waren alle sehr bemüht, nicht zu sagen, daß sie womöglich Zigeunerblut in sich hatte. Denn darüber konnte man nur spekulieren.

Aber einen Koffer hatte sie bei sich gehabt. Das war ein bißchen zu fein. An und für sich war es ja völlig natürlich, etwas, von dem viele im Dorf meinten, daß es nicht der Beachtung wert sei. Aber Tatsache war, daß sie einen Koffer bei sich hatte, als sie kam.

Johannes saß am Küchenfenster, als sie kam. Sie hatte einen Koffer in der Hand. Sie schleppte sich damit ab. In der Nacht war Schnee gefallen, obwohl das Laub noch hing. Als sie fast beim Haus angekommen war, setzte er sich runter auf die Küchenbank, damit sie nicht sehen sollte, daß er geguckt hatte. Es war unnötig, neugierig zu erscheinen.

Es gab viel, das im Dorf unnötig war. Das, was man nicht leiden konnte, beinah das meiste, war unnötig. Im großen und ganzen alles, was, ja, wie soll man sagen, was anders war. Unnötig war es auf jeden Fall.

Eine Art Gesetz, das sagte: nein. Es war ein sehr kurzes Gesetz. Aber ziemlich wichtig.

3   Die Farben waren auch wichtig.
Das Bethaus nebenan war gelb, aber das Haus war grün. Als sie zu dem grünen Haus heraufkam, das auf gleicher Höhe mit dem gelben lag, setzte sich Johannes auf die Küchenbank, damit sie nichts merken sollte. Da saß er, als sie hereinkam, und nachdem er gegrüßt hatte.

Erst am Tag darauf wurde ihr gesagt, daß sie Mama sagen sollte.

Er war nervös gewesen, seit er gehört hatte, daß sie kommen sollte. Er hatte so intensiv daran gedacht, daß sie zwei Stunden am vorigen Sonntag, als James Lindgren – es wurde ausgesprochen, wie es geschrieben wurde – aus Rosenius las, daß die zwei Stunden wie im Flug vergangen waren. James Lindgren las mit ziemlich eintöniger Stimme aus Rosenius, bis die Kinder nicht mehr konnten. Da setzte er den Schlußpunkt mit einem Gebet, das mit den Worten »Um des Blutes willen, Amen« abgeschlossen wurde. Es hatte nichts mit Schlachten zu tun, das wußte man ja.

Es gab Kinder, die schafften es, James Lindgren – es wurde ausgesprochen wie geschrieben – drei Stunden beim Lesen zuzuhören; sie wurden wegen ihrer Zähigkeit als vielversprechender Predigernachwuchs angesehen. James Lindgren war allgemein respektiert, hatte aber eine leiernde Stimme und wechselte jede halbe Stunde den Schnupftabak, auch bei Rosenius. An dem Sonntag, bevor Eeva-Lisa kam, aber nachdem er erfahren hatte, daß sie kommen sollte, waren die Bethausstunden wie im Flug vergangen, es war klar, daß er nervös war.

Das Altarbild im Bethaus stellte Jesus dar, der alle Kinder liebt, und hatte eine Scharte im Rahmen. Das Bethaus war gelb. Das grüne Haus muß sehr schön gewesen sein, als sie kam, vor dem frisch gefallenen Schnee und dem gelben Laub.

Ich schreibe davon ohne Bitterkeit.

Daß unser Haus grün gestrichen war, fanden wir alle ein bißchen sonderbar, weil die meisten Häuser, aus natürlichen Gründen, rot waren. Aber die meisten im Dorf meinten trotz allem, daß man es nicht so ernst zu nehmen brauche, und sagten nichts, jedenfalls nicht zu Johannes und mir. Wir waren auch noch ziemlich klein, man mußte die Zunge im Zaum halten. Stille Wasser und so weiter. Wie man auch rechnete, ob es nun Johannes war, der das Recht hatte, in dem grünen Haus zu wohnen, oder ich, in jedem Fall hatten wir viele Verwandte im Dorf. Papa hatte das Haus grün gestrichen und war dann gestorben, man mußte Rücksicht nehmen auf den Verstorbenen. Man sagte daher nicht viel über die Farbe.

Das Haus lag ungefähr eintausendeinhundert Kilometer

nördlich von Stockholm und rechter Hand, wenn man von Nordmarks kam, oder linker Hand, wenn man von Koppra kam. Es war grün.

Das Haus lag am Waldrand.
 Es hatte ein Obergeschoß, das zur Hälfte eingerichtet war. Auf der einen Giebelseite, der mit dem Schlafzimmerfenster, das zum Bach und dem Tal und dem See und Hjoggböleträsket mit Ryssholmen wies, auf der einen Giebelseite stand eine Eberesche.
 Das war ein Glücksbaum.
 Die Eingangstreppe lag auf der Längsseite, die dem gelben Bethaus zugewandt war, das auch linker Hand lag, wenn man von Koppra kam, aber rechter Hand von der Stockholmseite aus gesehen. Einer aus Västra, an dessen Namen ich mich nicht erinnern kann, war in Stockholm gewesen, und im übrigen, die Predigerschule Johannelund lag dort, also das war überhaupt kein Grund, sich zu ereifern. An der Längsseite gab es ein Küchenfenster, wo Johannes gesessen und gewartet hatte, als Eeva-Lisa kam. Unten am Bach war die Schindelhobelei mit den Blutegeln. Man konnte direkt über den See zu Sven Hedman sehen, was später, nach der Auswechslung, mein Elternhaus werden sollte, aber von Hedmans aus konnte man die Schindelhobelei nicht sehen. An gewissen Abenden, hatte Josefina bestimmt, sollten die, die in dem grünen Haus wohnten, das waren sie und ich, sich in der Küche versammeln und um Vergebung bitten für das, was sie getan hatten. Dann mußte man von einer Sünde erzählen, die man begangen hatte.
 Zuerst war Josefina nicht mit in der Gruppe, das heißt, sie war dabei, aber sie bekannte nicht. Später machte sie mit. Das schwerste war, auf eine Sünde zu kommen. Dann war das Bekennen einfach. Nach der Auswechslung war es Johannes, der das Bekennen übernahm, und als Eeva-Lisa dazukam, sollte sie auch mitmachen und bekennen. Mama bekannte meistens,

daß sie am Erlöser gezweifelt und nicht fest im Glauben gewesen sei, aber als ich es auch einmal tat, wurde sie scharf und geigte mir die Meinung. Also mußte man beim nächsten Mal wieder eine richtige Sünde suchen, obwohl Mama weiterhin Zweifel und mangelnden Glauben bekannte. Sie meinte, es sei unnötig, sich zu ändern. Das war auch nichts, worüber man viel Worte verlor. Vom Fenster aus sah man das gelbe Haus, wo der Erlöser hing und wo eine Scharte im Bilderrahmen war.

Über der Eingangstreppe war eine Veranda. Sie war ziemlich nett. Im Sommer wuchs da Hopfen. Mir ist nicht gut. Die gelbe Farbe des Bethauses war ziemlich grell, aber darüber sagte man nichts. Als ob man sich nichts daraus machte. Es war komisch. Einmal, bevor wir ausgewechselt wurden, hatte mein bester Freund, er hieß Johannes, eine Wäscheleine auf der Veranda befestigt, und ich hatte mich daran hinuntergelassen, als wenn ich in großer Not wäre: Johannes hatte drüben beim Apfelbaum gestanden und mir mit einem kurzen, kräftigen Warnruf beigestanden, und da ließ ich mich hinunter, um den Verfolgern zu entkommen. Die Handflächen waren von der Hitze vollkommen verbrannt. In gewisser Weise habe ich die Narben noch immer.

Es gab auch eine Hagebuttenhecke. Sie erstreckte sich entlang der Vorderseite des Hauses.

Wenn wir Pilze sammelten, waren es meistens Morcheln. Sie mußten »abgewällt« werden. Das Wort »abwällen« bedeutete hiernach Fleisch, verfaulender Körper, und Tod. Es kam darauf an, lernte ich, rein und weiß zu sterben, wie eine Fliege zwischen den Doppelfenstern, oder ein Vogel, nicht abgewällt wie eine Morchel oder wie Aron Markström aus Oppstoppet, als sie ihn fanden. Rune Renström war als Kind dabeigewesen und erzählte davon, und daß Arons Fleisch ausgesehen hätte wie bei einem aufgequollenen toten Fisch. Rune war mein Cousin, also wenn ich rechne, wie es vor der Auswechslung war.

Papa hatte das Haus gebaut. Bevor es richtig fertig war, hatte er auf dem Hof den Apfelbaum gepflanzt. Es kamen

Kinder aus Östra und stahlen die Früchte; Apfelbäume waren etwas Ungewöhnliches, aber weil er so jung starb, machte sich niemand die Mühe zu sagen, daß es ein wenig sonderbar war, Apfelbäume zu pflanzen.

Jetzt kann ich nicht mehr über Johannes' Haus reden. Es tut so weh. Warum tut es so weh. Jetzt werde ich von den Nebenhäusern sprechen.

4 Es gab zwei weitere Häuser auf dem Grundstück. Das will ich nicht leugnen.

Da war also zuerst das grüne Haus, das klein war, allerdings gut gebaut und mit grüner Farbe, und dessen innere Treppe – mit dem Pinkeleimer, der oben auf der linken Seite stand – die Treppe war, auf der Eeva-Lisa aus dem Haus gewiesen wurde. Das größte der Nebenhäuser war eigentlich eine Sommerhütte. Vor dem einen Giebel stand eine Espe, in die der Blitz einschlug, das war im Winter davor, und ich hatte Angst. Papa hatte auch die Sommerhütte gebaut.

Bevor er starb, nur einen Monat früher, hatte er eine Geige gekauft. Er lernte nie, darauf zu spielen. Auf dem Leichenfoto von Papa gleicht er mir mehr als Johannes, aber das kann ein Fehler der Kamera gewesen sein. Ich glaubte lange, daß die Geige verschwunden sei, aber ich fand sie später im Vorraum der Küche in der Bibliothek des Kapitän Nemo in der Nautilus, bevor die Wassertanks sich füllten und ich das Fahrzeug verließ.

Ich nahm da die Geige mit.

Die Sommerhütte sah ziemlich komisch aus. Sie war sozusagen fünfkantig, weil sich der Weg an ihr vorbeizwängte, der am Bethaus entlanglief und zum Felsen hinaufführte, wo die Grotte mit den toten Katzen war. So wurde die Sommerhütte eingeklemmt, schon bevor sie gebaut wurde. Das verstand man nicht im Dorf, aber wird etwas vorher eingeklemmt, ist es auch nachher eingeklemmt. Dann wird es fünfkantig, gerade aus dem Grund. Der Weg war eher ein Pfad, aber ziemlich breit. Am Karfreitag im Jahr, bevor wir ausgetauscht wurden, war Johannes zu mir nach Hause gekommen, wir waren allein im Haus, und auf dem Weg unten am Bach war eine Zeugin Jehovas gekommen, um ihre Bücher zu verkaufen. Wir versteckten uns auf der Veranda, und sie mußte da stehen und vergeblich an die Türe klopfen, weil sie sündigte, indem sie an einem Karfreitag Bücher verkaufte, wo der Erlöser am Kreuz hing und man nicht einmal einen Topflappen stricken durfte, geschweige denn einen Fausthandschuh für die Sache Finnlands mit einem Loch für den Schießfinger, denn da sollte bei allen Menschen Stille und Trauer herrschen.

Es war ziemlich spannend gewesen. Wir hatten mucksmäuschenstill dagelegen. Wir lagen auf der Veranda und sahen durch den Hopfen das gelbe Haus jenseits der fünfkantigen Sommerhütte und hörten, wie sie vergeblich an die Tür klopfte. Sie war nicht besonders alt und ähnelte überhaupt nicht einer Zeugin Jehovas, sondern sah ziemlich nettig aus, und am Abend wollte ich nicht erzählen, daß sie gekommen war und geklopft hatte. Wäre sie nicht eine Zeugin Jehovas gewesen, dachte ich später oft, während ich bei Sven Hedman wohnte, hätte man aufmachen und ihr ein Stück Gebäck und eine Leckerei geben und eine Weile mit ihr sitzen können, um zu hören, was sie gegen unsere Einwände vorzubringen hatte.

Die Sommerhütte wurde allgemein das Bootshaus genannt, weil es hieß, daß sie einem Bootshaus gleiche, obwohl noch niemand eins gesehen hatte, außer den Stauern. Es sah aus wie ein Boot, das mit dem Steven in den Hügel gefahren war. Eine gestrandete Arche, ungefähr.

Man fragt sich, woher eine Zeugin Jehovas kam.

Gleich oberhalb der Sommerwohnung, nur zehn Meter entfernt, lag der Holzschuppen mit eingebautem Lokus. Das erste Mal, daß ich nach der Auswechslung gekommen war, um Johannes zu besuchen, hatte er oben auf dem Lokus gesessen, der zwei Löcher hatte und eins auf der Treppenstufe für die

Kinder. Er las Karl-Alfred im *Norran*, und plötzlich kam Mama mit vollkommen verzerrtem Gesicht auf die Treppe herausgestürzt und fragte, ob meine Mama mir erlaubt habe, hierherzukommen. Es war eigentlich ziemlich unglaublich. Ihr Gesicht war vollkommen verzerrt, wie eine Rosine. Sie sah ganz wahnsinnig aus, als sei sie drauf und dran, den Verstand zu verlieren. Aber ich nahm mich nur zusammen und sagte ganz ruhig, ja, hätte sie. Da ging sie ins Haus. Als Johannes und ich danach in die Küche kamen, saß sie dort und löffelte Finka in sich hinein und schlürfte Kaffee, aber sie ließ etwas übrig. Sie war sonst nicht die, die Essen verkommen ließ. Völlig wahnsinnig sah sie aus.

Ich war beinah sofort nach Hause gegangen. Man begriff nicht, was sie eigentlich dachte.

Der Lokus lag ganz oben, an den Weg geklemmt.

Öffnete man die Lokustür – man hatte keine Lokusspäne, sondern benutzte den *Norran* – und setzte sich hin, ohne die Tür zuzumachen, konnte man über das ganze Tal blicken, über den See bis hin zum Sumpf und sogar bis Ryssholmen.

Es war so, daß man beinahe über dem Tal hing. Im Sommer war es schön, dort in aller Stille Stunde um Stunde zu sitzen und über den Wasserspiegel des Sees zu schauen. Es war vollkommen still, bis auf die Kühe.

Ich dachte oft daran, dorthin zu gehen, auch nach der Auswechslung, aber nachdem Mama, ich meine Josefina, herausgestürzt gekommen war und wie völlig von Sinnen ausgesehen hatte und die Finka unaufgegessen hatte stehenlassen, so daß sie womöglich verdarb, kam es mir unnötig vor.

Ich erinnere mich daran, daß es schön war auf dem Lokus, und ganz still, bis auf die Kühe. So war das mit dem Lokus. Obwohl es vielleicht nicht alles ist, was man sagen kann. In der Nautilus gab es andere Spuren dessen, wie es gewesen war.

Er hatte nicht einmal versucht, etwas zu verstecken. Und

das, worüber er schrieb, war ganz natürlich und nichts Besonderes und man brauchte sich nicht darüber zu ereifern.

Ich erwähne es nur, komme darauf zurück.

5   Über den Keller des grünen Hauses. Johannes' Aufzeichnung, aus Kapitän Nemos Bibliothek.

»Im Keller waren drei Räume. Der eine Raum hatte einen Erdfußboden und wurde als Kartoffelkeller benutzt. Es war dunkel darin, damit die Kartoffelkeime nicht wachsen sollten: bei Kartoffeln galt, je größer das Dunkel, um so geringer das Wachstum. Im Licht wuchsen die Keime, aber die Kartoffel starb. Der Gedanke war, daß das Dunkel den Tod fernhalten sollte, andererseits, wenn man darüber nachdachte, war es vielleicht kein besonderes Leben für die Kartoffel, wenn man sie nicht sterben ließ. Der zweite Raum hatte auch einen Erdfußboden und wurde als Vorratskammer benutzt, aber da gab es keine Erklärung, warum es darin dunkel war.

In dem dritten Kellerraum in dem grünen Haus war ein Brunnen mit sehr eisenhaltigem Wasser, das man nicht verwenden konnte. Richtiges Wasser gab es nur in der Quelle unterhalb der Hagebuttenhecke. Also, wenn man von der Giebelseite aus rechnete, an der die Feuerleiter hing, kam zuerst die Eberesche, dann die Hagebuttenhecke, dann der Abhang hinunter zur Quelle.

In der Quelle waren Frösche. Das Wasser war sehr klar und sauber, ganz anders als das im Kellerbrunnen. Das Wasser in der Quelle kam aus dem Felsen. Die Quelle war nur einen halben Meter tief, und da waren an die zehn Frösche, die es zu verteidigen galt. Das mit den Kartoffeln war schwer zu begreifen, aber es war sicher so, daß das Dunkel die Kartoffeln eßbar machte, während das Licht den Tod brachte, außer wenn man die Kartoffeln pflanzte, da brachte es Leben. So betrachtet waren die Kartoffeln im Erdkeller völlig verwirrend, und es lohnte sich nicht, daß man zuviel darüber nachdachte, es war ziemlich unnötig.

Die Frösche mußte man jedoch verteidigen. Da gab es gar keinen Grund, sich zu ereifern.

Auf diese Weise wurde man zu einer Art Tierpfleger, weil nicht alle wußten, wie man die Frösche verteidigen sollte. Wenn man sich mit dem Wassereimer vorbeugte, um das frische Quellwasser zu schöpfen, kam es darauf an, daß man ihn seitlich führte, ihn gewissermaßen so bewegte, daß man keine Frösche in den Eimer bekam und sie nicht mit ausschöpfte, denn dann wären sie einer ungewissen Zukunft entgegengegangen.

Die Frösche reinigten ja das Wasser, im Erdkeller war verdorbenes Wasser im Brunnen, und die Kartoffeln ohne Keime, die leben sollten, denen aber nicht erlaubt war zu sterben, um in diesem Erdenleben wiederaufzuerstehen, wenn man es so sah, aber eigentlich waren es Kröten und keine Frösche. Sie waren ziemlich groß und sagten nichts Besonderes, nichts, was der Rede wert gewesen wäre. Die Kaulquappen waren ziemlich lustig. Man konnte Kaulquappen in Konservendosen halten, aber ohne Deckel. Hielt man eine Kaulquappe, die oft noch den Schwanz hatte, in der Hand, dann zappelte es auf eine besondere Weise. Josefina Marklund, die ich als Mutter übernahm, verstand nicht, daß man die Frösche verteidigen mußte.

Bei mehreren Gelegenheiten schöpfte sie sie aus, und sie gingen einer ungewissen Zukunft entgegen. Schwer zu sagen, ob sie überlebten oder starben. Proteste halfen wenig oder gar nichts, doch glaube ich, daß die Frösche zurückfanden. Die Frage ist, wie.

Aber sie hatten wohl das heimische Gefühl. Ausgeschöpft oder nicht, das heimische Gefühl verschwindet nicht so leicht.

Ich weiß, daß Josefina, meine Mutter, sogar vor anderen Dorfbewohnern abstritt, daß wir Frösche in der Quelle hatten. Und das, obwohl bekannt war, daß Frösche das Wasser rein machten. Es war wichtig, daß es rein war. Reinheit war doch wichtig. Das Wasser war klar. Es galt, die Frösche zu verteidigen gegen die, die es vielleicht nicht besser wußten. Behauptete man, daß Frösche häßlich waren, oder unnütz, oder widerwärtig, dann hatte man nicht begriffen, daß auch die Schleimigsten – dies dem Brief an die Korinther zufolge – nützlich sein konnten, ja vielleicht nützlicher.

Man kann sagen, daß ich auf diese Weise eine Art Tierpfleger wurde.

In dem ersten Keller in dem grünen Haus, dem mit den Kartoffeln, stand lange ein Koffer. Eines Tages – am 24. April übrigens – kam eine Schwester meiner Mutter, um den Koffer zu holen. Mehr ist nicht zu sagen über die drei Räume im Keller des grünen Hauses.«

Sie war zu Besuch gekommen, kam eines Tages mit dem Bus und fuhr am selben Abend wieder ab. Es hieß, sie sei eine Tante mütterlicherseits.

Sie war lang und schmal und schlurfte. Es hatte ein kurzes Gespräch gegeben zwischen ihr und Josefina. Er hatte es nicht so genau gehört, aber verstanden, daß die beiden sich nicht viel zu sagen hatten.

Die Tante war aus dem Süden gekommen und hatte ziemlich liebe Augen, war aber lang aufgeschossen. Sie hatte anscheinend etwas über die näheren Umstände dessen wissen wollen, was »mit den Buben« passiert war, wie sie sich in ihrem südlichen Dialekt ausdrückte, und hatte Antwort bekommen. Obwohl es sie eigentlich nichts anging. Aber Josefina hatte keineswegs feindlich geantwortet oder so. Das einzige, was die Tante klipp und klar zu hören bekommen hatte, war, daß es unnötig war, die Sache zu diskutieren, soweit sie mich betraf.

Ich war gut aufgehoben bei Sven Hedman. Kein Grund, sich zu ereifern.

Die Tante, die ich selbst unten am Bus, als sie wieder abfuhr, kurz sehen sollte, war ziemlich mager und lang aufgeschossen und kam auf mich zu, bevor der Bus kam, und fragte, ob das ich sei. Und weder konnte noch wollte ich das leugnen. Da hatte sie sich heruntergebeugt und mich ganz ohne Grund umarmt. Und nachdem sie einen äußerst kurzen Moment so gestanden hatte – vielleicht wäre es richtiger zu sagen, daß sie mich an sich drückte –, hatte ich mich losgerissen. Nicht aus einem speziellen Grund. Aber ich wollte in einer solchen Situation nicht gesehen werden, also riß ich mich los.

So war es, als ich selbst die Tante, die von Forsen, also aus der Burträskgegend gekommen war, kurz unten beim Bus sah.

Der Koffer war ein anderes Kapitel. Aber das betraf mehr Johannes als mich.

Mit dem Koffer im Kartoffelkeller verhielt es sich so, daß sie ihn einst dort zurückgelassen hatte, als sie nach Süden fuhr. Bevor sie abreiste, war sie mit dem Koffer angekommen – ich glaube aus Boliden – und hatte ihn in den Kartoffelkeller stellen wollen. Josefina hatte dagegen nichts einzuwenden gehabt. Dann war sie abgereist. Und war zurückgekommen, es war übrigens am 24. April.

Sie war noch ein bißchen magerer, und immer noch sehr lang aufgeschossen. Wenn ich mich richtig entsinne, von der kurzen Begegnung am Bus, hatte sie häßliche Schuhe, aber ziemlich liebe Augen.

Ich verstehe nicht, was in sie gefahren war, daß sie auf die Idee kam, sich zu mir herunterzubeugen.

Im Keller, beim Koffer, war nichts Besonderes passiert.

Johannes erinnerte sich ganz deutlich, schreibt er, daß sich nichts abspielte.

Sie war in den Kartoffelkeller hinuntergegangen. Neben den Kartoffeln, die nicht gemalzt werden durften, stand ihr Koffer. Er war eher wie eine Truhe. Sie, die Tante war hinuntergegangen, und Johannes war ihr gefolgt. Dann hatte sie den Weg zum Kartoffelraum gesucht. Dann hatte Johannes die Glühlampe angemacht, die direkt an der Decke hing. Da hatte der Koffer gestanden, der eher eine Truhe war. Und die Tante hatte einen Schlüssel hervorgeholt und ins Schloß gesteckt, und geöffnet.

Und dann hatte sie eine Weile still dagestanden und in den Koffer gesehen.

Er hatte gefragt, was darin wäre. Sie hatte nicht geantwortet. Da hatte er sich vorgebeugt und nachgesehen. Es schien Wäsche zu sein, irgendwie, vielleicht ein Kleid, vielleicht Spitzen. Es war schwer zu sehen.

Sie hatte dagestanden und geschaut. Sie war groß, aber nettig, jedenfalls unten am Bus, als sie wieder abfuhr. Häßliche Schuhe hatte sie, aber liebe Augen. Sie war wohl über vierzig. Der Koffer hatte mehrere Jahre hier gestanden, aber lange hatte sie keiner im Dorf gesehen. Es galt nur als ziemlich sicher, daß sie eine unverheiratete Tante war, ziemlich alt, allerdings jünger als Josefina, die sie wohl nicht besonders gern mochte, aber das spielte keine Rolle, hatte sie gesagt.

Dann hatte die Tante gesehen, daß obenauf ein Brief lag. Er war sicher für sie, denn sie nahm den Brief, öffnete ihn und las schweigend. Dann las sie den Brief noch einmal. Aber dann schnaubte sie, wie voller Empörung, und sagte: »Das muß der sagen!!!« und knüllte den Brief zusammen.

Das war alles. Das war alles, was er erfuhr. Es war ein bißchen enttäuschend gewesen.

Am selben Abend fuhr sie wieder ab. Eeva-Lisa half ihr den Koffer zum Bus tragen.

Dort hatte ich sie getroffen. Und dann hatte sie mich umarmt, daß Eeva-Lisa es sah.

Und dann fuhr der Bus.

Es gab auch eine Art überdachten Milchbock. Der Koffer war eine Art Truhe, der Milchbock eine Art Haus, die Tante hatte geschnaubt und gesagt, daß muß der sagen. Es gab vieles, das »eine Art« irgend etwas war, oder »sozusagen« irgend etwas.

Eeva-Lisa war von unten von der Straße gekommen, hinauf, dem grünen Haus entgegen.

Die Tante hatte geschnaubt.

Ich fühle mich vollkommen leer jetzt.

So ging es zu, als Eeva-Lisa kam.

Es muß wohl weit früher begonnen haben, trotz allem.

Ich erfuhr nie, warum die Tante so schnaubte.

Es war wohl irgend etwas.

Man hätte alle, die liebe Augen hatten, genauer ansehen sollen, um zu verstehen, warum sie schnaubten.

Heute nacht Schneesturm.

2
Ein unerklärlicher Irrtum

Eeva-Lisa stand im Tiefschnee.
Kaltes Mondlicht und ziehende Weh'.
Sah drüben die Lokustür angelehnt
und schlagen im treibenden Schnee.

Schnee auf dem Boden. Schloß die Tür.
Schmerz so stark, das Dunkel kalt und dicht.
Saß auf dem Boden. Alles schlief.
Niemand sieht meine Schande, doch Gott schläft nicht.

1 Er verstreut kleine Zettel mit aufmunternden Parolen. Unter dem Butterpaket in der Speisekammer der Nautilus, halb geleert, nachdem er die Finka aufgewärmt hat, liegt ein Zettel. »Man muß die Frösche verteidigen.«

Selbstverständlich. Er rühmt sich für etwas, das ich ihm beigebracht habe.

Von mir aus braucht er es nicht unter dem Butterpaket verstecken.

Wenn einem genommen wird, ist man irgendwie enttäuscht.

Zuerst nahmen sie mir meine Mama, dann das Pferd, dann Eeva-Lisa, dann den toten Jungen, dann das grüne Haus.

Daß es so weh tun kann, wenn einem ein kleines Haus genommen wird. Natürlich war es gut gebaut, unser Haus. Man glaubt eben, daß irgend etwas unser ist, eigentlich daß alles unser ist. Aber das ist falsch. Und das ist auch enttäuschend. Man ist irgendwie verdutzt.

Er hätte ja nicht das Haus dafür bestrafen brauchen.

Ich war eigentlich während meiner ganzen Kindheit irgendwie enttäuscht. Ich glaube, man könne wenigstens das Haus retten, wenn man es mit Bleistift ganz genau abzeichnete, ich meine mit Zimmermannsbleistift, wie Papa. Die Zeichnung würde ich dann mitnehmen.

Bergungsliste nannte Papa das Gedicht auf dem Notizblock. Er war es, der das erfand. So kann man einiges retten, wenn man sich in äußerster Not in der Grotte der toten Katzen befindet.

Das erste, was ich dachte, als ich ihn auf der Küchenbank in der Nautilus bei der halbgegessenen Finka und zwischen all den Texten und Zetteln wiederfand, war, daß er nettig aussah.

Es ist, als ob bestimmte Wörter aus der Kindheit sich festbissen. Nettig, und verrückt, und enttäuscht, und neenich.

Früher dachte ich, Kirchenlieder seien schrecklich, weil man sie auswendig lernen und ständig wiederholen mußte. Dann fand ich, daß man sozusagen sicher wurde davon, daß man wiederholen und nicht denken mußte.

Wenn ich morgens früh aufwache, und es ist Nebel und die Vögel schlafen, geht es mir besser, wenn ich wiederhole.

Nettig. Ich habe immer überlegt, ob ich eigentlich nettig sein wollte, oder nur Verräter, wie er. Obwohl nettig vielleicht der Schmerzpunkt in einem Kirchenlied war, und man mußte die anderen Wörter mitnehmen, in den anderen Strophen, die nicht weh taten.

2 Ich traf Johannes Hedman, wie er damals hieß, zum ersten Mal, als er vielleicht zwei Jahre alt war und bei Hedmans lebte. Danach spielten wir unentwegt miteinander bis zur Auswechslung. Dann folgte eine Pause, als Eeva-Lisa gekommen war, um ihn weniger nervös zu machen. Von da an war es eher so, daß wir auf Abstand spielten.

Dann kam all das.

Dazwischen liegt also die Auswechslung. Ich werde diese Geschichte zuerst erzählen, dann ist das erledigt. Man muß erst das hinter sich bringen, was nicht das Schlimmste ist, dann ist es erledigt.

Es gab zuerst nicht viele, die die Geschichte glaubten. Dann glaubten sie sie alle, außer Hedmans.

Es war eigentlich um niemanden so schade wie um Hedmans. Zuerst hatten sie Johannes, der so nett war, danach nur mich, dann wurde Alfild ein Pferd, und zum Schluß hatte Sven Hedman wohl fast gar nichts mehr. Und ich glaube nicht, daß er sich noch irgendeinen Rat wußte.

Es ist schrecklich, wenn man sich keinerlei Rat mehr weiß. Wohl deswegen besuchte er mich, als ich still war, und klopfte mir aufs Maul, als wäre ich ein Pferd. Aber vielleicht begriff er, daß ich mir nicht mehr sicher war, ob ich ein richtiger Mensch war.

Andererseits, was ist falsch an Tieren.

Ich glaube, sie hatten deshalb alle Angst vor Sven und Alfild und mir, weil wir uns nicht wirklich sicher waren, daß wir Menschen waren. Wenn man selbst nicht sicher ist, wie können es dann andere sein. Das erste Mal, daß ich mir nach der Auswechslung fast wie ein Mensch vorkam, war, als die lang aufgeschossene Tante mich unten am Bus umarmte, obwohl Eeva-Lisa zusah. Es war die einzige Umarmung in meinem ganzen Leben. Wenn man richtig darüber nachdenkt. Nahe dran war ich noch, als ich zu Eeva-Lisa das mit den Tulpen, die nach unten wachsen, sagte.

Bushaltestelle, Umarmung, lang aufgeschossene Tante: und das soll ein Höhepunkt des Lebens sein. Unglaublich.

Es war jedenfalls folgendermaßen.

Es begann an einem Januartag 1939, als es so kalt war, daß der Pinkeleimer, der am oberen Ende der Innentreppe stand, zu gelbem Eis gefroren war. Obwohl es drinnen war. Josefina hatte geklagt, an Tagen, wo man den Pinkeleimer mit der Spitzhacke bearbeiten müsse, sei guter Rat teuer. Vielleicht solle man auch für die Krähen heizen, die seien bestimmt auch schlecht dran. Wenn der Pinkeleimer gefror, hatte sie sogar für die Krähen ein Herz, er war sozusagen ein Maßstab dafür, wie kalt es war.

Ich erinnere mich gut. Ich war vier Jahre und mußte rausgehen und den Pißklumpen in den Schnee kippen. Es war Sonntagmorgen. Es sollte kein Prediger kommen, die Ballonreifen am Fahrrad waren wohl gefroren, und so würde James Lindgren – es wurde ausgesprochen, wie es geschrieben wurde – aus Rosenius lesen. Mama nahm den Strickmuff, obwohl es nur über den Hof war. Ich hatte Filzstiefel an. Der Pißklumpen leuchtete gelb im Schnee. Ich war nicht besonders fröhlich, das war wahrscheinlich niemand, wenn James Lindgren aus Rosenius lesen sollte, aber es würde wohl nur an die zwei Stunden dauern, weil das Bethaus kalt war. Man brauchte nur etwas Ausdauer.

Noch wußte ich nicht, daß diese Lesung mein Leben verändern sollte.

Sven Hedmans Frau hieß Alfild und stammte angeblich aus einer Zigeunerfamilie. Vielleicht war sie auch Wallonin, aus der Hörneforsgegend, aber die allgemeine Meinung war Zigeuner. Jedermann wußte natürlich, daß Zigeuner diebisch waren, und es war kein Spaß für Sven Hedman, als er mit der Frau nach Hause kam, obwohl sie damals immerhin noch schön war.

Es war auch schade um sie. Sie konnte nicht richtig sprechen, was allerdings nicht daran lag, daß sie vielleicht Zigeunerin, eventuell Wallonin war. Die allgemeine Ansicht ging dahin, daß sie halb stumm geworden war, als sie Johannes bekam. So gesehen war es sein Fehler, und man meinte wohl, man könne es mir aufbürden, später, nach der Auswechslung.

Auf der Krankenstation war sie stumm geworden. Vorher hatte sie geplappert wie alle anderen, und sie hatte eine sehr schöne Gesangsstimme gehabt, die in dem gelben Bethaus deutlich zu hören war. Wäre sie nicht vielleicht Zigeunerin gewesen, wäre sie sicher allgemein beliebt gewesen. Nun verhielt man sich sozusagen allgemein abwartend.

Seit der Geburt im September 1934 war sie stumm, oder halbstumm eigentlich, denn ihre Gesangsstimme hatte sie behalten. Die Gottesworte kamen vollkommen klar und deutlich aus ihr heraus, wenn sie Kirchenlieder sang. Es war sozusagen ein Wunder. Sie sah es wohl als einen Trost an. Wäre sie nicht später meine Mutter geworden, hätte ich sie wahrscheinlich gern gehabt.

Sie kam von der Krankenstation in Bureå mit einem kleinen Kind nach Hause, das sie auf den Namen Johannes taufte. Aber bald begann das Getuschel, daß irgend etwas komisch sei mit dem Kind, das sie Johannes getauft hatte. Das Kind sah, im Unterschied zu ihr, nicht zigeunerhaft aus. Es sah geradezu nettig aus, hatte blaue Augen und helles Haar, regelmäßige Gesichtszüge und wohlgeformte Zähne. Er hatte ein frisches, offenes Lächeln, lachte leicht und war schnell der Liebling aller.

Es wurde allgemein festgestellt, daß es mit seinem Aussehen etwas Komisches auf sich habe. Er ähnelte auch Sven Hedman nicht. Weil aber niemand bestreiten wollte, daß Alfild die Mutter des Kindes war, hielt man es nach einiger Zeit für unnötig, sich dabei aufzuhalten. Es war wohl der Menschensohn, der aufs neue zur Erde hinab gesandt worden war, hatte Egon Fahlman aus Östra Hjoggböle, der nicht gläubig war, sondern Schuster, gescherzt, was niemand passend fand, doch es hieß, er habe es gesagt.

Wir wohnten fünfhundert Meter von Hedmans entfernt, auf der anderen Talseite. Das Komische war, daß ich Alfild Hedman ziemlich ähnlich war. Das war der Anfang, so fing es an. Und dann dieser Januartag 1939, als der Pinkeleimer gefroren war, der Prediger nicht kam, James Lindgren Rosenius lesen und mein Leben sich verändern sollte.

Es gab sonst keine Zigeuner im Dorf, Gott sei Dank.

Es gab indessen einen Zigeunertreffpunkt in Forsen, das in der Mitte zwischen Sjön und Östra Hjoggböle lag. Dort war der Konsum, der eigentlich Koppra hieß, und der Zigeunertreffpunkt. Der Zigeunertreffpunkt war ein Haus und lag nach Skellefteå zu, auf Kleppen. Dorthin kamen auch, in regelmäßigen Abständen, Zigeuner aus Finnland.

Wenn sie kamen, wollten sie verzinnen. Es war fast schlimmer, als wenn ein Zeuge Jehovas an einem Karfreitag kam. Niemand wollte eigentlich etwas verzinnen lassen, bis zu dem Tag, als eine nächtliche Feuersbrunst ausbrach, wo die Zigeuner ein brüskes Nein bekommen hatten.

Danach wollten fast alle verzinnen. Man wußte beinah mit Sicherheit, daß ein Zusammenhang bestand, auch wenn es nicht überall brannte, wo es ein festes und entschiedenes Nein gegeben hatte.

Es war etwas Komisches mit Alfild, Eeva-Lisa und den Zigeunern. In Kapitän Nemos Bibliothek gibt es eine Aufzeichnung darüber.

Obwohl man sich schon fragt. Schließlich geht es Johannes, der hellhäutig war, ein frisches Lächeln hatte und allgemein beliebt war, nichts an.

Er scheint nachgeforscht zu haben.

»Eeva-Lisas Großvater war, ihr selbst zufolge, die doch keinerlei zigeunerhaften Einschlag hatte, ein Experte für das Leben der Zigeuner und hatte ein Wörterbuch des geheimen Wortschatzes der Zigeuner geschrieben. Auf diese Sprache angesprochen, wurde sie ganz schweigsam. Weil der Zweck der Sprache war, die Zigeuner vor der Bedrohung durch die Gesellschaft zu schützen, galt es, das Sprachgeheimnis zu bewahren. Fünf Jahre lang war der Großvater im südlichen Finnland unter finnischen Zigeunern umhergereist und hatte mit Hilfe eines Zigeunerjungen, der angab, Palo zu heißen, die Geheimnisse aufgezeichnet.

Als alles bereits publiziert war, wurde enthüllt, daß er hinters Licht geführt worden war. Alles, was er aufgezeichnet hatte, Wörter, Komposita, die ganze Kartei mit den Geheimnissen, alles war ein einziger Betrug. Er glaubte, kartiert zu haben, doch der Junge hatte sich selbst schützen wollen und deshalb eine Sprache zu seinem eigenen Schutz erfunden. Palo hatte ihm eine Dichtung gegeben, um selbst davonzukommen. Als das bekannt wurde, floh der Großvater nach Misiones, Nordargentinien, weil die Schande zu groß war. Dort war Eeva-Lisas Mutter schließlich unter eigenartigen Umständen gestorben, während der Großvater sich in einer kleineren Ortschaft namens Guarany, nahe der brasilianischen Grenze, versteckt hielt.

Die Aufzeichnung der geheimen Sprache ist jedoch bewahrt bei dem Jungen, Palo, der sie also unter Vorspiegelung falscher Tatsachen selbst geschaffen hat.«

Ich weiß nicht, wie sie zu uns kam.

Nachher dachte ich, daß es eigentlich viele nicht ganz menschliche Menschen gab, die hätten zusammenhalten können.

Dafür braucht man keine geheimen Sprachen. Oder man braucht vielleicht eine geheime Sprache.

Aber nein, aber nein.

Unter gewissen Albatrosarten, Vögeln, die größer und mächtiger sind als Eeva-Lisa und ich, existiert etwas, das »das Kainsyndrom« genannt wird. Der Vogel brütet zwei, manchmal bis zu drei Eier aus. Er brütet sie nacheinander aus, so wie sie gelegt werden. Auf diese Weise werden die Jungen mit einigen Tagen Abstand voneinander ausgeheckt. Das ältere Albatrosjunge hackt dann das jüngere tot. Niemand weiß, warum.

Futter hat es. Liebe auch.

Ich bin so gesehen ein komisches und ungewöhnliches Junges. Mich hackte er sechs Jahre, nachdem ich geboren wurde, tot, und obwohl wir gleichzeitig ausgeheckt wurden.

Kein Wunder, daß ich da meinen Mörder ums Leben brachte.

3   Es war sehr kalt an jenem Sonntag. Die Strömungsrinne im Auslauf des Baches war jedoch offen, wie immer. Es roch weithin nach faulen Eiern. Es muß fünfunddreißig Grad kalt gewesen sein.

Tiefe Sonne, jetzt, mitten am Tag, nur zwei Fingerbreit über dem Horizont.

Mama hatte den Strickmuff an. Saß damit auch im Bethaus. Alle saßen da mit allen Kleidern an. Es dampfte aus den Mündern, daß man kaum den Erlöser auf dem Bild sehen konnte.

Vor uns saß Alfild Hedman mit Johannes.

Ganz hinten im Bethaus, am Kamin, war es sehr heiß. Weiter vorn war es kühl, danach eiskalt. Das Gemälde stellte den Menschensohn dar, der seine Hände über die armen Kinder ausstreckte, und das Bild hatte eine Scharte im Rahmen. »Jesus liebt alle Kinder« hieß das Erweckungslied, auf dessen Melodie Johannes später seine lügenhaften Verse über Eeva-Lisa schrieb.

Tante Hanna saß auf der anderen Seite des Mittelgangs. Sie beobachtete uns die ganze Zeit.

Nach zwei Stunden nahm es ein Ende, denn es war so kalt, daß James Lindgren fast die Füße erfroren, und er fing an zu stampfen, so daß es schwerfiel, ihm zu folgen.

Alle gingen nach Hause, auch Tante Hanna. Wir erfuhren später, wie es vor sich ging. Sie war nach Hause gegangen und sehr schweigsam gewesen. In der Nacht hatte sie wach gelegen und um Führung gebetet. Am folgenden Tag hatte sie begonnen, andere tiefgläubige Personen anzurufen, die über das, was geschehen war, etwas wußten. Schließlich auch Mama, die danach mit Tante Hanna zusammenkam und lange redete.

Und am Ende war Josefina aus dem Schlafzimmer gekommen, wo sie gesessen hatten, um niemanden zu stören. Und sie war vollkommen verweint, sagte aber nichts zu mir, der ich mir immerhin Gedanken gemacht hatte.

Sie hatte wohl erzählen müssen, wie es damals auf der Krankenstation zugegangen war. Und da hatte wohl Tante Hanna ihre schlimmsten Ahnungen bestätigt gesehen. Und so hatte das große Unglück begonnen.

Die Krankenstation in Bureå war sehr schön gelegen.

Der Fluß war nur hundert Meter unterhalb, dazwischen viele Birken. Aber man sah den Fluß. Die Krankenzimmer hatten alle Fenster nach Süden.

Es hatte sich so ergeben, daß Josefina und Alfild am selben Tag gebaren. Eine so um die fünf Stunden vor der anderen, hieß es. Und sie lagen im selben Saal.

Es war ein feiner Herbst, die Blätter waren gelb, hingen aber noch an den Bäumen, und noch war kein Schnee darauf gefallen. Und am folgenden Morgen war die Hebamme Frau Stenberg in das Zimmer Nummer zwei der Krankenstation gekommen und hatte zwei Kinder auf dem Arm gehabt. Beides Jungen. Und war reichlich gehetzt, aber gut gelaunt gewesen. Und dann hatte sie, in ihrem ein wenig scherzhaft verärgerten Tonfall, der zuweilen mißverstanden werden konnte, gesagt, es sei Essenszeit.

Und wessen Kind war denn dies hier nun eigentlich.

Später hieß es, dies sei das Unglück ihres Lebens gewesen, sie habe damit ins Grab gehen müssen und sei nie wieder richtig die alte geworden, und was man sonst noch über ihr Unglück erzählte. Man erinnerte sich vor allem wegen ihres Unglücks an sie. Aber damals war sie meistens zu Scherzen aufgelegt. Hinterher, als der Fall durch ganz Schweden die Runde machte, zuerst in kleinen Ringen durch die Gemeinde, dann in immer größeren und zuletzt wie eine mächtige Woge, die auch nach Stockholm hinunterschwappte und zu den Menschen, die dort Zeitung lasen, da fragten sich alle, wie das eigentlich hatte passieren können. »Das war die Frage, die alle Gemüter bewegte«, stand da.

Aber für mich gab es seitdem nur eine Frage, die mein Gemüt bewegte. Nicht wie es passiert war, oder ob es passiert war. Sondern ob ich eigentlich ein richtiger Mensch war.

Und wenn ja: wer.

Die späterhin nicht mehr so beliebte Hebamme kam herein und fragte, welches Kind wem gehöre.

Und Alfild Hedman, die da gerade eben zeigen konnte, denn etwas Unerklärliches schien sich ihr auf die Stimme geschlagen zu haben, sie zeigte. Und es war doch natürlich, daß man sein eigenes Kind erkannte. Und so bekam sie Johannes.

Und dabei blieb es, bis zu jenem schwindelerregenden Augenblick, als Tante Hanna plötzlich, als sie, wie die anderen im Bethaus, nicht auf Rosenius hörte und der Atem dampfend aus ihrem Mund kam und sie unter den Augen des Kinderfreundes auf dem Bild mit der Scharte im Rahmen die beiden Jungen fixierte und sich fragte, ob nicht doch eine Verwechslung geschehen war.

Und am nächsten Tag stellte sie die Frage.

Und so fing es an.

Warum war es notwendig. Es hätte wohl auch so gehen können.

Was war schon Besonderes an Verwechslungen, sagten sie hinterher zu mir.

Wechselbälger kannte man ja. Im »Dschungelbuch« gab es zum Beispiel Mowgli. Es waren fast immer feine Erzählungen, die darauf hinausliefen, daß ein feiner kleiner Mensch, eigentlich ein Königskind, verschludert worden war. Oder unter Wölfen gelebt hatte. Lebte man unter Tieren, bekam man vielleicht die Gedanken und Gefühle eines Tiers, aber es endete trotzdem gut. Man kam zu guter Letzt zurück nach Hause. Manchmal zum Haus des Königs.

Man hatte es sehr schwer gehabt, kehrte aber zurück, wie der verlorene Sohn. Und dann war eitel Freude.

Aber ich mußte ja das grüne Haus verlassen.

Eigentlich habe ich nur einen Menschen in meinem ganzen Leben gehaßt. Und den kannte ich kaum. Das war Tante Hanna.

Warum war das nun notwendig. Sie stahlen mir meine Mama, und das Haus meines Vaters, und die Sommerwohnung, und den Lokus, und die Quelle, und die Frösche, und die Eberesche, die ein Glücksbaum war.

Ist man ausgetauscht worden, kann man nie sicher sein, daß man ein richtiger Mensch ist. Nicht wie vorher jedenfalls. Zu spät sah ich ein, daß ich sterben und wiederauferstehen und mich denen anschließen mußte, die nicht wirklich Menschen waren, vielleicht Pferde, vielleicht die Katzen im Firnis auf dem Bettgiebel.

Tante Hanna scheint nie daran gezweifelt zu haben, daß sie ein Mensch war. Aber im Bethaus betrachtete sie uns scharf, und so verwandelte sie mich.

Ich wünschte mir, Eeva-Lisa wäre dabeigewesen an jenem Tag im Bethaus. O wie ich mir das wünschte.

Sie hätte dem Kinderfreund auf dem Bild ein Zeichen geben können. Oder, wenn er keine Zeit gehabt hätte, Kapitän Nemo anrufen können, der der Wohltäter aller in Not Geratenen war.

Aber neenich.

4   Es kam zu einer Masse von Gesprächen. Ich nenne es so. Man schmiedete Kettenglieder zusammen, wie in Großvaters Schmiede. Tante Hanna, und später Josefina, und dann der Pastor, dessen Frau einen Koffer hatte, und der Doktor, der in den Papieren nachschaute, und die Hebamme, die sich an absolut nichts erinnern konnte. Dann die Polizei, und der Lokalkorrespondent im *Norran*. Er wurde pro Zeile bezahlt. Und so schmiedete man zusammen.

Am schlimmsten war es, als es in der Zeitung stand, aber ohne Namen. Da wußte man sofort Bescheid.

Ich lernte schnell, zu erkennen, daß ich es war, von dem die Rede war, obwohl ich keinen Namen hatte. Man riecht es förmlich, daß man es selbst ist.

Hätte ich das an jenem Sonntag gewußt, hätte ich vielleicht dem Menschensohn auf den Arm kriechen können. Durch den Firnis auf dem Bild. Er, von dem es heißt, daß er allen Kindern hilft. Aber nun saß ich nur neben Mama mit dem Strickmuff. Ich erinnere mich an nichts. Also kann ich mir ebensogut vorstellen, daß sie mir ein wenig mit der Hand übers Haar strich, ein bißchen nachdenklich, als sei sie in Rosenius versunken, striche mir aber dennoch nachdenklich übers Haar. So ganz leicht.

Was hat man eigentlich dabei zu verlieren, daß man sich etwas vorstellt. Andererseits war sie nicht die, die einem ganz ohne Grund übers Haar strich. Gekrault zu werden wie eine Katze. Gerade in dem Augenblick, als Tante Hanna sich entschloß, Gerechtigkeit zu üben, in dem die Kette geschmiedet zu werden begann, der Hammer über die Kettenglieder gehoben wurde, das Eisen brannte, und ich im Begriff war, mein Leben zu verlieren.

Es war eine Sensation, die ziemlich weite Kreise ziehen sollte, wurde mir später klar.

Die Ringe breiteten sich auf dem Wasser aus. Im ersten Ring, also dem um Johannes und mich und Mama und Alfild, war es ruhig und glatt und still. Zuerst. Aber dann toste die Woge überall. In allen Zeitungen, und im Radio, und auch in den Stockholmer Zeitungen, die der Verwechslungsgeschichte in dem kleinen entlegenen norrländischen Dorf großes Gewicht beimaßen. Das waren also wir. Nur weil sie weit weg waren, waren wir entlegen. Aber wir befanden uns mittendrin. Sie waren es, die entlegen waren.

Eigentlich schrecklich, mittendrin zu sein. Ich würde entlegen sein wollen.

Es war der Pastor, der mich, von der Mutter darum gebeten, zu einem Gespräch unter vier Augen zu sich holte und es mir erzählte.

Er erzählte, nachdem er erst ein kurzes Gebet gesprochen hatte, dessen Inhalt ich vergessen habe, daß wir verwechselt worden seien, miteinander, auf der Geburtsstation. Man habe ganz einfach geschlampt. Es sei indessen nicht hoffnungslos, weil Gerechtigkeit hergestellt werden müsse, es komme nur darauf an, daß das Recht befragt werde, und das schwedische Recht sei unbestechlich. Ich wußte nicht, was das war, aber es klang nach etwas mit Kühen. Wir hatten die falsche Mutter bekommen. Jetzt würden wir die richtige Mutter bekommen. Er erwähnte nichts vom Haus, und ich fragte nicht und flennte kein bißchen, wofür er mich kräftig lobte, um danach zu einem abschließenden Gebet überzuleiten.

Wenn es wenigstens Prediger Forsberg gewesen wäre, der ein Fahrrad mit Ballonreifen und sieben Kinder hatte und es gewohnt war.

Und es würde seine Zeit dauern. Mit der Zeit würden alle Wunden heilen. Ich würde meine richtige Mutter bekommen, die Alfild Hedman war, und Johannes seine rechtmäßige, die Josefina war.

Sven Hedman wurde nicht erwähnt. Sie sollen sich jedoch geweigert haben. Deshalb ging es am Schluß bis zum Obersten Gericht. Es war wohl noch nie etwas Ähnliches vorgekommen.

Aber es war nicht das, was ich bekam, was mir zugeteilt wurde, das sich einbrannte. Es war nicht Alfild und Sven Hedman. Es war das, was ich verlor, das brannte. Ich sollte auch das grüne Haus verlieren, und die Sommerhütte, die wie ein Bootshaus aussah, und den Holzschuppen, und den Lokus mit den Zeitungen. Und die Hagebuttenhecke und die Eberesche, auf der es im Winter Schnee und Beeren und Vögel gab. Und die Quelle mit den Fröschen, die ich nicht mehr verteidigen konnte.

Der Pastor fragte vor dem abschließenden Gebet, ob ich etwas zu fragen hätte. Ich antwortete nein. Auch dafür wurde ich kräftig gelobt.

Mama war nicht zu Hause, als der Pastor kam.

Ich weiß nicht, was sie zu Johannes sagten.

Vielleicht sagten sie das gleiche. Vielleicht war das Wichtige, auch für ihn, nicht das, was er bekommen sollte, sondern das, was er verlor.

Obwohl wir nie darüber sprachen. Wir wechselten kein einziges Wort darüber. Und als wir nach einer Pause von einigen Jahren anfingen, miteinander zu spielen, hatte er schon Eeva-Lisa bekommen, damit er nicht nervös wurde.

Darum weiß ich nicht, was mein bester Freund Johannes darüber dachte, über das Wichtigste, das ihm geschah, gleich nach dem Verrat, und nach dem, was auf der Treppe geschah, als Eeva-Lisa ihm genommen wurde.

Aber er bekam ja das grüne Haus.

Tatsächlich bekam er es von mir. Es wurde mir genommen und ihm gegeben. Und ich wurde zurückgelassen. Vollständig leer, wie Schnecken, ein bißchen Schleim, ein bißchen Gehäuse, ein bißchen Tod, also nichts Besonderes. Wenn man etwas besessen hat und es wird einem genommen, dann weiß man, was man verloren hat. Wenn man nie etwas gehabt hat, dann ist es sicher nicht besonders schrecklich, nichts zu verlieren.

Bevor das alles passierte, und noch bevor Tante Hanna an jenem Tag im Bethaus den bösen Blick auf uns richtete und begann, mit dem Erlöser zu sprechen, hatte ich eine Katze bekommen. Aber Josefina schickte sie weg, weil sie auf den Eisenherd geschissen hatte. Sie fand es unnötig, daß Katzen so etwas taten. Das war die einzige Katze, die ich je hatte. Die hatte ich zuerst, dann hatte ich sie nicht. Besser, ich hätte nie eine Katze gehabt, dann wäre es sicher nie schrecklich gewesen. Besser, nie gehabt zu haben, besser nie gehabt zu haben, dann wird man nicht beinah verrückt, wenn es weggenommen wird.

Ich meine: Wir gingen aus dem Bethaus, Johannes und ich, und waren ein bißchen froh darüber, daß die Lesung aus Rosenius vorüber war. Man war jeden Sonntag ziemlich froh, wenn es vorüber war. Er leuchtete sozusagen heraus aus all den Sonntagen, der Moment, wenn man herauskam.

Aber hätte man nicht die Qual mit Rosenius gehabt, der von James Lindgren, ausgesprochen wie geschrieben, gelesen wurde, dann wäre man auch nicht froh geworden, wenn es vorbei war. Es war wohl das gleiche, nur umgekehrt, mit dem grünen Haus.

Wir gingen hinaus, die Sonne war untergegangen, denn es war schon nach ein Uhr, und es war Januar.

Ich stand draußen auf der Bethausvortreppe, und irgendwie befand ich mich in der Mitte meines Lebens. Und dennoch war ich erst viereinhalb Jahre alt.

Ich hatte auch einmal einen Hund, aber nur einen Tag, dann wurde der Besitzer gefunden.

Ich bin sicher, daß die Katze hätte lernen können, nicht auf den Eisenherd zu scheißen. Es ist etwas Krankes an allen, die wegnehmen, was man hat.

Ich muß mich zusammennehmen. Man muß sich immer zusammennehmen. Jetzt werde ich erzählen, wie wir zurückgetauscht wurden.

5   Das Oberste Gericht hatte befunden, daß Alfild Hedman mit an Sicherheit grenzender Wahrscheinlichkeit meine Mutter sei.

Johannes wurde nicht von der Polizei abgeholt. Er nahm es als ganz natürlich hin, glaube ich, aber ich habe ihn nie gefragt.

Josefina meinte, unterstützt von Tante Hanna mit dem bösen Blick, daß die Gerechtigkeit ihren Lauf nehmen müsse. Sicher stand etwas darüber in der schwarzen Bibel. Jede Bosheit stand da wohl, wenn man nur danach suchte. Sie wollte es zurückgetauscht haben, mit Unterstützung von Tante Hanna. Hedmans glaubten nicht an das Oberste Gericht, aber was sollten sie machen.

Ich hatte eigentlich auch nichts Zigeunerhaftes. Eher Sven Hedman ähnlich, wenn schon. Man untersuchte ausgiebig unsere Ohren. Es war etwas mit den Windungen. Als wäre man ein Schneckengehäuse. Nicht Mensch eigentlich.

Das Ergebnis stand im *Norran*.

Nachdem der Distriktsgendarm gegangen war und die Papiere überreicht hatte, die zu lesen Mama sich nicht die Mühe machte, obwohl es ein Sieg war, begann ich, das Haus zu durchsuchen, um eine genauere Planzeichnung mit einem Verzeichnis der Position der Gegenstände anfertigen zu können.

Wir hatten eine Rolle weißes Papier in der Speisekammer. Als Mama aus dem Haus gegangen war, um mit Tante Hanna zu reden, zog ich die Rolle hervor und riß ein meterlanges Stück ab. Dann holte ich mir einen gewöhnlichen Bleistift, es war ein Zimmermannsbleistift, den Mama noch von Papa aufbewahrt hatte, ich nenne sie so. Er hatte ihn im Wald gehabt, als er noch Bäume fällte und lebte. Ich glaube, daß er damit in seinen Notizblock schrieb.

Auf dem Papier begann ich, Papas Zimmermannsbleistift benutzend, mit der detaillierten Beschreibung des Hauses.

Man mußte genau sein. Ich durfte keinen einzigen Fehler machen. Dann würde das grüne Haus irgendwie für immer verlorengehen. Es war wie die Bergungslisten von dem gestrandeten Schiff im »Robinson Crusoe«.

Es eilte, denn der Pastor war am Telefon sehr ernst gewesen.

Mama sagte nicht viel in jenen Tagen. Aber mit mir war ja auch nicht viel zu reden.

Ich zeichnete exakt das gesamte Haus auf.

Das Kellergeschoß, mit dem Kartoffelkeller, wo nicht gemalzt werden durfte, und dem Erdkeller, und dem Raum mit dem Brunnen mit Wasser, das verdorben war und schlechter als die Quelle, wo die Frösche waren – der Keller war am einfachsten. Den konnte ich ganz ruhig, beinah gleichgültig aufzeichnen, als wäre man ein zweiter Dragos. Die Treppe hinunter war auch leicht zu zeichnen.

Ich sage das ganz aufrichtig.

Oben galt es exakt zu sein. Ich maß die Größe der Räume mit den Füßen aus und benutzte Papas alten Zollstock. Man fragt sich, was Papa von dieser Sache gehalten hätte, man fragt sich wirklich. Den Eisenherd zeichnete ich mit allen Details. Herdringe, Backofen und Lavoir. Den Holzkasten, wo ich zu sitzen pflegte, während Mama Essen machte, und nur guckte und an nichts Besonderes dachte oder an den Krieg, wenn

Mama erzählte, was darüber in der Zeitung stand – den Holzkasten zeichnete ich nur in groben Umrissen, und die Holzkloben nur angedeutet.

Es war wohl ziemlich gut, obwohl ich erst sechs Jahre alt war.

Schlimmer war es mit dem Obergeschoß. Das war der schlimmste Teil der Bergungsliste.

6 Sie fand mich draußen auf dem Dachboden, als ich gerade die ganze Bergungsliste fertig hatte.

Ich hatte das Schlafzimmer gezeichnet, und es war mir recht gut gelungen. Ich hatte eine Latte als Lineal benutzt. Das Schlafzimmer wurde fein: gute Maße, das Fenster am richtigen Platz. Für das kleine Ausziehbett, in dem ich schlief, hatte ich ziemlich lange gebraucht.

Man konnte ja das Wichtigste, also die Innenseite des Giebels am Kopfende, nicht klar zeichnen. Dort war der alte Firnis, der so alt war, daß ihn vielleicht Großvater, wenn man Großvater sagen kann, aufgetragen hatte, der Firnis hatte ganz natürlich Blasen geschlagen, war dunkel geworden oder hatte Streifen bekommen, so daß Figuren, Bäume und Wälder hervorzutreten begannen, ohne daß der Giebel etwas hatte tun können, um es zu verbergen. Er war zuerst gefirnist worden, von Großvater, danach war er sicher sehr lange ganz normal gewesen. Aber schließlich waren die Figuren und die Bäume hervorgetreten.

Am besten war es im Sommer. Dann war es die ganze Nacht hell, und entweder konnte man wach bleiben oder man beschloß aufzuwachen. Mama schlief dann, und schnarchte, ich meine Josefina Marklund, aber das machte nichts.

Ich setzte mich vor den Bettgiebel ans Kopfende und betrachtete die Tiere. Sie waren alle braun und ziemlich niedlich.

Es waren hauptsächlich Katzen, man konnte deutlich die Ohren sehen, und bei manchen die Augen: aber auch Vögel, die mit ihren Flügeln Linien quer durch den Himmel über den braunen Tieren zogen.

Manchmal konnte man nicht sicher sein, was für Tiere es waren. Manche von ihnen wirkten betrübt, oder unglücklich, es gab drei oder vier, die mir wegen ihrer traurigen Gesichter, in denen die Tränen nur mit Mühe zurückgehalten waren, ernstlich Sorge bereiteten. Ein Tierkind wirkte bleich und so, als würde es vielleicht sterben, als wäre der Vater Trinker, aber sonst konnte man nicht sicher sein, was geschehen war.

Man mußte es sich vorstellen. Die Münder bei mehreren der Katzen waren sehr deutlich, bewegten sich oft, besonders in bestimmten hellen Sommernächten. Sie baten sozusagen um Rat. Ich hatte den Eindruck, daß sie in größtem Zweifel waren. Was sie genau sagten, wußte ich nicht, aber ihre Mundbewegungen und Augen waren voller Bedürfnisse, die gestillt werden sollten, und besonders ein Tier (das vielleicht ein Hund war), machte den Eindruck äußerster Unschlüssigkeit.

Die Landschaft war so, wie man sie sich vorstellte.

Im Winter waren die Tiere wohl auch da, aber dann konnte man sie nicht sehen. Da mußte man sich damit begnügen, sie mit der Hand zu erfühlen.

Ich weiß, daß alle diese Tiere, die aus dem Firnis hervorgebrochen waren, mich mit großer Fürsorge umgaben. So wie ich sie. Es war rein zum Verzweifeln, daran zu denken, daß sie allein gelassen werden sollten, ohne einen Wohltäter oder Ratgeber, der ihnen in ihrer Unschlüssigkeit helfen konnte.

Johannes, der dieses Bett und diesen Bettgiebel mit den unruhigen und unschlüssigen Tieren übernehmen sollte, würde sicher nicht verstehen. Das tut man nicht, wenn man nettig und allgemein beliebt ist. Um die Mundbewegungen der Firnistiere zu verstehen, und sie recht zu verstehen, mußte man anders sein.

Ich zeichnete den Bettgiebel ein. Aber keine Tiere.

Einmal hatte Mama gesagt, daß ich Sandpapier nehmen

solle, und sie würde dann firnissen, denn das sähe ja reinweg erbärmlich aus.

Ich wäre fast gestorben. Sie vergaß es zum Glück.

Mamas Bett zeichnete ich auch ein. Ebenso den Nachttisch mit der Waschschüssel und der Kanne mit Wasser, und die Seifenschale und die Handtücher. Das Glas mit Salzwasser zeichnete ich auch ein.

Ansonsten nur zwei Sprossenstühle sowie die Kiste, in der ich zwei Bücher hatte.

Die Bibel lag auf dem Nachttisch. In der Kiste lag auch die Kinderbibel. Die war nicht so spannend wie die große Familienbibel, in der die Bilder waren. Auch das mit der Sintflut und den Frauen fast ohne Kleider, die verschlungen wurden.

Es war ziemlich furchtbar zu sehen, wie sie aussahen, wenngleich auf eine Weise schön. Sie wurden verschlungen von den Wassermassen und hatten deshalb nicht die Schicklichkeit, sich zu verhüllen. Und in den Wassermassen wurde ein riesiges Loch geschaffen, als wäre es das Loch in der Seite des Menschensohns, in das man hineinkriechen und sich verstecken konnte. Dorthin wurden die unverhüllten Frauen auf den Bildern in der großen Bibel gesogen.

Alles ließ sich einzeichnen. Ich zeichnete ohne Schmerz ein.

Zuletzt kam der Dachboden.

Was sollte ich aufnehmen.

Das Bett in der Ecke, das nicht benutzt wurde. Die Bretter. Die Wand, die nicht gestrichen war und ohne alten Firnis und vollkommen ohne Tiere. Das Spielbrett, das Papa gemacht hatte, das Kårångbrett. Das Spielbrett war wie ein Schachbrett, allerdings mit Pappsteinen mit Kreuzen auf der Rückseite; er hätte wohl so manches Spiel darauf spielen können, obwohl es vielleicht Sünde war. Vielleicht. Aber das hätte man ja wohl gewußt, wenn er noch gelebt hätte, und wenn er mein Vater gewesen wäre (aber: das Oberste Gericht). Die Brotschieber, die großen, meterbreiten und sehr dünnen mit Initialen, die mit dem Brenneisen eingebrannt waren. Man fragt sich wirklich, was er mit der Geige wollte. Wo war im übrigen die Geige. Hatte sie die auch verbrannt. Alles verbrannte man ja, also sei's drum. Der Verschlag mit den Zeitungen, die furchtbar alt waren. Die Teigrolle.

Es war so viel. Ich kam nicht mit. Die Zeit war so kurz. Das Spielbrett. Gab es eine Geige und warum hatte er sie gekauft und warum war es so still um ihn. Ich meine, irgendwoher mußte man ja gekommen sein. Es war schließlich nicht der Heilige Geist gewesen.

Die Teigrolle. Das Spielbrett.

Und da gab ich auf.

Ich hatte mich auf den Zeitungshaufen im Dachbodenverschlag gelegt und angefangen zu flennen, als Josefina kam.

Zuerst fragte sie, was los sei. Dann fragte sie nicht mehr, obwohl ich weiterheulte. Der Grundriß auf dem Küchenpapier – es war mehr wie ein Butterbrotpapier – lag auf dem Fußboden, und sie sah nach, ob er richtig gezeichnet war.

Mama war keine, die einen unnötig streichelte oder tätschelte.

Sie war eigentlich schön, habe ich immer empfunden. Aber man braucht ja nicht schön zu sein. Und als Papa starb, also als Johannes' Papa starb, war es, als ob sie stumm geworden wäre. Sie war ebenso schön wie früher, das sagten alle, aber sie war stumm. Ich kam auf diese Weise von einer Mama, die schön, aber stumm war, zu einer anderen, also Alfild, die nicht so schön, aber auch stumm war, wenn auch auf eine andere Art und Weise.

Da sie stumm war, hatte Josefina nichts dafür übrig zu streicheln, noch mochte sie gestreichelt werden. All so was war ziemlich unnötig, das lernte ich.

Vielleicht hatte ich deshalb solche Angst bekommen, als die ziemlich hoch aufgeschossene Tante mich an der Bushaltestelle in den Arm nahm.

Sie setzte sich auf den Zeitungshaufen und klagte sozusagen nicht laut.

Ich frage mich, wie alt sie damals war.

Sie sagte nichts. Was sollte sie sagen. Es war ja beschlossen, es war beschlossen worden.

Andererseits hatte sie mich mehr als sechs Jahre gehabt.

Nachdem sie ziemlich lange so gesessen und sozusagen nicht laut geklagt hatte, und als ich aufgehört hatte zu heulen und es so still geworden war, daß man nicht einmal die Espen draußen hören konnte, erhob sie sich von dem Zeitungshaufen, auf dem ich lag. Sie hatte nicht ein Wort gesagt. Sie ging hinüber in die Ecke, wo der Hutzucker stand. Dann nahm sie die Zuckerzange und knipste. Das Stück nahm sie in die Hand, legte vorsichtig die Zuckerzange nieder und kam zurück zu mir.

Ich frage mich, wie alt sie war. Ich fand immer, daß sie so schön war.

Sie nahm das Hutzuckerstück und leckte ein wenig daran, damit es weich werden sollte. Dann hielt sie den Hutzucker ganz dicht an meinen Mund.

Ich wußte nicht, was ich tun sollte. Ich wartete.

Sie hielt das Zuckerstück dicht an meinen Mund. Ich hatte aufgehört zu heulen. Es war vollkommen still auf dem Dachboden.

Sie nahm ihre Hand nicht fort, wartete nur. Ich werde mich immer daran erinnern. Ich erinnere mich daran, wie sie aussah. Und schließlich begriff ich, was ich tun sollte: Ich öffnete meine Lippen, und mit der äußersten Spitze der Zunge rührte ich an die weiße Bruchfläche des Hutzuckers.

Sie brachten mich mit Hilfe des Distriktsgendarms hinüber. Ich habe das Bild gesehen. Es war in der Zeitung.

Es schneit, das Bild ist unscharf, vielleicht Schnee auf der Kameralinse. Das Bild ist unscharf, aber man sieht trotzdem alles ganz deutlich, wie sie mich tragen, und wie ich verzweifelt schreie, von den Armen des Distriktsgendarms umschlossen.

7   Warum sollte ich ihm wegen des Brandes etwas vorwerfen. Das tue ich nicht, jetzt nicht mehr.

Er kriegte es wohl nicht zusammen, oder versuchte nicht, es zusammenzufügen. Er mußte schon lange in der Bibliothek des Unterseeboots eingeschlossen gewesen sein. Dann wird man wohl wie von Sinnen.

Ich werde nie davon erzählen, wie er versuchte, das grüne Haus zu bestrafen.

Die Henker, die Opfer und die Verräter.

Signal.

Es tickte aus der äußersten der Welten von ihm zu mir, geheimnisvolle Mitteilungen über ein Leben. »Signale von den toten Sternen«, konnte er schreiben, wenn er besonders ausführlich war. »Ich glaube, das war der Zeitpunkt, als ich starb«, über sie, die ihm genommen wurde.

Auffallende Fixierung auf den Tod bei einem lebenden Menschen.

Er war aus dem Krankenhaus geflohen, den ganzen Weg gefahren und hatte versucht, das Haus und sich selbst zu verbrennen. Aber es war nicht so gut gegangen, wie er gehofft hatte.

»Ich stellte mich ans Schlafzimmerfenster und blickte über das Tal. Es war, wie es sein sollte, Schnee, und der Mond leuchtete vollkommen weiß. Es kam Rauch. Ich hatte es mir anders vorgestellt, wie ein Feuer, das nicht weh tat, in den Schnee eingebettet wie in Watte, und mit dem Pfeifen der Telefondrähte in der Kälte, ein Gesang, der von der äußersten der Welten kam, und mit der Eberesche mit Schnee und Vögeln vor mir. Aber es sang nicht, es kam nur Rauch, und ich wurde gerettet, obwohl ich nicht wollte und dagegen ankämpfte. Nichts wurde, wie ich es wollte.

Es war, als erinnerte ich mich an alles falsch. Der Abhang hinunter zur Quelle war vollkommen flach, es gab keine Frösche zu retten, der Dachboden mit den Zeitungen war geleert. Man konnte doch nicht das Haus bestrafen, es auch nicht dazu bringen, zu leben aufzuhören, wenn es nicht wollte. Wenn man den Tod nicht verdient, wird man wohl daran gehindert. Und man muß weitermachen. Man muß sich auch nicht die Gnade verdienen. Aber vielleicht muß man sich den Tod verdienen, sonst lebte man ja nicht. Etwas Besseres als den Tod findest du überall, sagte der Esel. Komm jetzt, Rotkopf, wir ziehen weiter. Und deshalb kamen sie und retteten mich.«

Kein Sturm mehr.

Wenn Sturm war, flogen die Möwen langsam an meinem Fenster vorbei, vom Wind rückwärts getrieben, sahen sie mich mit ihrem kleinen, wehmütigen Lächeln an, flüsterten beinah lautlos.

Erinnerst du dich an uns, sagten sie. Vom Bettgiebel mit dem Firnis. Wir versuchen es noch immer, haben nicht aufgegeben. Dann wurden sie vom Sturm zurückgetragen, aber sie flogen.

Jetzt atmet das Meer.

Wohne diesen Sommer und Winter nahe am Meer, an Schwedens südlichster Grenze. So weit weg wie möglich von dem, was geschah, aber innerhalb der Grenze. So kann man es zusammenfassen.

Ich füge also zusammen, innerhalb, aber an der Grenze.

Erwachte die Nacht mit hohem Fieber und träumte schlecht. Ich bebte am ganzen Körper, wurde aber nach einigen Minuten ruhiger. Es war wie damals, vor der Auslieferung, wenn ich Fieber hatte. Ich schwitzte des Nachts und rief nach Josefina. Dann kam sie durch das Dunkel getappt mit einem beinah klagenden Tonfall, weil es so dunkel war, daß sie sich dafür nicht zu schämen brauchte.

Die Bettlaken waren naß vom Fieber. Da machte sie die Lampe an, wechselte das Laken und die langen Unterhosen, die auch naß geworden waren, und das Unterhemd. Dann wurde es trocken, und sie machte das Licht aus. Ich lag vollkommen still und sah zur Decke auf, wo das Schneelicht wie ein weißer, ruhiger, stiller Brand auflodderte. Die Tiere in dem Wald auf dem Bettgiebel schliefen, eingebohrt in ihre Träume wie die Vögel auf dem Wasser. Und dann konnte auch ich einschlafen.

So wird vielleicht am Ende der Tod: nicht der, der im Leben kommt, sondern der am Ende. Wie wenn Mama das Laken wechselt und es sich wieder trocken und warm anfühlt, die Vögel schlafen, das Schneelicht wärmt, und ich kann einschlafen.

Ich bin ziemlich ruhig gewesen, seit ich ihn in der Bibliothek von Kapitän Nemo wiedergefunden habe. Nicht richtig ich selbst gewesen, gerade deswegen, weil ich ruhig gewesen bin.

Schlief lange.

Gegen Abend rollte schwarzer Regen von Süden heran, er kam wie eine schnell wachsende Wand, die über den Küstenrücken heranzog, das Gras niederdrückte und peitschte und danach still in die Höhe und nach Norden zu verschwand: es wurde vollkommen still und klar.

Ich ging auf den Rücken hinauf. Weit im Süden konnte man Bornholm wie einen Schatten liegen sehen. Das Wasser atmete in sehr langsamen Bewegungen, eigentümlich schwarz, fast wie das Wasser im Kern des Vulkans auf der Franklininsel.

An diesem Abend ging ich mehrere Stunden. Ich fand ein Katzenjunges, es lag völlig leblos da. Es gab hier reichlich Wildkatzen. Das Katzenjunge war vielleicht einen Monat alt, nicht mehr. Es lag unbeweglich im Gras, mit der Nase zum Meer, hielt seine Augen geschlossen. Es war völlig durchnäßt.

Ich konnte spüren, wie das Herz schlug und schlug.

Ich trug es hinunter zum Haus. Das Katzenjunge hielt die Augen hartnäckig geschlossen, weigerte sich, die Augen zu öffnen, obwohl es alt genug sein mußte. Die Katzen auf dem Bettgiebel schliefen auf genau die gleiche Weise, aber sie erwachten, wenn ich sie rief. Meistens waren sie es, die mich riefen. Sie fehlen mir noch immer.

Aus den Augen des Katzenjungen tropfte Eiter. Ich versuchte, die Augen zu öffnen, und es gelang. Die Vögel waren schneller gewesen als ich, die Augen waren ausgehackt.

Also.

Ich ging über den Rücken hinunter zum Strand.

Die Dämmerung war gekommen, ich baute aus Strandsteinen eine letzte Grube für das Katzenjunge, mit einem flachen Stein als Boden. Ich legte das Katzenjunge auf den flachen Bodenstein, so sollte man Katzenjunge töten. So war auch der Tod, hatte ich gelernt: praktisch, ohne Sentimentalität, der schnelle schmerzlose Schluß.

Es war nicht so, daß man wählen mußte. Der schnelle Tod und der innere Tod kannten einander nicht. Keiner wußte vom anderen, und keiner war am anderen schuld. Das Katzenjunge saß mit fest geschlossenen Augen auf dem Boden der Grube.

Ich betrachtete es. So viele Jahre waren vergangen. Wie schwer es war, die Dinge in ihren Zusammenhang zu bringen, und wie notwendig. Ich nahm einen Stein und ließ ihn über dem Katzenjungen fallen.

Wie alt ich geworden war, während ich von dem grünen Haus geflohen war. Über den großen Stein legte ich andere Steine. Man merkte kaum eine Erhöhung.

Ich ging nach Westen über den Rücken auf Ales Stenar zu. Die frühe Nacht hing über dem Meer, Bornholm nicht sichtbar. Überall im Gras waren Schnecken, ich konnte hören, wie sie unter meinen Fußsohlen knirschten. Johannes wollte nicht bei mir bleiben und war nie zurückgekehrt. Es war am Ende nicht, wie es sein sollte. Es knirschte unter den Füßen, und die Dämmerung war erfüllt von einer unerhörten Schönheit und einem ganz normalen Tod.

Es begann mit der Auslieferung.

Ich werde heute nacht zusammenfügen. Josefina war so nettig, wenn sie die Laken wechselte, aber als ich nach der Auswechslung zurückkam, wollte sie nicht mit mir sprechen.

Die Zeichen.

Mitteilung: »Viel weiter müssen wir.«

Signal.

Wie still es ist heute nacht.

Dort draußen schlafen die Vögel. Die Tiere vom Bettgiebel haben noch nicht nach mir gerufen. Sie brauchen vielleicht keinen Wohltäter, weil sie sich noch nicht in der äußersten Not befinden.

2
Das Ereignis
mit dem Pferd

1
Alfild

Gott beschützt die Kinder all,
auch meins, obgleich's in Sünd gemacht.
Sonntagmorgen in der Kirche,
mein Bauch so dick, und sie starrten all.

Eeva-Lisa spreizt die Beine.
Der Mantel warm, doch der Mond leuchtet kalt.
Vielleicht wird geboren aus meinem Schoß
der Erlöser in diesem Lokusstall.

1 Als der Distriktsgendarm mich in mein neues Zuhause getragen hatte, bekam ich neue Filzstiefel, und dem Gendarm folgten der Fotograf des *Norran* und der einer Illustrierten aus Stockholm, der nur wegen dieser Sache den Zug von Luleå herunter genommen hatte. Der Distriktsgendarm hatte mich nicht den ganzen Weg getragen, nur die ersten fünfzig Meter den Hang hinunter. Danach war ich selbst gegangen.

Nur Sven Hedman empfing uns in der Küche. Alfild war zu Hause, war aber ganz still geworden und sang, nach der Melodie von »Wenn der Weihnachtsmorgen glänzet«, daß sie sich den Fotografen nicht zeigen wolle.

Nach einer Viertelstunde waren wir allein. Ich bekam Roggengrütze auf einem flachen Teller mit reichlich Melasse. Nur Sven Hedman und ich aßen. Er nötigte mich ein bißchen mit freundlicher Stimme. Es ist klar, daß ich sie nicht mochte.

Er hatte wohl Angst und hatte ein Essen gekocht, von dem er wußte, daß es ihm gelang. In dem grünen Haus aßen wir nie Melasse, sie wurde als Futter für die Kühe angesehen, was falsch war, Melasse war ebensogut wie Sirup und billiger. Es war typisch, sagte Sven sehr viel später, daß Josefina versuchte, ein bißchen fein zu tun mit der Melasse. Worauf ich nichts erwiderte.

Ansonsten war er sehr darauf bedacht, niemals schlecht über Josefina zu reden. Das einzige Mal war, als er das mit der Melasse sagte.

Es ist klar, daß er Angst hatte.

Das Oberste Gericht war die höchste gerichtliche Instanz des Landes und hatte festgestellt, daß er, der ehemalige Stierhalter, im Unrecht gewesen war, und hatte ihm mich zugesprochen. Es muß ihm ein wenig feierlich zumute gewesen sein, als ihm vom Obersten Gericht ein Kind zugesprochen wurde. Er hätte sich eigentlich für etwas Besonderes halten müssen, aber er wurde nur schweigsam. Alfild war schon schweigsam, außer wenn sie sang. Aber sie war wohl nicht richtig im Lot.

Viele meinten, es sei ein fast zu feierliches Unglück, das unbedeutende Kleinbauern getroffen habe. Es war wohl nicht richtig passend.

Ich bin sicher, daß er Johannes, der nettig war, viel lieber mochte.

Sven Hedman war früher im Dorf Stierhalter gewesen, was eine ehrenvolle Aufgabe war, besonders wenn man bedenkt, daß er keine Kühe hatte; er schlug im Winter Holz und ging im Sommer auf die Boote in Bure und war genaugenommen nicht einmal Kleinbauer. Nach einigen Jahren wurde ihm diese ehrenvolle Aufgabe, also als Stierhalter, weggenommen, und da wurde er schweigsam.

Er hatte sich einst mit Alfild verheiratet, weil sie schön war. Sie kam aus dem Süden.

Sie war nicht mehr schön. Die allgemeine Meinung im Dorf war, daß sie vielleicht im Anfang schön gewesen war, als er mit ihr angezogen kam, aber daß sie danach eingetrocknet und nicht länger schön war. Häßlich eher. Ihr Körper hatte etwas Lappisches an sich, vielleicht nicht der Körper, sondern der Gang, und über das Gesicht sollte man ja nicht reden. Das Haar war schön, aber sie war zu runzelig.

Sven Hedman hatte darüber sicher einmal eine eigene Meinung gehabt, aber jetzt nicht mehr. Er hatte vielleicht einen Glassplitter ins Auge bekommen, so daß er sie als häßlich sah, oder jedenfalls eingetrocknet. Alle anderen fanden das. Warum sollte es bei ihm anders sein. Als sie das Kind bekommen hatte, und gleichzeitig den Blutpfropf. Da wurde sie noch häßlicher.

Das Schönste, das er kannte, war bestimmt Johannes. Mich hatte er zugesprochen bekommen. Da sah er mich zuerst wohl auf die gleiche Art und Weise, also durch den Glassplitter. Aber er nahm mich freundlich auf, als ich dort hingetragen wurde, und kochte Roggengrütze mit reichlich Melasse. Er schüttete die Roggengrütze auf einen flachen Teller und grub in der Mitte einen Brunnen für die Melasse und gab mir einen Löffel, und dann aßen wir jeder von seiner Seite. So machte man es in der Familie, kann man sagen. Es war wohl ein Versuch mich aufzumuntern, daß er mir keinen eigenen Teller gab, und ich merkte, daß er das Loch mit der Melasse am Ende mir überließ. Er war wohl traurig darüber, daß der Goldjunge fort war, aber nahm sich zusammen, obwohl alles so häßlich geworden war.

Wenn er vom Holzfällen nach Hause kam und uns in der Küche sah, also Alfild und mich, dann sah er sicher nur, daß wir häßlich waren.

Weil er Angst vor uns hatte, redete ich nicht soviel mit ihm. Er war kräftig gewachsen, glatzköpfig, hatte nie eine besonders gute Hand mit Frauen gehabt, wie es hieß, und kaute ständig Tabak. Viele waren verwundert, beinahe bestürzt, damals, als er mit Alfild angezogen kam.

Es gab welche, die sich sehr wohl daran erinnerten, wie sie aussah, als sie ankam. Es war komisch gewesen. Aber es bestand kein Grund, sich zu ereifern.

Ich bekam die Küchenbank. Selbst schliefen sie in der kleinen Kammer. An der Wand hinter der Küchenbank gab es keine Katzen. Ich konnte nicht einmal auf die Eberesche hinausblicken. Es gab weder Vögel noch Schnee auf der Eberesche, die ich nicht sehen konnte. Alfild und Sven Hedman waren das einzige, was ich sehen konnte. Sie sprachen nichts miteinander.

Heute denke ich mir, daß sie traurig waren. Warum sollten sie dann miteinander reden. Man war sich trotzdem einig. Was geschehen war, war geschehen. Johannes war fort. Alles war wie blankes Eis ohne Sonne. Ich lag auf der Küchenbank. Ich war auch wie blankes Eis geworden.

Und so ging es zu, als Alfild Hedman ein Pferd wurde.

2   Ein Jahr und drei Monate nach der Auswechslung bekam Alfild Hedman ihren zweiten Blutpfropf.

Den überlebte sie auch. Aber sie wurde nicht wieder so, wie sie vorher gewesen war.

Ich frage mich manchmal, was man sich eigentlich dachte, was sie für mich werden sollte. Eine Art Mutter, nehme ich an. Sie hatten sich vielleicht vorgestellt, daß sie im schwarzen Kleid mit dem schwarzen Haar sitzen und mir aus den Klängen Zions vorsingen würde; denn singen konnte sie ja. Und würde da sitzen, den Kopf in die Hand geneigt und von der Liebe Gottes zu dem geliebten Kind singen, das sie nun zurückbekommen hatte.

Doch das einzige, was ich richtig sah, damals, als ich kam, war ihre Häßlichkeit, und daß es so still war. Das Sonderbare ist, daß ich vergessen zu haben scheine, wie wichtig es war, die Frösche zu verteidigen. Ich war so davon in Anspruch genommen, wie still und häßlich alles war, daß ich das wenige, das ich gelernt hatte, vergaß.

Ich glaube, ich versuchte, soviel wie möglich zu schlafen. Andererseits, soviel wie ich wollte – das war ja nicht möglich.

Sie bekam den zweiten Blutpfropf an einem Mittwoch.

Zuerst lag sie auf der Krankenstation, wo sie mit mir und Johannes geschlampt hatten; da mußte sie sich selbst versorgen. Dann kam sie nach Hause, da mußte ich sie pflegen. Sie kamen eines Tages gegen Ende Februar mit ihr; sie kam mit dem Bus, wurde in einen Schlitten gesetzt, wir hatten kein Pferd frei, aber sie war so leicht, daß ich und Sven Hedman sie ziehen konnten.

Sie wurde auf die Küchenbank gesetzt. Wir stützten sie mit Kissen.

Dann waren wir nur sie und Sven und ich während der Zeit, die kommen sollte. Danach sollte sie ein Pferd werden. Obgleich das erst im Sommer war.

Sie hatte oft die Augen geschlossen. Vielleicht hatte auch sie ein paar braune Firniskatzen, die sie mit geschlossenen Augen in ihrem Dunkel anrief.

Wenn die nicht sie anriefen.

Ich habe mich gefragt, hinterher, wie sie und Sven Hedman eigentlich miteinander lebten.

Es war wohl eine Art Liebe gewesen. Warum hätte er sonst eine suchen sollen, die zigeunerhaft war, oder vielleicht wallonisch. Er mußte doch wissen, daß daraus viel Leid und Kummer entstehen würde. Aber er hatte wohl Angst davor, einsam zu sein, und man weiß nicht, was sie miteinander redeten, als sie noch reden konnte. Sie hatte vielleicht auch Angst. Man sagte im Dorf, daß Sven und Alfild in den ersten Jahren wie das Zugtier mit zwei Köpfen aus der Offenbarung des Johannes waren. Aber Sven und Alfild selbst wußten vielleicht nicht, daß sie in großer Trübsal lebten. Und wenn man von der Trübsal nichts weiß, existiert sie nicht.

Also mußte es Liebe sein. Lebt man in Trübsal, aber ohne es zu wissen, muß der Grund Liebe sein.

Anfang Mai kam die Verschlechterung. Sven wollte, daß es in der Familie bleiben sollte. Und da lag wohl das Problem.

Die Veränderung war zuerst so unbedeutend, daß wir fast nichts merkten. Ungefähr so, wie wenn großes Unglück in sehr großes Unglück übergeht. Sie wurde nicht nur stumm, sondern nachdenklich. Wir begriffen, daß etwas passiert war. Danach kam der nächste Schritt, da war sie nachdenklich, aber nicht richtig stumm. Da begann man allmählich zu begreifen.

Das Schlimmste war, daß sie nicht länger stumm war. Und sie machte sich manchmal voll.

Sven Hedman kam mit dem meisten zurecht, aber manchmal half ich. Manchmal, wenn Sven draußen im Wald war, hätte ich sollen, ließ mich aber erst ein bißchen bitten. Sie saß dann ganz still und roch, und blickte mich nachdenklich an. Manchmal sahen ihre Augen freundlich aus, als finge sie an, der Entscheidung des Obersten Gerichts zu vertrauen. Dann ging ich hinüber in den Holzschuppen und tat, als schreinerte ich.

Sie saß viel da und strich sich durch das schwarze Haar in jenem Frühling. Es war kalt. Ich erinnere mich an das Nordlicht, als ihre Augen freundlich waren und ich zum Holzschuppen hinüberging. Einmal ging ich den halben Weg zu dem grünen Haus, barhäuptig, im Nordlicht.

Unten im Fenster war Licht, aber oben war es dunkel. Johannes hatte sich wohl schon in meinem Bett schlafen gelegt. Ich glaube, ich heulte.

Sie wollten nicht, daß ich sie Mama und Papa nannte. Ich nannte sie Alfild und Sven.

Es kam mir ganz natürlich vor.

Als die Verschlechterung eine Weile angehalten hatte, begann Alfild zu rufen.

Zunächst verstanden wir nicht, was sie sagte. Früher war sie immer still gewesen, außer wenn sie Kirchenlieder sang, aber da unterdrückte sie die Wörter, so daß man sie nicht zu hören brauchte. Jetzt war alles neu, was sie sang. Oder eher rief. Oft setzte sie sich auf die Küchenbank und hielt die Hand in ihrem schwarzen Haar und verzog das Gesicht, als sei sie verzweifelt oder froh, es war schwer, den Unterschied zu sehen, und brüllte.

Ihre Wangen mußten einmal recht kindlich gewesen sein, dann wurden sie wie Rosinen, aber wenn sie brüllte, konnte man manchmal sehen, wie sie früher gewesen waren, obwohl sie das Gesicht zusammenzog. Sie brüllte, oder muhte, aber nicht als ob sie Schmerzen hätte, sondern so, als wäre sie nur ein wenig melancholisch oder nachdenklich, und man konnte meinen, sie brülle nur so lange, bis sie sich entschlossen hatte, mit uns zu sprechen. Sie rief nichts Schlimmes, ich meine Bösartiges, sondern eher so, als wollte sie eine wichtige Botschaft vermitteln, über die sie lange nachgesonnen hatte. Eine beinah himmlische Botschaft. Wie die Engelsposaunen in der Offenbarung des Johannes ungefähr.

Es war fast, wie wenn im Winter, wenn es kalt war, die Telefonleitungen sangen; ich hatte lange geglaubt, es sei eine Harfe, die an den Sternen befestigt war: aber der Ton war tiefer, nicht richtig himmlisch, eher wie von einem Tier. Bedrohlich und warm, sie brüllte mit einer eigentümlich tiefen Stimme leise mmmmmmmmmmmmmm, dann lauter, mmmmm, dann oooooooooooooouuuuuuuuuuuuooohhhmmmmmm mmmmmmmmmmmmmmmmmmmmmmmm*mmmmmmmmmmm ... mmmmm ...*, und dann war es zu Ende, ohne daß sie darüber besonders traurig zu sein schien. Als habe sie etwas Wichtiges ausgesprochen und sitze nun und denke über das Ganze nach.

Zuerst hatte ich gar keine Angst. Dann bekam ich ein bißchen Angst. Es fing wohl damit an, daß Sven Hedman sagte:

– Nu müssen wir wohl aufpassen auf deine Mama.

Wie die Stimme eines Rufenden sang sie. Ich sollte aufpassen auf meine Mama.

Dann dachte ich manchmal: Wie eine Kuh nach ihrem Kalb

muht. Ich versuchte mich damit zu beruhigen, daß sicher Johannes das Kalb war.

Es dauerte ein paar Wochen, während derer wir uns Gedanken machten. Nachdem wir uns lange Gedanken gemacht hatten, waren wir bestürzt.

Nicht so sehr ihretwegen. Sie hatte ja nach dem Kindbett den ersten Schlag bekommen. Und der zweite Schlag war wohl die Auswechslung. Es waren sozusagen zwei Kindbetten gewesen. Und nicht unseretwegen waren wir bestürzt. Aber man bekam doch Angst, daß es zu hören wäre, und dann würden sie, also das Dorf, oder der Pastor, der feierlich war, aber nicht so gewitzt, oder der Distriktsgendarm, dann würden sie kommen und lamentieren und sie uns nehmen.

Im Dorf war man vollständig schwerhörig. So konnte man auch nicht hören, daß Alfild eigentlich ziemlich nettig und zum Gernhaben geworden war.

Manchmal dachte ich daran, daß vielleicht ich es war, der sie komisch gemacht hatte. Aber dann schob ich den Gedanken von mir: Von mir! Von mir! Und dann dachte ich, daß es Johannes gewesen war.

Ich begann darüber nachzugrübeln, daß es Johannes so leicht fiel, anderen die Schuld zuzuschieben.

Zwei Mamas habe ich verloren, und einen Papa. Das ist ziemlich viel, eigentlich.

Einer lag im Grab, und ich kannte ihn nur von dem Leichenfoto (den Notizblock hatte ich damals noch nicht bekommen). Eine saß in dem grünen Haus und wurde wie eine Rosine, wenn sie mich sah. Und Alfild, ja, die wirkte so anders, daß man sie als verloren betrachten mußte.

Sven Hedman ging ein wenig im Dorf herum und horchte, ob jemand etwas gehört hatte. Es schien nicht so. Man wunderte sich, daß wir nicht zur Andacht kamen. Da hielten Sven und ich Kriegsrat und beschlossen, daß einer von uns immer zur Andacht gehen sollte.

Wir schlossen sorgfältig die Türen, wenn irgendein wohlwollender Nachbar umherstrich. Oder wir führten Alfild in die feine Kammer, also die kleine Kammer, wo wir ein Butterbrotpapier und einen Bleistift vor sie hinlegten und ich ihr beibrachte, eine Karte von Schweden zu zeichnen. Es waren hauptsächlich die äußeren Konturen, aber ich legte viel Wert darauf, jedesmal Hjoggböle einzuzeichnen, damit sie wußte, wo sie war.

Dann heulte sie nicht.

Ansonsten schrie sie ziemlich regelmäßig. Es gab Geheul am Morgen, wenn Sven Hedman seine Butterbrotdose packte und die Thermoskanne füllte, und dann war es das Abendmuhen. An manchen Tagen waren es zusammen wohl drei bis vier Stunden, nicht mehr. Wenn sie wehmütig gestimmt war, schien es länger zu dauern.

Als es Frühjahr wurde, begann sie, Wörter zu muhen. Da wurde es zum Problem.

Alfild hatte vorher schon Probleme gehabt. Nicht nur, daß sie vielleicht Zigeunerin war, eventuell, sondern auch andere. Sie hatte vorher schon einen Jungen geboren. Damals lag sie zu Hause, und Sven hatte die Hebamme gerufen, die gekommen war, es aber eilig gehabt hatte. Es war komischerweise die gleiche Geschichte wie mit Josefina. Das Kind lag auf jeden Fall verkehrt, Alfild hatte gebrüllt wie eine Irre, und zum Schluß waren die Nachbarn beinahe betroffen gewesen und hatten die Hebamme angerufen, die mit ihrer Saugglocke angeweht kam, und da, am dritten Tag und nach viel Gebrüll, hatten sie das Kind herausbekommen.

Er war von der Nabelschnur erdrosselt. Er war gestorben, gerade als er anfangen sollte zu leben. Sie hatten ihn auf den gleichen Namen getauft, den ich später bekam, ihn in einen kleinen Sarg gelegt und ihn nicht fotografiert.

Alle hatten sonst Leichenfotos, auch Josefina von ihrem Erstgeborenen. Ich wünschte, Alfild oder Sven Hedman hätten auch von diesem ein Bild gemacht. Man möchte doch gern wissen, ob man ihm ähnelt, aber die Beweise wurden beerdigt, kein Bild wurde aufgenommen, und irgendwelche Ohrwindungen wurden von den Doktoren auch nicht untersucht.

Gemuht hatte sie damals auch.

Zum Frühjahr kamen die Wörter, gleichsam sprießend. Da wurde es ein Problem.

Es waren fast zusammenhängende Sätze. Wir fanden es ziemlich schlimm.

Die Hedmanhütte lag einen halben Kilometer entfernt an den Waldrand gedrückt, genau gegenüber dem grünen Haus, der Schnee schmolz spät in diesem Jahr, es würde wohl trotzdem Sommer werden, aber das einzige, worauf Sven Hedman und ich uns konzentrieren konnten, waren Alfilds Wörter.

Es waren recht sonderbare Wörter. Es war, als beginne sie nun, wo sie sich in einer Notlage befand, eine heimliche Sprache zu benutzen, die sie früher einmal gekonnt hatte. Es war, als sei ihr Leben eine Art riesiger Topf, in dem es schwarz war und brodelte, fast wie in der Tonne in Großvaters Teermeiler, es stiegen von Zeit zu Zeit Blasen auf, und die Blasen kamen von unten, wo sie ihr früheres Leben hatte. Man bekam beinahe Angst. Und gleichzeitig begann man an ihr zu sehen, was man früher nicht gesehen hatte. Alles kam brodelnd nach oben. Zuerst war es nur schwarz und zäh, aber dann kamen das Haar und die schwarzen Augen und die Gesangsstimme und daß sie gleichsam einsam gewesen war in den Augen.

Und es kam in sonderbaren und heimlichen Wörtern.

Man konnte sich vorstellen, daß die Teertonne ihr Leben war, und die Blasen, das war sie selbst, und daß sie gleichsam in Wut geraten war, weil wir vorher nicht zugehört hatten. Und darum benutzte sie eine geheime Sprache.

Es war wie bei Eeva-Lisas Großvater, der hinters Licht geführt wurde. Wenn es stimmte, was Eeva-Lisa erzählt hatte.

Man hat ja seine Irrtümer begangen an ihnen. Und dann benutzen sie eine geheime Sprache, um dagegen zu protestieren. Ich hatte gelernt, was die Katzen auf dem Bettgiebel sagten, obwohl sie mit Firnis überstrichen waren. Auf Tiere habe ich mich immer gut verstanden.

Aber um Alfild habe ich mich nie gekümmert. Was Wunder, daß sie gleichsam grüblerisch wurde.

Sie begann, die Wörter auch in der Nacht zu singen.

In den Nächten war es mehr Gesang, an den Tagen heimliche Wörter. Nachts mehr die Himmelsharfe, tagsüber Geheimnisse. Es war ziemlich ähnlich, auf seine Weise. Deshalb bekam ich nie richtig Angst.

Sven Hedman wurde wohl nachdenklicher. Manchmal beinahe bestürzt.

Ich habe zwei Mütter gehabt. Die eine nahm einen nie in den Arm, hielt aber den Hutzucker hin. Die andere sang wie eine Katze, allerdings vollkommen geheim.

Ich muß schon sagen. Ich muß schon sagen.

Später dachte ich, daß die Geheimsprache versuchte, von ihrer Kindheit zu erzählen. Dazu kann man ja keine gewöhnlichen Wörter benutzen, nur geheime, niemand kann die gewöhnlichen benutzen.

Wer kann erzählen, wie es war, Kind zu sein. Niemand. Aber man muß es wohl versuchen. Wie sollte es sonst gehen.

Johannes versuchte es, in Kapitän Nemos Bibliothek. Aber das ging auch nicht, obwohl er versuchte.

Das hätte ich ihr erklären können: daß es gut war, daß sie es versuchte. Aber auch das schaffte ich nicht. Und dann wurde sie so wütend, daß die häßlichen Wörter kamen.

Sowohl Sven Hedman als auch ich waren vollkommen bestürzt, als wir verstanden. Es war dermaßen schimpflich.

3 Weil mir allmählich klar wurde, daß Nyland im südlichen Finnland die Gegend war, aus der *sie* kamen, also *sie*, die eine geheime Sprache hatten, oder die mir glichen, und sehr schön oder sehr häßlich waren, aus dem Süden und von weit her, wenngleich nicht von Stockholm – weil mir das allmählich klar wurde, beschloß ich, daß Alfild von dort war.

Nyland, wie nicht nur aus »Robinson Crusoe«, »Die geheimnisvolle Insel« und dem »Dschungelbuch« klar hervorgegangen war, sondern auch aus der großen Familienbibel mit den Bildern von den unverhüllten Frauen, die in das riesige Wasserloch hinabgesogen wurden, das war das Ausland mit den Palmen und den Vulkanen mit Kratern, in denen Unterwasserfahrzeuge eingeschlossen waren.

Ich hatte jedoch Sven Hedman nicht gefragt. Er hatte sie sicher getroffen, als sie sehr jung war, und auch er hatte nicht gefragt. Ich meine: als sie nicht mehr häßlich geworden war.

Man fragt sich, warum es so notwendig sein soll, schön zu sein.

Nachdem sie ein ganz nettes Pferd geworden war, überlegte ich mir, wie Alfild Hedman in ihrer Jugend war. Man konnte sich vorstellen, daß sie mit dem Schiff hier heraufgekommen war, die Küste entlang. Und gekommen war, weil sie uns ein Geheimnis mitzuteilen hatte. Geheimnisse haben ja alle, es kommt darauf an, sie so auszusprechen, daß die anderen nicht verstehen, um sie dazu zu bringen, zu begreifen. Es ist ein großer Unterschied zwischen verstehen und begreifen. Aber sie hatte ein sehr wichtiges Geheimnis, reiste weit, um es nicht preiszugeben, damit wir verstehen sollten.

Aber wenn das Oberste Gericht recht hatte, dann komme auch ich eigentlich aus dem Dschungelreich Nyland mit Palmen und Vulkankratern, wo sich die Unterwasserfahrzeuge befinden, in denen der Wohltäter eingeschlossen ist.

Wie schwer es ist, das einzusehen. Dann hätte ich nämlich das grüne Haus vor langer Zeit verlassen können, ohne Trauer. Aber das wollte ich ja nicht.

Zuerst kam der Gesang, dann die geheime Sprache, danach das Muhen, dann die häßlichen Wörter.

Sie brüllte wie ein Nebelhorn.

–*Rrreieieieieieieieieinnnnn kkkooooooooooooommmmt Vaaaaaaaaaaaaaaaattteeeeeeeeeerrr ... uuuuuuunnnd iiiiiist vvooooolllll*, und das war leicht zu verstehen. Sie versuchte, uns ein Gleichnis zu singen. Manche standen in der Bibel, aber nicht alle. Der Menschensohn hatte hier und da ein paar ausgestreut, eines davon war ein Gleichnis, das Alfild uns nun sang. Es war wie in den Betrachtungen der Blaukreuzler. Eine schwere Kindheit, und er kam heim, und das Kind war todkrank und bleich. *Deen Saaaaaaaack auf deen Ttiiiiiiischschsch er knaaaaalllt ...* – aber dann wurde es schlimmer, so sangen wir im Heer der Hoffnung nicht. Und dann noch weitere schreckliche Wörter, es war nicht zu ertragen. Es war furchtbar. Und dann glitt der Gesang in ein weiches, feines Murmeln hinüber, als das Normale, und der Ton wurde rein und klar und dumpf, wieder klagend wie von der Telefonleitung, und dann, plötzlich, das schreckliche *deen Schwwwaaaaaaaaaaaaaaanz auf deen Ttiiiiiiischsch er knaaaaaaaalllt*.

Ich sah Sven an, und er wusch nur ab, aber die ganze Zeit denselben Teller, als tue er es sehr sorgfältig. Ein paar Minuten. So sorgfältig war er sonst nie.

Schließlich war er so bestürzt, daß er hinausging und Holz hackte.

Alfild blieb mit ihrem kleinen geheimnisvollen Lächeln sitzen und verstummte, aber sie rührte mit der Zunge vorsichtig an den Gaumen, oben und unten, wie um nachzufühlen, ob die häßlichen Wörter irgendwelche Spuren hinterlassen hätten.

Sie sah fast glücklich aus hinterher. Wäre sie nicht so verrückt gewesen, hätten wir uns vielleicht eine Weile setzen und plaudern können. Wenn sie so lächelte, wurde es wieder gut. Ich erinnere mich, daß ich mich eigentlich in diesem Moment vollständig glücklich fühlte.

Als ich Kind war, wie ein Kind dachte und wie ein Kind träumte und den Verstand eines Kindes hatte, spielte ich oft das Spiel, nach Ziffern zu zeichnen. Das Spiel gab es im *Norran*. Man zog eine Bleistiftlinie zwischen den Ziffern, und dann wurde es ein Tier. Es pflegte ein Elefant zu werden, oder ein Vogel.

Es gab auch welche in *Allers*. *Norran* und *Allers* gab es im Verschlag auf dem Dachboden in dem grünen Haus.

So kann man eine Linie zwischen Ziffern ziehen. Alfild war eine Ziffer. Ich hätte nicht so schnell ziehen sollen, um einen Elefanten zu bekommen, ich hätte bei jeder Ziffer warten sollen, um zu begreifen, was genau jener Punkt war.

Das war wohl der Fehler. Sie war kein Elefant, sondern ein Pferd. Es ging viel um Tiere, so ist es, wenn man nicht sicher ist, daß man ein richtiger Mensch ist. Einmal, vor der Auslieferung, war ein Vogel hereingekommen und hatte geflattert, da hatte Josefina ihn in dem Zwischenraum zwischen Winterfenster und Sommerfenster eingeschlossen, wo die Watte war, und die toten Fliegen.

Ich fing an zu schreien, und da ließ sie ihn raus. Es war so furchtbar, die Flügelspitzen gegen die Fensterscheibe.

Sie fürchtete wohl, der Vogel könnte Dreck machen, wie die Katze auf dem Herd. Sie achtete sehr darauf, daß nichts dreckig war. Wahrscheinlich wusch ich deshalb die Blutegel unten im Bach, so daß sie am Schluß vollkommen rein wurden. Und die Frösche, die die Quelle rein hielten. Obwohl sie die rausschöpfte und ausgoß.

Manchmal begreife ich nicht.

Es ging viel darum, daß es vollkommen rein sein sollte. Es war nicht wie bei Hedmans. Aber es gab ja in allem Unterschiede. Das grüne Haus war auch nicht wie der Dschungel in Nyland. Man mußte begreifen, daß es vieles gab, das unterschiedlich war.

Ich hatte vollkommen baff und verdattert dagestanden, während der Vogel herauszukommen versuchte, und dann hatte ich angefangen zu schreien.

Aber auf die Fensterwatte schiß er nicht. Das kann man sehen.

Im Juni schrie Alfild fünf Stunden am Tag. Kamen irgendwelche Nachbarn und wollten schwatzen, ging Sven Hedman nach draußen, fast hundert Meter vom Haus weg, und redete ganz natürlich mit ihnen, auf Abstand, damit es nicht zu hören war.

Wir lebten die ganze Zeit, immer mehr, mit ihrem Geschrei. Es war fast das einzig Wichtige. Keiner von uns dachte daran aufzugeben. Mittlerweile glaube ich, daß wir uns eigentlich sehr viel aus ihr machten. Vielleicht nicht so schrecklich viel wie Johannes aus Eeva-Lisa. Aber wir fanden sie nicht mehr so furchtbar abstoßend.

Es ist schwer zu erklären. Aber es war wohl eine Art Liebe geworden.

4   Hedmans hatten, nachdem sein Papa beim Holzfällen ums Leben gekommen war, ein Sommerhäuschen, das eigentlich eine Holzfällerhütte war. Sie lag am Melaån, der zwischen Holmsvassträsket und Hjoggböleträsket floß.

Dahin brachten wir sie schließlich.

Im Hjoggböleträsket lagen fünf Inseln und ein Schilfeiland mit kleinen Birken, das nicht zählte. Eine der Inseln hieß Ryssholmen, dort lagen sieben Russen begraben. Sie hatten der russischen Armee angehört, die am Beginn des 19. Jahrhunderts im Lande heerte, und hatten sich nach Hjoggböle verirrt, aber da hatten die Dorfbewohner sie erschlagen und dort begraben. Es gab viele Kreuzottern auf Ryssholmen, und hochgewachsene Tannen. Sie waren ungefällt wegen der Russen und vielleicht der Kreuzottern, und hoch gewachsen. Aufgrund dessen ging niemand dort an Land. Es war allgemein bekannt, und völlig natürlich.

Man konnte Ryssholmen weit entfernt vom Lokus des grünen Hauses aus sehen, wenn man die Tür öffnete, aber ganz nah von der Holzfällerhütte am Melaån.

Dorthin brachten wir sie.

Wir setzten sie auf den Gepäckträger des Fahrrads mit den Ballonreifen, die ich unzählige Male mit Sulision, so hieß das, geflickt hatte, und schoben sie fort. Sven Hedman hatte gesagt, daß sie sich darüber einig seien, aber es waren wohl mehr er und ich, die sich einig waren, obwohl sie sich überhaupt nicht sträubte. Er hatte sie nämlich mit Pferdezaumzeug festgezurrt, das Nordmarks im Stall vergessen hatten, als Sven Stierhalter gewesen war; sie hatten wohl die Kuh damit geführt, die auf dem Hinweg störrisch war, aber ziemlich zahm hinterher, so daß sie das Zaumzeug vergaßen, wie dem auch sei, es war liegengeblieben. Selbst hatten wir ja kein Pferd und auch keinen Stier mehr, nachdem man Sven Hedman die Aufgabe entzogen hatte und er danach schweigsam und ziemlich zahm geworden war.

Alfild lachte und juchzte die ganze Zeit und schien froh darüber, hinauszukommen. Wir gingen durchs Dorf. Ich glaube, es wurde geguckt, bin mir aber nicht so sicher. Die Leute konnten schließlich tun, was sie wollten, hinter den Fensterscheiben, und ich machte mir nicht die Mühe aufzublicken. Als wir an Lindgrens Stall vorbeigingen, sagte sie mit sehr lauter Stimme *Hurenbock*.

Dann kamen wir auf den Weg durch den Wald, und sie wurde still. Es dauerte eine Stunde, sie nach Melaån zu schieben. Es war ziemlich warm.

Wir setzten sie auf der Vortreppe ab. Sie blickte umher und zwinkerte wie ein Vogel mit den schwarzen Augen, schwieg aber verdutzt. Sie sah aus, als sei sie guten Mutes. Sei guten Mutes, sagte auch Sven Hedman zu mir, als er sah, daß ich anfing, mit der Unterlippe zu zittern. Da nahm ich mich zusammen. Er war wohl eigentlich froh, daß er mich dabeihatte.

Am Abend schliefen Alfild und ich ein, dann wachte ich in der Nacht auf und sah, daß Sven Hedman auf war und in der Bibel las, was sonst nicht seine Gewohnheit war. Er sah, daß ich aufwachte, und drehte den Kopf, als wolle er mich auffordern, weiterzuschlafen. Aber er sagte nichts.

Ich stand auf und setzte mich neben ihn. Alfild schlief.

Es war eine sehr helle Sommernacht. Ein leichter Wassernebel hing über dem See. Man konnte die Tannenwipfel auf Ryssholmen sehen, aber nicht die mächtigen mittleren Äste, die ausgestreckt waren wie Gottes Finger, und nicht zitterten.

Wie sollte man eigentlich erwachsen werden können.

– Sie würde sich im Krankenhaus bestimmt nicht wohl fühlen, sagte Sven Hedman später, unmittelbar bevor er mich wieder ins Bett trug.

Wenn ich denke, daß er mich trug und nicht einfach befahl.

5 Er erzählte mir, daß er die nächsten Tage wohl nicht arbeiten brauche. Er konnte eine Weile bei Alfild und mir bleiben.

Der Nebel hing am nächsten Morgen immer noch. Er lichtete sich dann, teilte sich, es war ziemlich furchtbar und schön. Alles, woran ich mich erinnern kann aus der Zeit, als ich Kind war, ist furchtbar und schön. Ryssholmen trat hervor, als der Nebel sich teilte, wie ein Schiff auf dem Weg zu mir. Es war auf dem Weg zu mir.

Ich dachte daran, was dort lag, während das Schiff sich mir durch den Nebel näherte und unverwandt Kurs auf mich zu hielt. Die Kreuzottern waren auch da. Die Tannen waren riesig und seit Jahrhunderten ungefällt.

Es galt, sehr aufmerksam zu sein. Es war ziemlich nah jetzt.

Sven konnte gut Grütze kochen. Ich nach und nach auch. Schon am zweiten Tag begann sie störrisch zu werden.

Sie hatte keine Schwierigkeiten damit, aufzusein, aber sie wurde unruhig, weil sie nicht nach draußen gehen durfte. Es schien, als ob sie sich hinaussehnte zum Wasser. Schon am Morgen des dritten Tages war sie als erste von uns wach geworden und barfuß, nur bekleidet mit den hellgrauen langen Unterhosen, in denen sie so gerne schlief, hinausgegangen.

Wir wurden unruhig, als wir wach wurden und sahen, daß sie fort war, aber es war nichts passiert. Sie saß unten am Seeufer mit den Händen im Wasser und guckte nach den kleinen Fischen.

Wir führten sie ganz ruhig hinein, und da flennte sie eine Weile, und Sven Hedman beinahe auch.

– Du hattest einmal eine schöne Mutter, du, sagte er plötzlich. Und dagegen konnte man nichts einwenden.

Er war stark, und grob gebaut, und kaute unentwegt Tabak, aber redete nun immer mehr mit mir, manchmal mehrmals am Tag. Ich hatte vor, ihn zu fragen, ob er Sehnsucht nach Johannes hätte, überlegte es mir aber und sagte nichts.

Wie hätte er es im übrigen sagen sollen.

Am dritten Tag waren die Haferflocken alle. Er sagte: Ich fahre und hole mehr Haferflocken.

Er band sie mit dem Nordmarkszaumzeug an den Bettpfosten und sagte, ich solle aufpassen.

Es war nicht komisch, mit ihr allein zu sein. Ich war es ja früher schon gewesen. Ich fürchtete mich nicht besonders davor. Ich glaube, er selbst war nervöser. Das sah ich, als er sie festband. Mehrmals sagte er, ganz unnötig, daß es nicht lange dauern würde. Er wolle nur zum Konsum bei Forsen und Haferflocken und Milch einkaufen. Er prüfte die Knoten unheimlich oft, darin war er genau.

Dann sah er mich an und schob das Fahrrad mit den Ballonreifen fort zum Steg.

Sie sah frisch und fröhlich aus, als wir allein waren, zerrte aber fast ungeduldig an den Knoten. Sie war ein bißchen störrisch und sang nicht richtig wie vorher. Eigentlich sang oder summte sie fast ärgerlich, fast böse, sah mich mit störrischer Miene an und zerrte an dem Zaumzeug. Aber die Knoten waren richtig solide und gaben nicht nach.

Sie waren ordentlich geknotet, deshalb blickte sie mich böse an, als ob sie durstig sei. Man konnte deutlich sehen, daß sie trinken wollte. Ich gab ihr zuerst Wasser in der Schöpfkelle, aber sie wollte nicht. Ich erzählte dann, wie kurz der Weg nach Koppra sei, und daß Sven bald zurückkommen würde, aber da wedelte sie mit den Beinen und sah fast störrisch aus, als ob sie voller Bremsen wären, was aber nicht der Fall war.

Ich wußte nicht ein noch aus. Ich wußte nicht, was ich sagen sollte, aber irgend etwas mußte ich ja sagen, um sie zu beruhigen, und so sagte ich:

– Beruhige dich, Mama, er holt nur Haferflocken.

Sie guckte mich ziemlich merkwürdig an. Ich überlegte, ob ich das Richtige gesagt hatte. Ich hatte sie vorher noch nie Mama genannt. Aber da öffnete sie den Mund und begann lieb zu heulen.

Ich ging zum Fenster und blickte über den See. Da wurde sie still. Ich drehte mich um, und da sah sie mich an. Ich weiß nicht richtig, wie ich mich fühlte.

Und dann begann ich, die Zaumzeugknoten zu lösen.

Ich führte sie hinunter zum Seeufer. Es war kein Schilf da.

Sie schaute recht fröhlich ins Wasser und guckte nach kleinen Fischen. Ich stocherte mit einem trockenen Ast, und sie schossen hin und her wie verrückt. Ich hielt das Zaumzeug fest. Da beugte sie sich nieder, und trank.

Sie muhte nicht. Ich hatte keine Angst.

Sven Hedman kam zwei Stunden später zurück. Da hatte ich sie wieder am Bettpfosten festgebunden. Er sah sicher, daß die Knoten anders waren, fragte aber nicht, was passiert war. Er begriff wohl.

Ich sagte: Sie war durstig, aber sie wollte Seewasser haben. Hast du es hochgeholt, fragte er. Nein, antwortete ich, ich hab sie runtergeführt, daß sie selbst trinken kann.

Und da fragte er nicht weiter.

Er kochte die Hafergrütze. In der Nacht begann sie wieder zu muhen.

Ich schlief, wurde aber wach. Ich stand auf und sagte: Sie hat selbst vom Seewasser getrunken, aber sie war überhaupt nicht störrisch.

Er hatte die Bibel vor sich, aber sie war nicht aufgeschlagen.

2
Das Abenteuer des Pferds

> Eeva-Lisa, große Schwester mein,
> der Mund atmet dicht an der eisigen Bank.
> Der Mond legt ein Netz auf den Boden.
> Die Beine zucken wie beim geschlachteten Schwein.
>
> Aus ihr'm Bauch ein Fischlein gleitet.
> Gott verwehrt mir ein richtiges Kind.
> Der Fisch, der zappelt, der Fisch, der schreit.
> So jedes Luder seine Strafe find't.

1 Man hat Hedmans großes Unrecht getan.
Man hat Sven Hedman Unrecht getan, und man hat Alfild Hedman Unrecht getan.

Ich war so dicht davor, zu begreifen. Aber dann wurde sie ein Pferd. Und dann wurde sie uns genommen.

Aber man hat ihnen Unrecht getan.

Es gefiel ihr nicht, die ganze Zeit drinnen gehalten zu werden. Das begriff ich, und das begriff Sven Hedman auch.

Es war ja Sommer. Und das grüne Gras. Und Kiefern, und Blaubeeren, und Wasser mit kleinen Fischen. Und hell Tag und Nacht. Und Ryssholmen wie ein Schiff.

Sven Hedman wurde ein bißchen waghalsiger nach jenem Mal. Es schien, als hätte gerade das, daß ich sie am Halfter genommen und sie zum See hinabgeführt hatte, so daß sie trinken und die kleinen Fische ansehen konnte, ihn mutiger gemacht. Das ganze Frühjahr hatte er getan, was er glaubte, mit ihr tun zu müssen. Essen gemacht und die Scheiße abgewischt und geseufzt. Da kam es wohl schließlich dahin, daß er nicht mehr glaubte, daß sie ein richtiger Mensch war. Es schliff sich gleichsam ab. Er glaubte wohl nicht, daß sie ein richtiger Mensch war. Aber nachdem ich sie hinuntergeführt und getränkt hatte, da wagte er mehr.

Da brachte er sie mehr und mehr nach draußen, so daß sie atmen konnte.

Sie hatte lange Unterhosen und Filzstiefel und die Strickjacke an. Es war vielleicht ein bißchen komisch, weil Sommer war, aber die Filzstiefel hatten Ledersohlen, so daß sie nicht naß wurden.

Um das schwarze Haar hatte sie den Schal gebunden. Alles zusammen sah ziemlich komisch aus, bis man sich daran gewöhnte. Dann wurde es ganz natürlich, und es half ja auch gegen die Mücken.

Selbst wurde ich nie von den Mücken gebissen. Es hängt davon ab, was für Blut man hat. Sven Hedman wurde auch nie von den Mücken gebissen.

Wir banden ihr das Pferdezaumzeug um die Mitte. So konnte sie ein bißchen gehen, wie sie wollte. Sie zog zuweilen ziemlich heftig. Zuweilen fürchtete ich, daß sie mit mir auf und davon jagen könnte.

Alles ging jetzt so leicht.

Es war ganz famos. Es war sonderbar. Alfild zog heftig am Pferdezaumzeug oder legte sich auf den Boden, mal so, mal so, manchmal sang sie, und wir hörten zu, und es ging uns gut.

Es war, wie es sein sollte. Nichts zu kommentieren, kein Grund, sich zu ereifern.

Wir hatten kein Boot, aber ich fischte oft, obwohl es ziemlich weit hinaus flach war. Ich ging von der kleinen Landspitze aus ins Wasser, ziemlich weit, bis über die Knie. Da stand ich mit dem Stock mit Zwirnsfaden und dem Stückchen Brett als Schwimmer, und dem Haken. Es war mühselig, immer an

Land zu gehen, um die Würmer zu holen, deshalb hatte ich die Würmer im Mund. Der Mund war die Dose für die Würmer, und man brauchte ja nicht zu sprechen, solange man angelte.

Wenn der diebische Plötz den Wurm vom Haken gefressen hatte, zog ich nur hoch, nahm den Wurm aus dem Mund und spießte ihn auf. Es war so einfach wie Tabakkauen, auf seine Weise, und so hatten Johannes und ich es vor der Auswechslung auch immer gemacht.

Wir hatten Alfild mit dem Riemen an einem Stein festgemacht, und sie saß da, mit den Filzstiefeln im Wasser, und sah interessiert zu. Wenn ich was fing, hörte man, daß sie sich freute.

Manchmal sang sie. Man hörte, daß es ihr gutging. Die Filzstiefel trockneten wir am Abend auf der Vortreppe in der Sonne.

Es schien, als glaubte Sven Hedman allmählich, daß es unnötig sei zu arbeiten.

Es waren sieben Kilometer bis ins Dorf, und hierheraus kam niemand. Wir waren vollkommen allein. Man brauchte auch das grüne Haus nicht zu sehen. Sven und ich gingen barfuß, aber Alfild bestand hartnäckig auf den Filzstiefeln. Wir nahmen sie, wie sie war, und da wurde sie viel ruhiger. Manche gehen im Sommer mit Filzstiefeln, sagte Sven Hedman, und dann nickte er, und das war's. Es stimmte ja auch, wir konnten es selbst sehen. Wir nahmen sie, wie sie war, und sie saß da und plätscherte mit den Filzstiefeln und sang ein bißchen vor sich hin, und wenn ich darüber nachdenke, war es einer der schönsten Sommer, die ich erlebt habe.

Obwohl es beschwerlich wurde mit dem Proviant. Sven und ich kamen in der Küche zu einer Beratung über den Proviant zusammen. Es war übrigens nicht nur der Proviant, worüber wir beratschlagten. In der Küche sagte er nämlich etwas Sonderbares über Alfild, für das ich nachher nie eine Erklärung bekam. Es war wie mit der Tante im Kartoffelkeller, mit

dem Koffer, und dem Brief, den sie schweigend las und dann schnaubte und sagte:
– Und das muß der sagen.
Und nichts weiter. Man konnte wahnsinnig werden. So war es mit dem, was Sven Hedman von Alfild erzählte, auch.
Er sagte plötzlich:
– Ich habe auf sie gewartet, bis sie aus dem Gefängnis kam.
Ich sagte: Warum hat sie im Gefängnis gesessen? Es war ungerecht, sagte er, denn sie hat erklärt, daß sie nur den Fisch töten wollte. Ich fragte: Wie lange hat sie denn gesessen? Er sagte: Ich habe auf sie gewartet, bis sie rauskam. Wie alt war sie da, fragte ich. Als sie rauskam, war sie nicht mehr so lieblich wie als sie reinkam, sagte er.
Lieblich, was für ein Wort.
Wer weiß es, fragte ich. Nur wir drei, sagte er. Ich meine, du solltest wissen, wer deine Mutter war.
Und nichts mehr. Es ist klar, daß ich es schwernahm. Wissen, wer deine Mutter war. So etwas einfach nur so rauszuhauen. Und dann nicht mehr erzählen.
Danach begann er vom Proviant zu reden. Man wurde vollkommen wahnsinnig.

2 Der Juli war sehr hell und warm und still. Wir pflückten Beeren, und ich molk heimlich Albin Häggströms Kühe, die an der Landstraße nach Östra weideten. Das war weiß Gott ein Kunststück. Wenn sie wegliefen, schwappte es über. Man mußte sich für jeden Tropfen quälen. Ich hielt den Eimer in der einen und molk mit der freien Hand.
Einmal in der Woche fuhr Sven zum Konsum in Forsen, das eigentlich zu Västra gehörte, und kaufte Essen ein. Meistens Haferflocken.
Er mache sich ein bißchen Sorgen wegen des Geldes, sagte er.

In den Nächten saßen er und ich oft zusammen und lasen heimlich in der Bibel, während Alfild schlief. Es war unglaublich, was man da manchmal zu lesen bekam, wenn man Glück hatte. Hatte man kein Glück, war es, wie wenn James Lindgren las.

Bald können wir Preiselbeeren pflücken, sagte er eines Nachts. Ich begriff, daß er vorhatte, lange zu bleiben.

Es war ständig hell, so daß wir uns nicht darum kümmerten, wann wir schliefen. Es mußte sein, wenn Alfild nicht sang. Sven erwähnte eines Tages jenes Schreckliche, also als sie ihm gesagt hatten, daß er nicht mehr Stierhalter sein sollte, und das war auf der Dorfversammlung unten beim Milchbock beschlossen worden. Er hat es nicht kommentiert, aber erwähnte es.

Von Alfild kamen keine häßlichen Wörter mehr.

Die Filzstiefel rochen jetzt nur nach Seewasser.

Sven Hedman schlief eines Nachts am Küchentisch ein, die Stirn auf dem Holz, und war ganz gemustert, als er auffuhr.

Wir fingen an, sie im Wald zu bewegen.

Es gab im Wald eine kleine Lichtung, wo ein Holzlagerplatz gewesen war: nun wuchs Gras durch die Baumrinde hindurch, und es war offen und rundherum Kiefernwald. Sven Hedman schlug in der Mitte einen Pfahl ein, dann band er das Pferdezaumzeug so aneinander, daß es vielleicht fünf Meter wurden, band das eine Ende um Alfild und das andere um den Pfosten.

So konnte sie vollkommen frei herumgehen.

Wir saßen auf einem Baumstamm, und Sven hatte die Tabaksdose in der Hand und machte den Deckel auf und wieder zu, als wollte er anbieten, aber es war ja nur er. Er erklärte, er glaube nicht, daß sie sich im Krankenhaus wohl fühlen würde, sie würde sich unwohl fühlen, das war seine entschiedene

Meinung. Alfild liebe es, weit zu gehen, an der frischen Luft, behauptete er, das sei ganz klar, und es könne ja nicht gut sein für die Gesundheit, ständig mit den nassen Filzstiefeln dazusitzen und nichts anderes zu tun, als die kleinen Fische zu begucken. Ich protestierte und erwähnte, daß sie auch neugierig war, wenn ich fischte, und mir einmal die Angelwürmer aus einem Kuhfladen ausgegraben hatte, aber er erwiderte, daß es auch gut für sie sei, hier im Wald bewegt zu werden.

Es war so still und schön. Vögel waren auch da. Alfild ging langsam im Kreis um den Pfosten in der Mitte, sie hinkte ein wenig, weil der zweite Blutpfropf auch das Bein etwas angegriffen hatte, ging aber sonst gut. Wir saßen da, Sven und ich, und wir waren wohl alle froh darüber, daß es ihr so gut ging. Sie war nicht schön, aber lieb, und sang nie häßlich oder böse, und sie war auf eine gewisse Weise zum Pferd geworden. Und nachdem das geschehen war, fingen wir an, uns mehr und mehr aus ihr zu machen.

Und wir hatten sie ziemlich gern. Vorher war es so furchtbar gewesen. Nun war sie ein Pferd geworden. Und ein Pferd mußte man gut behandeln, und pflegen, und im Winter genau sein mit der Pferdedecke, wenn es schwer war im Tiefschnee und sie schwitzte: es gab viel bei einem Pferd. Man hatte eine große Verantwortung.

Mit jedem Tag wurden wir fürsorglicher.

Sven striegelte ihr das Haar, und ich führte sie zum Seeufer, damit sie trinken und nach den kleinen Fischen sehen konnte. Sie bekam viel Haferbrei mit Diebsmilch und Blaubeeren und aß und sang. Sie wurde etwas fülliger und hielt sich gut. Sie sah eigentlich überhaupt nicht mehr so eingefallen aus. Beinahe jugendlich.

Sven legte großen Wert darauf, zu betonen, daß sie sich im Krankenhaus unwohl fühlen würde. Deshalb durften sie se bloß nich findn.

Nachts schlief sie gut. Manchmal lief sie um den Pfosten, wild, als wäre sie vor Freude völlig aus dem Häuschen. Wir achteten sehr darauf, jeden Tag die Filzstiefel zu trocknen und die Decke um sie zu legen, wenn sie sie während der Nacht abwarf.

Und es war, als hätte alles wieder einen Sinn bekommen.

Sie hatten vielleicht begriffen. Oder jemand hatte etwas gesehen.

Am Nachmittag des 4. August kam Distriktsgendarm Holmgren auf dem Pfad durch den Wald gegangen. In seinem Gefolge befand sich James Lindgren. Wir saßen wie gewöhnlich auf der Lichtung, und Alfild muhte fröhlich und war gut gelaunt.

Sie blieben eine Weile stehen und guckten. Dann nahmen sie Sven Hedman beiseite und redeten mit ihm. Dann machten sie Alfild los, und dagegen konnten weder ich noch Sven etwas einwenden. Dann hielten sie sie ganz fast.

Nach nur ein paar Minuten versuchte sie nicht mehr, sich loszureißen. Und da nahmen sie sie mit sich, und ließen mich zurück, um das Letzte zu ordnen.

Am folgenden Tag nahmen sie sie im Bus mit, zunächst um sie in die Stadt zu bringen. Dann sollte sie, so war es geplant, nach Umedalen. Um dort gepflegt zu werden, weil man der Ansicht war, daß sie verrückt sei.

Aber von wegen. Als der Bus in Forsen hielt, um Holzklötze für den Holzgasgenerator nachzufüllen, sagte sie, oder machte Zeichen, das wurde nie ganz geklärt, daß sie raus wolle, um zu pinkeln. In Anbetracht der langen Fahrt sagten sie ja. Daraufhin hinkte sie in den Wald hinter einen Busch, und anschließend war sie nicht mehr zu finden. Der Chauffeur hatte da gerade auf voll eingeheizt und wollte den Motor nicht kalt werden lassen, sondern fuhr weiter nach Skellefteå, wo sie den Umebus hätte nehmen sollen.

Aber sie war verschwunden.

Man suchte überall. Sven Hedman und ich aber begriffen.

Spät am Abend, als es nur noch halb hell war, es war ja schon August, fuhren wir mit dem Rad nach Melaån. Da war sie.

Sie saß am Seeufer und guckte den kleinen Fischen zu und war vollkommen ruhig, hatte aber die Filzstiefel nicht wiedergefunden. Die guten Schuhe hatte sie verloren. Die Füße sahen geradezu erbärmlich aus. Als wir kamen, wurde sie froh und strahlte und gluckste ein bißchen.

Es ging kein Bus vor dem nächsten Tag, und so durfte sie schlafen, wo wir waren.

Das war die letzte Nacht. Sven Hedman saß am Küchentisch und hatte die schwarze Bibel vor sich liegen, blickte aber nur hinüber nach Ryssholmen. Ich hatte mich hingelegt, stand aber wieder auf und schlug vor, daß wir heimlich aus der Bibel lesen sollten. Aber wie wir auch suchten, diesmal fanden wir nichts, was uns gefiel. Es war wie verhext.

Es war bewölkt und wurde fast dunkel. Der Sommer war gewissermaßen zu Ende, und wir konnten draußen keine einzige Insel sehen.

Sie holten sie am nächsten Tag.

Sie achteten darauf, daß sie frisch gepinkelt hatte, bevor sie fuhr, und sie versuchte nicht einmal, wieder nach Hause zu laufen.

Es war unglaublich, daß sie es gefunden hatte. Es waren fast zehn Kilometer.

Zuerst kam sie nach Umedalen, aber dann wurde sie nach Brattbygård geschickt, zwischen Umeå und Vindeln. Einen Monat später nahmen Sven Hedman und ich den Bus, um sie in Brattbygård zu besuchen.

Es gab viele Furchtbare dort. Es roch. Es gab mehrere Monster, und eins mit Krokodilhaut, und mehrere Idioten. Man hatte alle aus Västerbotten aufgesammelt. Alfild hatte man in ein Bett gelegt.

Sie war vollkommen stumm und kämmte andauernd die schwarzen Haare. Mich sah sie die ganze Zeit an, als ob sie gleich etwas sagen würde, aber wir wußten ja, sie konnte nicht.

Es war das letzte Mal, daß ich sie sah. Sie bekam ihren dritten Blutpfropf am 14. November. Wir machten einen einzigen Besuch. Es war furchtbar.

Man muß es doch dahin bringen, daß es einen Sinn hat. Sonst kann man ja schier verzweifeln.

Wir besuchten sie ein einziges Mal. Auf dem Heimweg im Bus heulte ich ein bißchen. Da nahm mich Sven Hedman in den Arm, direkt unter den Ellbogen, ziemlich vorsichtig, und zuletzt hörte ich auf.

Man hat Sven und Alfild Hedman Unrecht getan.

Ich glaube manchmal, daß ich für einen Augenblick nahe daran war zu sehen, was für ein Leben sie hatte. Denn es war wohl ein Leben. Aber ich schaffte es nie richtig.

3
Die Ankunft auf der Insel im Meer

1
Die Entdeckung des Ameisenhaufens

> Eeva-Lisa, jetzt ganz still,
> sieht einen Fisch, gefangen im Netz.
> Schnee auf dem Boden, Mond drin glitzert,
> der Fisch schreit hilflos wie ein Kind.
>
> Kriegt nicht das Kind, das sie erwartet.
> Nein, auf dem Boden liegt ein Fisch im Schnee,
> angebunden an Eeva-Lisa.
> Die Scham ist groß, des Menschen Fleisch ein Stroh.

1 Es galt, exakte Karten zu zeichnen.
Die Franklininsel lag sechzehn Distanzminuten südlich der nyländischen Küste; von den äußersten finnischen Schären konnte man den Gipfel des Vulkans erkennen. Manchmal war Rauch zu sehen. Niemand besuchte sie, aus Furcht vor den toten Russen, die dort begraben lagen, und aus Angst vor den Kreuzottern, die es dort reichlich gab.

Die Insel lag auf 61,15 Grad nördlicher Breite, aber der Längengrad war nicht gemessen. Das könnte erklären, warum es so lange dauerte, sie wiederzufinden. Auf der Insel wuchsen Fichten, ungefällt seit Hunderten von Jahren, sie waren riesig, die Äste bis zu dreißig Zentimeter im Durchmesser. Man konnte weit auf ihnen hinausgehen. Wenn der Vulkan grollte, zitterten die Äste, wie der Finger Gottes.

Aber man sah weit, wenn man auf ihnen hinauskletterte.

Dort, im wassergefüllten Kern des Vulkans, bekam die Nautilus ihren letzten Hafen. Das Fahrzeug schwamm ruhig im Inneren des Vulkans, und da hatte Johannes sich versteckt, um sich in der Bibliothek zu verteidigen.

Nyland mit seinen Palmen, oft undurchdringlichen Dschungeln und gefährlichen Sandflöhen, wo Eeva-Lisas Mutter in ihren letzten Stunden, gelähmt und hilflos, von den Ratten angegriffen wurde, dieses Festland, von dem so viele der mir Liebsten gekommen waren, von dem ich geträumt und vor dem ich mich zugleich gefürchtet hatte, dorthin würde ich nie wieder zurückkehren.

Aber vor der Küste fand ich die Insel, den letzten Hafen der Nautilus, wo er seine Zuflucht zu Kapitän Nemos Bibliothek genommen hatte.

»Hat es den Feind nicht gegeben, muß man ihn wiedererschaffen«, schrieb er in einer seiner Mitteilungen.

Es war wie ein kleines Lächeln, beinah spöttisch, aber dennoch freundlich. Es war, als hätte er sagen wollen: Da ist es, nun mußt du nur alles zusammenfügen. Und wenn du alles zusammengefügt hast, sollst du das Fahrzeug verlassen, die Wassertanks öffnen und das Fahrzeug versenken. In deinem ganzen Leben haben du und ich dies vermieden. Aber jetzt gebe ich dir dieses Wissen als ein Geschenk. Ein Steinsack, für den Rest deines Lebens mit dir zu tragen.

Füg also zusammen, wenn du es schaffst.

Nettig?

Während seiner letzten Stunden betrachtete ich ihn intensiv. Nettig? Eher wie der unerreichbare Teil meines Lebens, und dann ist nettig wohl nicht das richtige Wort.

Die Leichenfotos. Papas Notizblock. Die Wiederkehr des tot gefundenen Kindes.

Johannes lebendig, ich tot. Oder vielleicht umgekehrt.

Tausende von Zetteln. Eine ziemlich sonderbare Bibliothek auf jeden Fall.

»Eeva-Lisa hat mein Leben ausgewischt, als ich ihr Leben auswischte. Wenn man Leben auswischt, ist man der Büttel des Opfers. Wenn aber beide?«

»Aber über den Tod, über den Tod weißt du nichts. Nichts!«

Das schönste Menschliche: als Monster zu leben, weit draußen, und der zu sein, der das Menschliche sichtbar macht. Der Zusammengewachsene auf Brattbygård.

Alfild war zum Pferd geworden, und trotzdem wurde Sven Hedman wie wahnsinnig, als sie starb. In äußerster Gefahr und Not wächst man vielleicht zusammen. Und starb der andere, war man mit einer Leiche zusammengewachsen.

Sollte man deshalb die Leichenfotos auf der Kredenz aufstellen?

2   Die große Sünde kam jeden Karfreitag ins Dorf, wenn der Zeuge Jehovas verkaufen kam, obwohl der Erlöser am Kreuz litt und alle dasitzen und spüren sollten, wie furchtbar es war.

Die kleine Sünde kam mit Eeva-Lisa. Sie hatte sie vielleicht im Koffer versteckt. Die kleine Sünde war eigentlich ein so schöner Gedanke: daß Johannes nicht so nervös sein sollte. Und daß Josefina ein Kind wiederfinden sollte, das sie einst verloren hatte. Und deshalb erbarmte sie sich Eeva-Lisas.

Aber Kinder wachsen heran. Und tragen sie den Keim der Sünde in sich, scheinen sie Menschen zu werden. Deswegen sind Menschen ja so sonderbar. Obwohl Josefina das wohl nicht verstand, und das Dorf auch nicht. Nein, wie eine Sündenseuche wuchs das etwas Zigeunerhafte in dem Kind, obwohl von der Gemeinde gesagt worden war, daß sie ganz bestimmt keine Zigeunerin sei, sondern eher Wallonin, aber aus dem Dschungelreich Nyland stamme, von dem es hieß, es gebe dort Palmen und geheime Krankheiten und Affen, die in den Bäumen herumkletterten; man begriff nicht, daß nicht weit entfernt die geheime Insel mit dem Vulkan lag, auf der Großtannen mit Ästen wie Gottes Finger wuchsen, und mit einem Vulkangipfel, der dem Bensberg glich und im Winter von Schnee und Schneelicht bedeckt war, so daß man mit Filzstiefeln auf dem Harsch den Berghang hinaufgehen konnte, und alles war vollkommen rein.

Ich sah sie zum ersten Mal an einem Tag im Oktober.
Es hatte gefroren. Sie und Johannes hatten die Schlittschuhe mitgenommen, die Großvater gemacht hatte, und waren hinunter aufs Eis gegangen. Großvater hatte die Schlittschuhe für mich gemacht, als er noch mein Großvater war, er war ja Dorfschmied, so etwas konnte er. Es war eine Holzsohle, in die er eine Krummschiene aus Schmiedeeisen mit einer nach innen geringelten Spitze eingelegt hatte; er hatte sie mir zum Geburtstag geschenkt. Aber ich kam nicht mehr dazu, sie zu benutzen.

Danach gingen sie auf Johannes über, was ganz natürlich war.

Ich sah sie oben vom Weg. Eeva-Lisa hatte Josefinas Tretschlitten mit aufgesetztem Eissporn, Johannes hatte die Schlittschuhe, und sie juchzten. Der ganze See war von neuem Eis bedeckt, aber sie hielten sich in Ufernähe, der Auslauf war offen, und dort waren die Kanten gelb, wie gewöhnlich. Ich stand oben auf dem Weg unterhalb von Hedmans und guckte. Sie waren klein wie Ameisen, aber Eeva-Lisa war größer.

Nach einer Stunde ging ich hinein. Das war das erste Mal, daß ich Eeva-Lisa sah.

Als ich wieder nach Hause kam, wenn ich so sagen kann, begann ich, ziemlich viel darüber nachzudenken, wie Eeva-Lisa war. Ich dachte den ganzen Abend. Man konnte ja auf so große Entfernung nicht viel sehen, und Hedmans und ich hatten in der ersten Zeit nach der Auslieferung nicht zu den Betstunden gehen wollen, weil sie meinten, daß die Leute guckten. Aber obwohl ich sie nicht aus der Nähe sah, war es doch leicht, sich vorzustellen, wie sie war.

Sie hatte bleiche Wangen, schöne, ein wenig schräge Augen, ein Gesicht wie eine Katze und wallendes schwarzes Haar, das sie hinten zu einem Schwanz zusammengebunden hatte. Und nichts von dem, das ich später sah, brachte mich dazu, dieses Bild zu ändern, das sich als richtig erwies.

Sie schienen viel zu spielen.

Ich fing an, ihnen nachzuspionieren, weil ich fand, es war wichtig zu wissen, wieviel sie spielten. Als der Frühling kam, wurde es leichter, denn da gab es keinen Schnee und Spuren. Nach dem Mai kam jener Sommer, in dem Alfild zum Pferd wurde, aber im September nahm ich die Nachforschungen wieder auf.

Ich glaube, sie begriff, daß man die Frösche verteidigen mußte, denn ich sah nie, daß sie sie ausgoß.

Als ich sie das erste Mal unten bei der Schindelhobelei sah, war es Sommer. Es war vielleicht Mai. Ich kann mich nicht an Schnee erinnern. August? Sie saßen unten beim Waschsteg, wo ich die Blutegel zu waschen pflegte, da, wo das Wasser schwarz war und man wegen der Blutegel nicht baden konnte. Ich ging auf der Brücke vorüber. Sie saßen auf dem Steg. Als ich vorüberging, wurden sie still, aber Eeva-Lisa sah auf. Ich war mir ganz sicher, daß sie aussah, wie ich es mir vorgestellt hatte.

Ich gönnte es Johannes voll und ganz, daß er dort saß. Mißgunst war dem Propheten Hesekiel zufolge beinah eine Todsünde. Das sagte ich mir selbst oft in den folgenden Jahren. Aber es war trotzdem schwer für mich die Male, die ich an ihnen vorüberging, wenn sie auf dem Steg saßen und plauderten und verstummten, wenn ich kam, und Eeva-Lisa aufblickte.

Man konnte sich vorstellen, daß man ein Blutegel wäre. Das konnte man sich manchmal vorstellen. Man würde unten auf dem Grund im Schlamm liegen, zusammengerollt, aber dann anfangen, sich zu bewegen und sich zu entrollen, und dann nach oben zu schwimmen. Ganz einfach, wie Blutegel schwammen, mit wellengleichen Bewegungen. Und dann würde man an die Wasseroberfläche kommen und sähe ihre entsetzten und verstummten Gesichter. Ganz verdutzt würden sie sein. Dann würde man umkehren, ohne etwas zu sagen und ohne eine Miene zu verziehen, und fortschwimmen, nach unten, und sich am Schluß wieder in den Schlamm bohren.

Aber es gab keine Gerechtigkeit. Manche waren einsam, andere bekamen ein Haus und Eeva-Lisa und eine Katze und in manchen Fällen auch einen Hund zugesprochen. Warum gab es keine Gerechtigkeit.

Das war Gottes Verdienst. Und der Menschensohn war wie ein Halbwüchsiger, der auf den Straßen Palästinas dahinschlurfte und kaum Zeit hatte für jemand anderen als die, die schon vorher nicht einsam waren.

Es war so, daß sie sich Johannes *anvertraute*. Das war es, was einem selber entging. Und er verstand es nicht, das, was sie ihm anvertraute, anzunehmen oder recht zu verwalten.

Schaut man in der Bibliothek nach, sieht man, wieviel sie ihm anvertraut hat. Sie hat ihm offensichtlich vom Kälberverschlag erzählt. Doch was sie sagt, hat er nicht begriffen.

»Über die zwei Jahre bei Elon Renmark in Långviken wollte sie am liebsten nichts erzählen, aber dazu aufgefordert, erstattete sie im Plauderton einen Bericht. Sie war elf Jahre alt gewesen, als sie zu Renmarks kam, die sich ihrer erbarmt hatten, und dreizehn, als sie fortging. Es war eine ordentliche Familie gewesen. Elon Renmark war groß von Wuchs, hatte einen deftigen Humor und weinte oft sehr. Er war sehr empfindlich und schlug deshalb seine Kinder häufig, aber mit Schonung und kurz. Er weinte vor Wut oder Rührung: Er erzählte zum Beispiel oft eine Geschichte, wie sein Bruder, während einer Begräbnismahlzeit für Renmarks erste Ehefrau, die an Krebs gestorben war, wie dieser Bruder zum Nachtisch eine eingemachte Birne bekommen hatte. Es war beim Begräbnisschmaus. Die eingemachte Birne hatte in Saft gelegen. Mit dem Löffel versuchte der Bruder, die Birne zum Mund zu führen, aber sie glitt vom Löffel, und als er die eingemachte Birne wieder einfangen wollte, war sie so schlüpfrig wie ein unbeschlagenes Pferd auf dem Eis des Sees, es ging nicht. Er jagte vergeblich die Birne über die gesamte Begräbnistafel, während die Gäste die Jagd gebannt verfolgten. Sie waren vollkommen verblüfft und erstarrt. Hinterher war der Tisch völlig in Unordnung und die Birne ziemlich matschig.

Die Ehefrau war an Krebs gestorben und hatte mehrere Monate Schmerzen gehabt und am Schluß laut gejammert, und die Geschichte war urkomisch. Elon Renmark in Långviken hatte die Gewohnheit, unter Tränen in heftiges Lachen auszubrechen, wenn er die Geschichte erzählte. Das ganze Gesicht war naß. Er galt als einer, der leicht weinte, und als guter Geschichtenerzähler. Er schlug seine Kinder, damit sie lernen sollten, aber er hatte ein gutes Herz, meinte man, und er war von Natur aus empfindsam. Das war er beispielsweise, wenn er lustige Geschichten erzählte.

Man konnte ihn leicht gern haben, weil er starke Gefühle hatte und leicht weinte, und man war der Meinung, daß es aus Liebe sei.

Sein größtes Freizeitinteresse war, im Auftrag der Gemeinde Wilddiebe aufzuspüren, besonders Elchjäger, aber der Auftrag wurde ihm entzogen, nicht indessen die Büchse, als er auf einen verdächtigen Jäger geschossen und Fritz Hedlund aus Gamla Fahlmark geringfügig an der Achsel verletzt hatte. Hedlund war für unschuldig erklärt worden, aber man durfte ja denken, was man wollte.

Auf diese Weise war Elon Renmark sein größtes Freizeitinteresse genommen worden. Er hatte Eeva-Lisa schon von

Anfang an nicht ungern gemocht, aber das hätte mißverstanden werden können.

Renmarks wohnten in Långviken und hatten vier Kinder, alles Jungen, und in gewisser Weise hatte er mit Hinsicht auf die Jungen bedauert, daß Eeva-Lisa ein Mädchen war. Darüber wollte sie sich nicht direkt auslassen. Eines Nachts, ungefähr ein Jahr, nachdem sie zu Renmarks gekommen war, hatte sie heftige Zahnschmerzen bekommen. Sie hatte die ganze Nacht wach gelegen und am nächsten Tag nicht harken können wie vorher. Es hatte zu nicht mehr gelangt, als die Grabenränder zu harken, oder dazustehen und den Kopf hängen zu lassen und zu flennen. Die nächste Nacht hatte sie auch nicht schlafen können und zuweilen laut gerufen, und am folgenden Morgen hatte Elon Renmarks zweite Frau, die von ruhigem Wesen war, die erste war an Krebs gestorben, war aber gegen Ende in heftiger Gemütsverfassung gewesen, die zweite also war mit Eeva-Lisa zum Zahnarzt Östlund in Bureå geradelt, um endlich Frieden im Haus zu haben. Östlund war ursprünglich aus Mjödvattnet, hatte aber in Stockholm Zahnarzt gelernt und hatte einen guten Ruf, weil er fix mit den Fingern war.

Außerdem war er bekannt dafür, daß er einen Totenschädel auf einem Schrank stehen hatte, wo man sehen konnte, daß alle Zähne unbehandelt waren. Ein Vorbild, sozusagen. Man pflegte zu sagen, daß das die einzige unbehandelte Schnauze in dem Zimmer war.

Eeva-Lisa hatte sich in den Stuhl setzen müssen, und Östlund hatte geguckt. Er war sehr unzufrieden gewesen mit ihren Zähnen, hatte aber doch gefragt, wo es weh tat. Als sie zeigte, hatte er genickt und gesagt, dann müsse es sein. Dann hatte er die Zange genommen und den schlecht gepflegten Zahn, der weh tat, herausgezogen, und gleichzeitig noch drei andere schlecht gepflegte Zähne daneben, die sicher auch bald weh tun würden. Es sei ein Muß, hatte er gesagt, obwohl weder Eeva-Lisa noch Elon Renmarks zweite Frau, die von ruhigem Wesen war, fanden, daß sie so schlecht gepflegt waren.

Sie blutete stark, als sie mit dem Fahrrad nach Hause fuhren, aber bis Långviken waren es ja nur zwölf Kilometer.

Es hörte trotz der Fahrradtour nicht auf zu bluten. Den ganzen Tag blutete es, und sie wimmerte so, daß die Jungen und Elon Renmarks zweite Frau nicht mehr ruhigen Wesens bleiben konnten. Am Abend war Elon Renmark heftig geworden, beinah so sehr, daß er zu weinen anfing, wie wenn er die Geschichte von seinem Bruder und der eingemachten Birne bei der Beerdigung seiner ersten Frau erzählte, und beinah schluchzend hatte er sie angebrüllt, mit dem Krakeelen aufzuhören. So war der Abend vergangen. Als alle ins Bett gehen wollten, blutete sie noch immer, und Renmarks zweite Frau, die ruhigen Wesens war, war besorgt gewesen wegen des Blutes und hatte gesagt, daß die Matratze verderben könne.

Da hatte er sie am Arm genommen und sie nach draußen in den Kälberverschlag geführt, wo es viel trockenes Heu gab, und wo sie die Nacht über liegen konnte, wenn sie wollte.

Sie hatte die ganze Nacht im Kälberverschlag gelegen. Am Morgen war Elon Renmark sehr früh aufgestanden und zum Kälberverschlag hinübergegangen und hatte lange dagestanden und sie angesehen. Dann hatte er das Kalb hinausgeführt und war zurückgekommen und hatte nichts gesagt.

Es war fast das einzige Mal, daß sie sich erinnerte, daß er nettig aussah.

Sie war an dem Morgen wie zerschlagen gewesen am ganzen Körper. Der Mund fühlte sich sonderbar und leer an. Sie hatte sich geschämt, weil die Zähne so schlecht waren, und daß Östlund hatte ziehen müssen, weil sie so schlecht gepflegt waren. Ein Jahr später bekam sie dann den gesamten Oberkiefer gezogen von Zahnarzt Östlund und bekam ein Gebiß. Da war sie dreizehn Jahre alt.

So ging es vor sich damals, als sie im Kälberverschlag lag. Sie hatte Elon Renmark nicht ungern gemocht, aber er war heftig und weinte schnell, und das war wohl der Grund, daß er die Jungen schlug. Sie hatte er nie geschlagen. Als er zum Kälberverschlag herauskam am Morgen, hatte er nettig ausgesehen.

So war es vor sich gegangen, als Eeva-Lisa oben ein Gebiß bekam.«

Es war Eeva-Lisa nicht anzusehen, daß sie falsche Zähne hatte.
Ich glaube, er lügt. Sie hatte keine falschen Zähne. In dem Fall hätte man es sehen müssen. Sie hatte dagegen ein schönes und ein wenig zurückhaltendes Lächeln.
Das ist die Wahrheit. Hatte man falsche Zähne, konnte man es sehen. Alles andere ist Verleumdung.

3 Die Bibliothek: eine der ersten Andeutungen dessen, das kommen sollte.
Er erwähnt mich nicht mit einem Wort. Er hat das grüne Haus übernommen. Es ist, als höre man einen Teil seiner selbst ruhig und beinahe verächtlich von einem anderen sprechen, als gäbe es ihn nicht. Der ursprünglich Rechtmäßige. Und die Augen vor der Tatsache verschließend, daß er eingewechselt und ich nur einen halben Kilometer entfernt war. Daß dies alles eigentlich meins war, aber daß man mich aus dem Himmel des grünen Hauses hinabgestürzt hatte.
Ich zitiere es in seiner Gesamtheit.
»Oben am Hang oberhalb des grünen Hauses lag das Nebengebäude mit dem Holzschuppen und dem Lokus, oder Klo, wie uns befohlen wurde zu sagen. Das Klo war der Ort, wo man in Ruhe im *Norran* lesen konnte, und es war mit dem Holzschuppen zusammengebaut. Es lag ziemlich hoch: wenn man die Tür öffnete, konnte man über das ganze Tal blicken, und den See. Dort konnte man lange sitzen und zuhören, wie die Kühe muhten.
Das Nebengebäude war in zwei Teile geteilt, mit einer dünnen Wand dazwischen: der eine Teil Holzschuppen, der an-

dere Teil Klo. Sanfrid Gren in Västra Hjoggböle hatte als einziger im Dorf zwei Lokusse: das Klo in zwei Abteilungen aufgeteilt. Und wurde dafür bekannt. Er hatte nicht deshalb zwei Klos, weil er erweckt war, das waren ja alle, sondern sein Vater, der die Lokusse gebaut hatte, hatte wohlhabend erscheinen wollen. Zwei Lokusse waren ein Zeichen dafür, daß man kein Kleinbauer war. Das konnte man planen, wenn man baute, ohne reich sein zu müssen: Holz gab es ja reichlich. Man baute zwei Lokusse und hoffte, daß Gott den Reichtum schenken würde. Dann mußte es eben gehen, wie es wollte.

Für Sanfrid Gren war es dann auch ein bißchen gegangen, wie es wollte; er hatte Kinderlähmung bekommen und war Schuster geworden und war ins Verhör genommen worden vom Distriktsgendarm wegen dieser Sache mit dem Nachbarsjungen von Burstedts, der die Hose runterziehen mußte. Aber nachdem er nach Hause gekommen war, wurde er schweigsam und saß nur da mit seinen lahmen Beinen und ließ den Bauch hängen und widmete sich der Anfertigung von Filzstiefeln. Wenn man darüber nachdenkt, gab es viele im Dorf, die schweigsam geworden waren. War es nicht das eine, dann war es das andere.

Auf jeden Fall hatte er zwei Lokusse.

Es war Vermessenheit, zwei Lokusse zu haben, pflegte James Lindgren, der aus Rosenius vorlas, zu sagen. Und Vermessenheit wurde von Gott bestraft. Und da half es nichts, wenn der Menschensohn Fürbitter war und zu Gott sagte, ach Lieber du.

So schlimm konnte es einem jedenfalls ergehen, wenn man zwei Lokusse baute.

Ich stand, bei der Gelegenheit, über die ich nun Rechenschaft geben will, zwischen den Espen, wo Josefina die Wäsche aufgehängt hatte, auch die gestrickte, die sie ›Puppenhängematten‹ nannte und die sie nicht weiter erklären wollte, obwohl wir ja keine Puppen hatten. Da sah ich Eeva-Lisa den Pfad hinaufgehen.

Ich hatte vielleicht vorher schon daran gedacht. Aber jetzt

entschloß ich mich spontan. Es kam wohl daher, daß ich vorher schon daran gedacht hatte. Es war hauptsächlich aus Spaß, aber ich wurde trotzdem nervös. Ganz leise ging ich hinter ihr hinauf zur Rückseite des Holzschuppens und durch die Hintertür hinein. Es lag kein Schnee, sondern war mitten im Sommer, so daß man die Spuren nicht sehen konnte. Die Espen waren auch nervös, aber das waren sie oft, darauf brauchte man nichts zu geben.

Ich hatte Segeltuchschuhe an.

Ich hörte, wie sie in den Zeitungen dort im Lokus wühlte, sie suchte wohl in dem Stapel *Norran* einen Karl-Alfred, den sie noch nicht gelesen hatte. Es gab keine Rückwand hinter der Tonne, daran hatte ich vorher gedacht. Auf dem Boden im Holzschuppen lagen Sägespäne, also war ich leise, außerdem trug ich ja Segeltuchschuhe. Mir schlug das Herz bis zum Hals, aber das war ja nicht zu hören, deshalb war ich also nicht nervös.

Es waren nur Eeva-Lisa und ich zu Hause. Josefina putzte an dem Tag in der Volksschule, denn es wurde gescheuert, bevor sie anfingen. Damit war sie beschäftigt.

Ich sah das Loch, es war das linke, und sah, daß Eeva-Lisa sich dort hinsetzte. Es war gleichsam rund, wenn man ihren Hintern sah. Ich werde es nie vergessen, denn ich hatte ja vorher schon ein bißchen darüber nachgedacht. Aber nun bekam man es endlich zu sehen.

Ich hatte mich immer gefragt, wie sie aussah. Es war sehr rund, eigentlich wie ich geglaubt hatte, daß es sein würde, nur vielleicht noch schöner. Es war wohl eigentlich nichts Böses dabei, zu gucken, und schöner fast, als ich gedacht hatte, obwohl, Sünde war es bestimmt. Die Frage war, ob es eine Todsünde war, wie zum Abendmahl zu gehen, ohne erweckt zu sein, also eine Todsünde, für die der Menschensohn nicht einmal Fürbitte leisten konnte, und die machte, daß man immerfort brannte. Ich hätte es vielleicht getan, auch wenn es eine Todsünde gewesen wäre, soviel hatte ich schon daran gedacht, man wurde beinah völlig wahnsinnig. Aber jetzt war es auf jeden Fall genau so rund, wie ich gedacht hatte, nur noch schöner.

Dann sah ich, wie ihr Hintern aus dem Loch verschwand, nachdem sie gepinkelt hatte. Ich stand da und atmete mit offenem Mund, damit es nicht zu hören war.

Und dann, auf einmal, kam das Furchtbare.

Ich sah ihr Haar, das schwarze lange Kopfhaar, das so schön war, wie es sich gleichsam durch das Loch herabsenkte. Und dann, vorsichtig, den ganzen Kopf. Und wie sie den Kopf drehte und mich direkt ansah. Ich stand zwischen dem Brennholz mit den Füßen in den Sägespänen und war wie eine Salzsäule und konnte mich nicht rühren.

Wir blickten einander einen ganz kurzen Moment an. Sagten nichts. Dann zog sie vorsichtig den Kopf wieder zurück, und ich hörte, wie sie den Holzdeckel auflegte. Sie raschelte, als legte sie eine Zeitung fort. Sie öffnete die Tür und schloß sie wieder. Sie ging hinaus.

Aber sie ging nicht auf die Rückseite.

Nach vielleicht nur einer halben Stunde – es kann schneller gegangen sein – ging ich durch die Hintertür wieder hinaus und hinunter zum Haus. Sie saß auf der Treppe und wartete auf mich. Sie sagte nichts, aber sah mich lieb an. Es war fast, als ob sie lieb lächelte, aber sie lächelte nicht, und das war gut.

Danach ging sie hinein. Josefina kam vom Putzen zurück. Nachher sagte Eeva-Lisa auch nichts davon, niemals, aber sie sah mich manchmal lieb an. Ich glaube, es war gewissermaßen das erste Geheimnis, das wir zusammen hatten. Ich fragte nie, was sie dachte, aber wenn man ein Geheimnis zusammen hat, eins, das zuerst so furchtbar war, daß man fast gestorben ist, obwohl es so klein war, dann wächst man ein wenig zusammen. Und dann ist es nie mehr wie früher. Und dann kommen die anderen Geheimnisse.«

Er hat einige der Sätze durchgestrichen. Aber man konnte es trotzdem lesen.

Es gibt eine andere Seite, die über dasselbe Ereignis geschrieben wurde. Da versucht er, es mehr ins Scherzhafte zu wenden, wie wenn man vorhat, richtig ordentlich zu lügen.

Ich sah sie einmal aus großer Nähe, als ich Sven Hedman begleitete, der im Bethaus einen neuen Kamin setzen sollte. Sie wußten nicht, daß ich sie sah. Ich stand auf der Innenseite des Bethausfensters. Sie gingen um die Hagebuttenhecke, hinunter zur Quelle, und Eeva-Lisa hatte den Eimer in der Hand.

Wenn man beinah ständig an jemanden denkt, dann ist es, als liege man in einem Ameisenhaufen, es ist furchtbar, man stellt sich Dinge vor, man klebt sozusagen fest, wie auf einem geteerten Holzscheit, es geht immer nur im Kreis, gerade weil es so hoffnungslos ist, man kann an nichts anderes denken, man weiß, wie sie geht und lacht, und es ist eine Qual. Man denkt an alles bei Eeva-Lisa, von den abgekauten Nägeln bis zum Mund. Und wenn man etwas anderes tun soll, wie zum Beispiel Essen machen, oder was auch immer, dann ist man immer noch wie eine Laus auf einem geteerten Holzscheit, nein, eine Laus stirbt, aber selbst ist man gezwungen weiterzuleben, und man denkt, man denkt, aber es ist eine Qual. Man begreift nicht, daß es so furchtbar sein kann. Man wacht auf, und es ist furchtbar, und man schläft, und es ist gut, denn dann darf man sie ja berühren, und plaudern, aber dann, am schlimmsten ist es, wenn man wach ist.

Wäre sie nur nicht gekommen.

Ich meine: man wird vollkommen wahnsinnig. Obwohl es ja nur ist, weil man denkt, man sollte nicht denken, es ist wie in einem Ameisenhaufen.

Man sieht sie weit weg, auf der anderen Seite des Bachs, und man kann nicht hinübergehen und auch nur ein klitzekleines bißchen sprechen, denn man glaubt, daß es einem anzusehen ist, daß man im Ameisenhaufen liegt. Und man wünscht, daß sie nie gekommen wäre, denn es ist, als entdecke man einen Ameisenhaufen in sich, und dann ist er da, dann wird man nie, nie wieder frei, wenn er in einem ist, und man ist abgewiesen, und niemals darf man bei ihr sitzen, außer jenem Mal mit den Tulpen auf dem Kleiderstoff, und zuletzt im Holzschuppen bei Hedmans, aber zum Beispiel nie auf dem Elchturm; nein, nicht da, nicht da.

Ich glaube, ich hätte die Auswechslung überstanden, beinah, wenn nur sie nicht gekommen wäre. Sie war so nettig. Wäre sie nur nicht gekommen.
 Ich bekomme Kopfschmerzen.

Wenn ich Kopfschmerzen habe, denke ich an die Tiere, damit es aufhört. Die Katze, die auf den Eisenherd schiß, daß sie nach einer Hummel gesprungen war, bevor sie fortgeschickt wurde. Die Vogeljungen, die nicht begriffen, daß wir sie über Nacht wärmen wollten mit Laub, sondern starben, obgleich es wohl nicht wir waren, die sie ermordeten. Die Frösche in der Quelle, wo ich Tierpfleger war und sie verteidigte. Das Kalb im Kälberverschlag, das Elon Renmark dazu brachte, nettig auszusehen. Das Pferd, das ständig im Kreis ging und sich wohl fühlte.
 Habe ich etwas vergessen? Sicher. Den Vogel zwischen den Fensterscheiben, und vieles andere mehr.

Ich stand im Bethaus und hörte Sven Hedman mit dem Eisenkamin rumoren. Ich stand so dicht am Fenster, als wäre ich überhaupt nicht bange, daß sie mich sehen könnten. Sie gingen um die Hagebuttenhecke und verschwanden.

Die Vögel in der Eberesche, das vergaß ich. Oder ist es der Glücksbaum, den ich vergessen habe.

»Hat es den Feind nicht gegeben, muß man ihn wiedererschaffen.«
    Ja, das kann er sagen.

2
Der Feind wird entlarvt

Greift den Fisch da um den Hals,
schlägt seinen Kopf still an die Wand.
Der Fisch schreit, der Mond leuchtet,
der Kopf des Fisches knackt wie ein Ei.

Gott, laß den Fisch doch schweigen,
daß niemand meine Schande hört und sieht.
Laß den Fisch aufhören zu zappeln,
aufhören, sich aus meinen Armen zu winden.

1 Nachher hätte ich denken sollen: Es ist sonderbar, was so geschieht. Man bekommt einen Schlag, aber nichts ist unrettbar. Manchmal ist es so furchtbar, daß man nur noch sterben will, aber wenn alles am furchtbarsten ist, weiß man doch, daß man auf eine Art lebt. Das spürt man. Es brennt, und bleibt, wie ein kleiner brennender Punkt von Schmerz. Und dann lebt man, wenn man ihn nicht verschludert.

Man braucht ja nicht zu glauben, daß alles eitel Glück ist, nur zu begreifen, daß es immer noch etwas Besseres gibt als den Tod. Und dann soll man das, was weh getan hat, behalten. Kein Sinn darin, sich zu verkriechen und zu vergessen, wie sowohl Johannes als auch ich es getan haben. Denn was bleibt einem dann noch. Wenn man nichts behält, dann bleibt einem nichts. Und dann liegt überhaupt kein Sinn in irgend etwas von dem, das weh getan hat.

Dann hat es nur weh getan. Ganz sinnlos. Und dann war man nur ein ganz sinnloser Mensch.

Vielleicht ist das, was weh getan hat, der Beweis dafür, daß man Mensch geworden ist.

Mir fällt das Gleichnis aus dem Johannesbrief im Neuen Testament ein, eine der Stellen, die Sven Hedman und ich in jener Nacht in der Bibel fanden.

Das Gleichnis ist dieses. Es ist Jesus, der das Gleichnis vom Esel und dem leeren Honigtopf erzählt.

Der Esel I-Ah, erzählt Jesus seinen Jüngern, hatte Geburtstag, und um ihm eine Freude zu machen, kamen die zwei Kameraden des Esels, Ferkel und Pu der Bär, auf die Idee, dem Esel I-Ah, der ziemlich schweigsam und nachdenklich war und oft tief seufzte, jeder ein Geburtstagsgeschenk zu machen. Deshalb kaufte Ferkel einen Ballon, und Pu der Bär einen Topf Honig für den Freund. Auf dem Weg zu I-Ah aber wurde Pu der Bär hungrig und probierte den Honig, der gut war, und bevor er angekommen war, war der Honigtopf leer. Ferkel lief eifrig mit dem Ballon im Arm neben ihm her, stolperte aber plötzlich und fiel, so daß der Ballon platzte und nur noch ein leerer Fetzen war.

Als sie ankamen, hatten sie nur noch einen leeren Honigtopf und einen zerplatzten Ballonfetzen.

Als sie ihre Geschenke überreichten, erzählten die zwei Freunde dem Esel I-Ah beschämt, was geschehen war. I-Ah betrachtete daraufhin eine Weile die Geschenke mit seinem üblichen traurigen Blick, und die beiden Freunde wußten vor Trauer und Scham weder ein noch aus. Aber da nahm der Esel den Ballonfetzen und legte ihn in den Topf. Und dann holte er, nach einigem Nachdenken, den Fetzen wieder aus dem Topf. Und dann tat er den Fetzen wieder hinein. Dies, sagte nun der Esel I-Ah voller Freude zu seinen Freunden, ist ein sehr praktischer Topf, um Dinge hineinzutun. Und dieser Schluderballon ist ein Ding, das man in diesen praktischen Topf tun kann.

Und sie begriffen plötzlich, daß das, wovon sie gedacht hatten, es sei nichts, nun etwas war, und sie wurden sehr froh.

Das war das Gleichnis vom Esel und dem Honigtopf. Man bekommt einen Schlag, aber nichts ist hoffnungslos. Man behält das, was weh getan hat, und dann ist es mehr wert als das Glück.

So war es mit der Bibel. Man konnte finden, wenn man suchte. Und dann hilft es einem hinweg über das, was schwer ist. Immer ist man doch ein leerer Topf, oder kaputter Ballon, was viel wert sein kann, erzählte Jesus seinen Jüngern.

2   Nachdem Alfild zum Pferd geworden und weggebracht worden und in Brattbygård gestorben war, wohnte ich allein bei Sven Hedman: und es geschah gegen ein Uhr mittags am 4. Juni 1944, daß Johannes, den ich oft gesehen, aber mit dem ich wegen Eeva-Lisa nie gespielt hatte, daß er in der großen Pause zu mir kam und sagte, daß ich mich mit dem Margarinebrot und der Milch beeilen und hinter die Schule kommen solle, wo die Kreissäge stand. Die Schule war eine B-2.

Als ich tat, was er gesagt hatte, war er schweigsam, sagte aber, daß er am Sonntag nach dem Gottesdienst mit mir sprechen wolle. Ich solle ihn im Wald oberhalb des Klos vom grünen Haus treffen. Er werde mir etwas zeigen, sagte er, wollte aber nicht sagen, was es war.

Man wollte ja nicht nein sagen. Also nickte man nur und fragte nicht weiter. Dann wurde er deutlicher und sagte:

– Wennedich beeilst nachem Gottsdienst, bisse erster.

Es war schon komisch, aber ich nickte, und da ging er.

Der schwarze Kreis nach dem Feuer der Walpurgisnacht war noch rundum ausgebrannt, und das Gras war noch nicht hochgekommen. Johannes saß ganz hinten auf der Holzbank im Bethaus, er schlich als erster davon. Ich war allein, denn Sven Hedman war nun fast der einzige im Dorf, der sich vom

Erlöser fernhielt, was sehr unterschiedlich gedeutet, aber nicht mit Freude gesehen wurde. Ich ging schnell.

Er wartete, als ich kam.

Er hatte das Flanellhemd und die kurzen Hosen an, und ich erkannte das Hemd wieder, wollte aber nichts sagen. Als ich kam, nickte er nur zum Weg hinauf, der eher ein breiter Pfad war und an der Vorderseite des Bensbergs aufwärtsführte, er wollte offenbar, daß wir hinaufgingen. Und so gingen wir.

Den Wald kannte ich gut. Aus dem konnte man beobachten. Und da konnte man sich vor Feinden verstecken.

Ich hatte einmal den Wald genauso exakt aufgezeichnet wie das grüne Haus. Es war wichtig, Karten zu zeichnen. Alfild hatte von mir gelernt, eine Karte von Schweden zu zeichnen, auf der Hjoggböle hervorgehoben war, damals als sie zum Pferd wurde. Sie hatte vielleicht fünfzehn Stück gezeichnet, aber wenn ich den Punkt mit Hjoggböle nicht markiert hatte, war sie ärgerlich geworden und hatte gemuht. Es war wichtig, zu markieren, sonst wurde sie nicht ruhig und konnte nicht zeichnen. Ich zeichnete Karten von fast allem, meistens vom See mit den markierten Inseln, und besonders kam es auf Ryssholmen an, worauf ich nie einen Fuß gesetzt hatte wegen der Russen und der Kreuzottern: er war extra genau gezeichnet mit der Bucht der Eindringlinge und dem Vulkan und dem Pfad, der am Paß mit der abgestürzten Klippe vorüberführte, und allem anderen.

Den Wald oberhalb des grünen Hauses hatte ich auch viele Male eingezeichnet.

Vom Bethaus führte ein Weg, am ehesten vielleicht ein Pfad, und er wurde schmaler und schmaler, und ganz einfach ein Pfad. Johannes ging vor mir, ohne mit einem Wort oder einer Geste seine Absichten zu verraten. Er hatte helles Haar und trug ein Flanellhemd und Segeltuchschuhe. Josefina hatte das Hemd wohl umgenäht und kleiner gemacht, damit der Stoff nicht verkommen sollte. Ich blickte von hinten auf seine Ohren. Über die hatte man viel in den Zeitungen gelesen, und im Dorf hieß es scherzhaft, keine Ohren seien jemals so gut von Doktoren und vom Obersten Gericht untersucht worden wie bei Johannes und mir.

Ich hatte auch Segeltuchschuhe. Genau die gleichen. Aber dabei hatte sich niemand etwas gedacht. Es gibt Unterschiede zwischen Gleichheit und Gleichheit.

Er ging schnell, und ab und zu drehte er sich um, schaute aber eigentlich nicht nach mir. Es war, als blickte er hinter mich. Aber da war niemand.

Ich fragte schließlich, wen er suche. Er antwortete nicht. Als er sich das nächste Mal umsah, fragte ich wieder. Er antwortete da, wobei er geradeaus sah:

– Den Feind.

Man konnte glauben, er spiele, oder sei verrückt geworden. Aber ich hörte an seiner Stimme, daß er ganz ernst war. Und verrückt war er nicht. Das wußte ich, denn dann hätte man es im Dorf von ihm gesagt, wie von Ernfrid Holmström, der einmal verrückt geworden war und nach Umedalen gebracht wurde. Er war verrückt geworden, kein Zweifel. Es sprach sich sofort im ganzen Dorf herum. Sie hatten ihn in der guten Stube an einen Stuhl gebunden, das war nötig, obwohl er nur vierundzwanzig Jahre alt und wegen seines rücksichtsvollen Wesens allgemein beliebt war. Man hatte alle schwangeren Frauen im Dorf gewarnt, ihn anzusehen: dann würde das Kind im Mutterschoß das Feuerzeichen auf der Stirn bekommen. Aber es war nur Malin Häggström schwanger, und die hielt man fern, das war kein Problem. Ernfrid Holmström kam nach einem halben Jahr aus Umedalen zurück und war ganz wie gewöhnlich. Malin Häggström gebar auch ein gewöhnliches Kind ohne Feuerzeichen, wenngleich sie besorgt gewesen war, obwohl man sie ferngehalten hatte.

Johannes war auf jeden Fall nicht verrückt. Aber es ist klar, daß man sich fragte.

Wir gingen schnell den Berg hinauf, ich schwitzte am Schluß, wollte aber nicht zurückbleiben wie ein alter Zosse. Wir gingen aufwärts und aufwärts. Aber nur zweihundert Meter vor dem Gipfel, wo der Elchturm stand, zeigte Johannes hinein unter die Felswand, zeigte auf den Grotteneingang und sagte:

– Geh rein.

Und das war die Grotte der toten Katzen.

Es waren drei Katzen dort gewesen, alle tot. Die erste war ganz sauber abgenagt. Es war sicher ein Katzenmädchen, denn sie war so schön. Sie hatte einen so weißen und schönen Kopf. Wir hatten sie an die Wand gelehnt, also an die innere Wand der Grotte, so daß sie durch den Grotteneingang hinaus über den Wald und hinunter aufs Dorf blicken konnte. Die Aussicht war wichtig, wenn man tot war. Die anderen zwei, die nicht so sauber abgenagt und ziemlich eklig anzusehen waren, hatten wir unter dem Fußboden begraben, in der Grotte.

Aber das war vor der Auswechslung gewesen, damals, als wir viel zusammen waren. Das war jetzt fünf Jahre her. Das Komische war, daß das Katzenmädchen noch da war, genau wie damals, als wir sie aufgerichtet hatten. Nun war sie vollkommen sauber abgenagt und noch schöner als vorher. Sie saß da und blickte hinaus über den Wald und das Tal und sah nur ruhig und nettig aus.

Johannes setzte sich vorne beim Eingang mit dem Rücken an die Wand. Er war so ernst, daß er fast nervös wirkte.

– Ich dachte nur, daß du es auch wissen solltest. Sie kommen jeden Sonntagnachmittag nach dem Gottsdienst hierher, und sie kommen jetzt bald. Wenn der Gottsdienst vorbei ist.

Ich begriff kein Wort, und er erklärte:

– Ich habe gemerkt, daß was nicht stimmt, denn er ist ganz aus Västerböl rübergekommen und war irgendwie keiner, der innen Gottsdienst geht. Schon gar nicht hier. Also da war was komisch.

Er nickte nachdrücklich.

– Wer? sagte ich.

– Der Feind, sagte Johannes.

Es war mir wohl anzusehen, daß ich nichts begriff. Also erklärte er:

– Er nimmt Eeva-Lisa mit, und sie gehen auf dem Pfad hier hoch. Und dann gehen sie zum Elchturm. Es ist furchtbar.

Das Katzenmädchen blickte ruhig über das Tal und sah nettig aus. Man wüßte schon gern, ob sie etwas gehört hat, aber sie ließ sich nichts anmerken. Das tut man ja auch, wenn man tot ist, es ist natürlich. Ich dachte lange nach, aber ich begriff nicht.

– Geht sie ganz freiwillig mit? sagte ich und hoffte, er würde nein sagen, denn dann würde ich überhaupt nichts begreifen, und dann war es vielleicht ein Spiel.

– Sie schmusen rum, sagte Johannes. Ich wollte es dir sagen, weil ich gesehen habe, daß du aufpaßt.

Er hatte es gesehen. Oder vielleicht hatte Eeva-Lisa etwas gesagt. Ich starrte nur auf das tote Katzenmädchen.

– Du bist der einzige, dem ich es sage, sagte er, denn wir müssen Eeva-Lisa verteidigen.

Da begriff ich. Und ich nickte, denn das war selbstverständlich, es war ebenso wichtig wie die Frösche. Und dann dauerte es nur eine Minute, bis wir sie kommen sahen.

Ich erkannte ihn sofort.

Er wohnte vielleicht zwei Kilometer entfernt in Västra, aber er war bekannt, er spielte Mittelläufer und war allgemein beliebt, beinah wie ein Vorbild für die Jungen, sagte man, obwohl es nicht sicher war, daß er erweckt war, denn die in Västra waren weniger gläubig als wir, die in Sjön wohnten. Johannes hatte recht, es war sehr komisch, daß er begonnen hatte, in Sjön zum Gottesdienst zu kommen. Er war ziemlich groß gewachsen und besaß einen gewaltigen Schuß, der die Mannschaft aus zahlreichen bedrängten Situationen gerettet hatte. Sie gingen nur zehn Meter unterhalb der Grotte der toten Katzen vorüber.

Er war es, den Johannes den Feind genannt hatte.

In Västra hatte man vor mehreren Jahren angefangen, Fußball zu spielen, als jemand darauf gekommen war, aus Seiten des *Norran* eine Papierkugel zusammenzupressen und sie mit Schnüren zu umwickeln; und damit hatte man herumgekickt, bis man einen Lederball bekam und richtig anfing zu spielen. Er hieß Lars-Oskar Lundberg und war um die Fünfundzwanzig, wurde Mittelläufer aufgrund seines gewaltigen Schusses und war in mehreren Dörfern bekannt, wenngleich die Jüngeren in Sjön von ihm schwiegen, wenn ein Erwachsener zuhörte, denn Fußball war ja Sünde. Wohl deshalb hatte Johannes Unrat gewittert, als er anfing, in Sjön zum Gottesdienst zu gehen.

Bei uns im Dorf spielte man nie Fußball, aus natürlichen Gründen, weil man, vom Religiösen abgesehen, die Weiden nicht niedergetrampelt haben wollte.

Ich vergaß auf einen Schlag, daß er allgemein beliebt war, und begann von ihm als Feind zu denken. Er hielt Eeva-Lisa ein bißchen unbeholfen an der Hand und redete so leise, daß man nichts verstehen konnte. Sie sahen nicht zur Grotte herauf. Sie hatte das gute Kleid an, das mit den Tulpen.

Dann waren sie vorbei. Wir verließen gemeinsam die Grotte der toten Katzen und folgten ihnen vorsichtig.

Sie sahen sich nicht einmal um. Ich glaube, sie konnten sich nicht vorstellen, daß sie verfolgt wurden. Als sie hinter einer Biegung verschwanden, gingen wir sehr vorsichtig bis zur nächsten, aber da Johannes wußte, wohin sie unterwegs waren, wurden wir nicht unruhig. Sie hielten sich fast die ganze Zeit an der Hand.

Es war furchtbar. Ich weiß nicht, was es war, das furchtbar war. Es war wie die Tante unten beim Bus, die einen umarmte, obwohl Eeva-Lisa zusah. Das war auch furchtbar, allerdings nicht, wie furchtbar sonst zu sein pflegte. Als Alfild im Bett saß in Brattbygård, war es furchtbar, allerdings nicht so, es war nur furchtbar. Nur war es furchtbar auf eine andere Weise.

Johannes empfand es sicher genauso. Aber mit ihm war es

ja so, daß ich ihn nie nach etwas zu fragen wagte, obwohl er sozusagen ein Teil von mir war. Absolut zusammengewachsen und doch eine total fremde Hälfte.

Warum mußte das so werden. So dachte ich oft: Warum sollte das notwendig sein.

Aus ungefähr hundert Metern Entfernung sahen wir sie auf den Elchturm auf dem Gipfel des Bensbergs klettern. Er war solide gebaut, Holz gab es ja genug.

Sie blieben eine Stunde oben. Man konnte sie nicht sehen, denn das Geländer war einen Meter hoch.

Ich weiß beinah sicher, wie es war. Er war vermutlich schüchtern. Und sie war weich und ziemlich einsam. Und dann strich sie ihm über die Wange. Und weil sie sich so hoch über dem Boden befanden und die Luft so warm war und ein schwacher Wind ging, und sie wie durch Wolken schwebten, und sie alles hinter sich und unter sich lassen konnten, da fürchteten sie sich wohl am Ende nicht.

Ich weiß es. Sie hatte das Tulpenkleid an.

Dann kletterten sie herunter.

Ich habe nie Angst gehabt zu sterben. Aber ich habe nie sterben wollen, weil ich es erst zusammengefügt haben wollte.

Erst zusammengefügt, und fertig. Dann kann man aufhören zu sterben. Und deshalb lebe ich wohl noch.

Wir sagten nichts auf dem Heimweg, Johannes und ich.

Wir hatten uns noch mal in die Grotte der toten Katzen gesetzt. Da waren wir, und das kleine schöne Katzenmädchen mit seinem weißen Kopf, das nachdenklich über den Wald und das Tal und das Dorf blickte, wo ich einmal gelebt habe.

Was sie von uns gedacht haben mag. Was sie gedacht haben mag.

3 Von dem Augenblick an trafen Johannes und ich uns fast jeden Tag. Damit ich wußte.

Er schrieb einen Teil dessen, was er wußte, in Kapitän Nemos Bibliothek nieder. Das meiste ist wahr. Obwohl das Schwerste, wie man Eeva-Lisa gegen den Feind verteidigen sollte, vergessen zu sein scheint.

»Eeva-Lisa war in den folgenden Tagen still, aber froh, sprach jedoch nicht viel mit mir. Als ob sie schüchtern wäre, oder das Interesse verloren hätte. Es war sicher der Fehler des Feindes und nicht ihrer. Man sah ja ein, wie es sein mochte. Josefina ahnte nichts, und wir waren übereingekommen, ihr nichts von Eeva-Lisa und dem Feind zu erzählen.

Sie waren wohl noch ein paarmal oben auf dem Elchturm. Aber dann war etwas passiert. Ich selbst war es, der es entdeckte. Eines Donnerstagsabends ging ich hinauf und sah es.

Jemand hatte den Turm umgesägt.

Es war schlecht gemacht, also wußte ich sogleich, wer es gewesen war. Er hatte mit einem gewöhnlichen Fuchsschwanz gesägt, glaube ich: zuerst war ein Eckpfosten abgesägt worden und hatte nicht geklemmt, denn er hatte gut gekeilt, und danach zwei andere, aber unordentlicher, denn es gab mehrere Stellen, wo er neu angesetzt hatte. Und dann war der Turm umgewippt, oder eher umgekippt worden, wie von einem, der unerhört stark war. Und dann war er zur Seite gefallen.

Dieser Turm war nun zu Ende besucht.

Ich kann nicht fassen, wie jemand, der so schwach war, so stark sein konnte. Er muß es in der Nacht getan haben. Er hatte sicher große Angst, als er es tat, oder Wut.

Kalle Burström entdeckte es eine Woche später. Da wurde es bekannt. Ich konnte Eeva-Lisa ansehen, daß sie Angst bekam, als sie es erfuhr. Vielleicht war das der Grund, warum es mit ihr und dem Feind so schnell zu Ende ging. Sie hatten wohl keinen Turm mehr, in dem sie sein konnten. Und da begriffen wohl beide, wie es zusammenhing, und da war es vorbei.

Unten beim Milchbock wurde es diskutiert, und man kam

zu dem Ergebnis, daß es eine Freveltat sei. Obwohl niemand verstehen konnte, wie es zusammenhing.

Der Mittelläufer hörte nur einen Monat später auf, ins Bethaus zu kommen.

Was sollte man sagen. Er verschwand einfach. Es war, als hätte er nie existiert. Was sollte man da sagen.

Und ich sagte auch nichts darüber zu Eeva-Lisa.«

Ich war dabei, als Sven Hedmans Mutter starb. Es war Krebs. Selbst wollte Sven Hedman sie nicht anziehen, also mußte ich helfen, mit einer der Nachbarsfrauen.

Wenn ich darüber nachdenke, ob der Austausch richtig war, und mir zu sagen versuche, daß das Oberste Gericht und die Doktoren mit den Ohrenwindungen recht gehabt hatten, obwohl sie es ja nicht haben konnten, dann war sie praktisch meine eigene Großmutter.

Sie hatte nur gehustet, ein paarmal geatmet, und war gestorben. Ich saß in der Ecke, denn Sven Hedman saß unten in der Küche und war niedergeschlagen, also mußte ich dasein. Als wir das Laken in Ordnung brachten, konnte ich fühlen, daß sie vollkommen verschwitzt gewesen war, obwohl schon beinahe kalt. Das Laken glitt zur Seite, so daß man ihre eine Brust sah. Das war das erste Mal, daß ich eine Frauenbrust sah. Dann deckte die Nachbarsfrau sie zu. Es war feierlich und überhaupt nicht furchtbar.

Ich begriff nicht ganz, daß der Tod so sein konnte, still und nachdenklich, und feierlich. Und es war so sonderbar, als versuche ein toter Mensch nur dadurch, daß er ein wenig verschwitzt und kalt zugleich war, zu erzählen, wie es war zu leben, oder wie es gewesen war. So war man, wenn man lebte, aber sie sagte es mir nie, bevor sie tot war.

Ich war es, der den Elchturm umgesägt hat. Aber es gelang mir nicht wirklich, mich dafür zu schämen. Man begeht seine

Übeltaten, aber wenn man sich für alles schämen soll, was ist denn das für ein Leben.

Ich tat es nicht in der Nacht, das ist falsch beschrieben, er versuchte die Dinge immer ein bißchen falsch zu beschreiben, damit nichts deutlich werden sollte. Aber ich tat es mit dem Fuchsschwanz.

Das konnte er an den Sägespuren sehen, nehme ich an.

In der Bibliothek gibt es viel über Schuld. Aber daß ich den Elchturm umsägte, kann den Feind kaum abgeschreckt haben.

Es wurde bald Herbst. Und Winter, der schlimmste seit Menschengedenken. Und mit den Besuchen auf dem Elchturm war es sowieso vorbei.

Die Schuld streiche ich also.

Schuld und Tränen. Und kein Menschensohn zu finden. Nur Kapitän Nemo, wenn er immer noch willens ist, einem armen Schlucker wie mir zu helfen, wie uns, meine ich.

Es ist großer Bedarf an Wohltätern.

4   Der Winter kam früh in jenem Jahr.
Es fing im September an zu schneien, das war noch ziemlich normal, aber merkwürdig war, daß es immer weiter schneite. Im Oktober war es ein halber Meter, und kalt, die Schauerleute im Hafen von Bure mußten einen Monat früher aufhören, und Sven Hedman war besorgt, denn die fette Brieftasche war so durchsichtig wie ein Stück Kaffeeklärhaut, wie er es scherzhaft ausdrückte bei einer der wenigen Gelegenheiten, wo er zu scherzen versuchte. Der Schnee drückte das gesamte Küstenland nieder, und wer zum Holzfällen gehen sollte,

wußte, daß schwer voranzukommen sein und viel Schnee unter die Arbeitsbluse kommen würde. Aber am schlimmsten waren die Pferde dran, die schwitzen mußten und Husten bekommen konnten. Sven Hedman hatte zwar kein Pferd, aber er dachte viel daran, daß es für sie am schlimmsten war.

Ich hatte angefangen, ein wenig in dem grünen Haus vorbeizuschauen, wenn ich wußte, daß Josefina fort war und zu Großbacktagen ging. Ich wußte, daß sie stumm wurde und ein komisches Gesicht bekam, wenn sie mich sah, und daß im Dorf geredet wurde. Also war es besser so.

Johannes sagte nie etwas über den umgesägten Elchturm. Aber Eeva-Lisa war ziemlich verändert.

Sie war viel für sich allein und nicht mehr so fröhlich, wie sie vorher zu sein pflegte. Einmal, als ich kam, saß sie auf der Küchenbank und flennte, und Johannes saß neben ihr und sagte Ach Liebes du. Es war schwer, sich auf sie zu verstehen. Sie war auf eine Weise genau wie früher, und ich erinnere mich daran, wie weich sie sich anfühlen konnte, wenn man sie bloß so im Spaß am Arm faßte. Sie roch immer nach Seife und war weich. Aber verändert war sie auch. Sie hatte ein bißchen zugenommen, nicht so, daß sie dick war, aber etwas fülliger, runder vielleicht, zugenommen auf jeden Fall. Wenn ich hereinkam und grüßte, pflegte ich zu sagen, daß sie »gut im Futter« stehe; es war nur gut gemeint, aber sie sah mich an, als hätte ich etwas Bösartiges gesagt. Also sagte ich nur zweimal, daß sie gut im Futter stehe.

Es war ansonsten das, was man, wenn man nett sein wollte, zu jemandem sagte, der ein guter Futterverwerter zu sein schien.

Aber sie war finsterer Stimmung. Sie hatte wohl niemanden, mit dem sie reden konnte, abgesehen von Johannes und mir. Und nachdem der Turm umgesägt und der Feind verschwunden war, als habe es ihn nie gegeben oder als habe Johannes ihn nur erfunden, um zu erschrecken oder um sich nicht zu schämen, wurde es noch stiller um sie her.

Einmal, als ich kam, saß sie allein zu Hause.

Johannes war zum Konsum, oder Koppra, wie es eigentlich hieß, aber sie ließ mich trotzdem herein. Sie wollte reden, glaube ich. Sie setzte mich auf die Küchenbank und zeigte mir ihr Strickzeug. Sie kam auf die Idee, mir Stricken beizubringen, und ich erzählte ihr nicht, daß Josefina, als es noch dauerte, mir Topflappen beigebracht hatte.

Die erste Reihe machte sie selbst, denn das sei zu schwer für mich, sagte sie. Und dann mußte ich weitermachen.

Eigentlich war es komisch. Sie saß ganz dicht neben mir. Sie trug ein Kleid, das hatte sie selbst genäht, erzählte sie. Es war das erste, das sie selbst gemacht hatte, also ein ganzes Kleid ganz allein, angefangen beim Kaufen des Stoffs bis zum Zeichnen und Zuschneiden und Zusammennähen. Sie hatte Mama überraschen wollen, oder Josefina Marklund, wie sie sie nannte, wenn sie wütend war, oder manchmal Marklund, dann war es wirklich übel, Mama sollte freudig überrascht sein darüber, daß sie es gekonnt hatte, so war es gedacht.

Der Stoff war ganz weich. Ich durfte ihn fühlen. Es war das gute Kleid mit den Tulpen. Ich betrachtete die Blumen lange und fühlte sie. Die Tulpen standen auf dem Kopf, so daß sie sozusagen mit der Blüte nach unten wuchsen. Ich fragte, warum sie es so gemacht habe, normal war ja, daß sie nach oben wuchsen. Aber da war sie auf einmal wieder gleichsam verändert und sagte, das sei Josefina auch aufgefallen. Sie hatte aus Versehen die Blumen nach unten gedreht, als sie das Kleid zuschnitt, und so wuchsen die Blumen nach unten.

Mit *der* Überraschung war es ja wohl nicht weit her, hatte Mama gesagt.

Da sagte ich, daß es so eigentlich schöner aussähe. Und ich hätte gehört, daß es im Ausland Blumen gäbe, die nach unten wuchsen, nicht in der Stockholmer Gegend, aber in Nyland, wo es auch Palmen gab; es war weit weg, südlich von Nordmarks, wenn man es von da aus sah.

Man müsse nicht glauben, daß alle Tulpen gleich seien, sagte ich.

Und da strich sie mir übers Haar.
– Du hast genauso schwarzes Haar wie ich, sagte sie, aber die Seele ist ganz weiß.
Sie fand, daß ich geschickte Hände hätte. Sie nahm meine Hände, um sie zu untersuchen. Und sie sagte, daß die Innenseite der Hände schön und weich wäre, und daß ich wohl deshalb so geschickt mit den Händen sei und so schnell gelernt hätte.

Das war alles.
Ich habe hinterher oft daran gedacht, wie wir dort saßen und Stricken übten. Obwohl ich mir vorstelle, daß es uns überhaupt nicht ums Stricken ging, keinem von uns, aber daß wir beide fast nicht atmen konnten. Es ist schwer, das jemandem zu erklären, der es nicht erlebt hat. Und wäre ich ein anderer gewesen und mutig wie Johannes, der dort sitzen und »Ach Liebes du« sagen konnte, wäre ich gewesen, wie ich mir immer erträumt hatte zu sein, aber nicht werden konnte, dann hätte ich mich vielleicht gegen ihren Arm gelehnt. Und dann hätte ich mit der Wange das Kleid mit dem Stoff gefühlt, auf dem die Tulpen nach unten wuchsen, der Erde zu, oder dem Erdreich, wie man im Bethaus sagte. Und dann wären wir wie zwei Geschwister gewesen, die sich in jenes Erdreich hinabbegaben, in dem nur wir und falsch gedrehte Tulpen wachsen konnten, und dann würden wir dort unten liegen, zusammengerollt wie die Blutegel im Schlamm des Baches, und wir würden nie nie nach oben schwimmen und heranwachsen wollen, und die große Schwester und ich würden unsere Geheimnisse behalten, außer voreinander, und keiner von uns würde jemals den anderen allein lassen.

5 Ich begriff, daß sie es schwer hatte bei Josefina. Weil sie beide soviel gehofft hatten, hatten sie sich wohl schließlich gehaßt. Hätten sie nicht gehofft, wäre es sicher besser gegangen. Es gab eigentlich niemanden, der sich die Mühe machte, Josefina zu verstehen, denn sie war sowieso allgemein respektiert, und dann wird man eben sehr einsam.

Aber ich merkte, daß Eeva-Lisa gleichsam froh wurde, als ich das mit den Tulpen gesagt hatte. Ich sage »gleichsam«, denn sie konnte nun einmal nie richtig froh werden. Aber in die Richtung ging es. Als ich Kind war, gab es vieles, das gleichsam war. Wenn etwas gleichsam war, mußte man lange nachdenken, um zu verstehen; nichts war, wie es war.

Mama vereiste, und am schlimmsten war es wohl, als Johannes und ich zurückgetauscht wurden. Da war es am schlimmsten, und dann blieb es weiter am schlimmsten, und da vereiste sie. Für die, die vereisten, war es sicher am schlimmsten. Wie Eriksson in Fahlmarksforsen, der unter die Kiefer gekommen und eingeklemmt worden war und mit dem freien Finger geschrieben hatte *Ach Liebes du Maria* ... So vereiste Mama vielleicht, obwohl sie nicht einmal einen freien Finger hatte, und keinen Schnee, um darin zu schreiben, und nicht einmal jemanden, an den sie Ach Liebes du schreiben konnte. Manchmal habe ich mir vorgestellt, daß sie davon träumte, sich in der Wunde in der Seite des Menschensohns zu verkriechen und es schön und warm zu haben und aufzutauen. Und dann daran denken zu müssen, was geschehen war. Aber der Menschensohn war keiner, der sich bereithielt, wenn man ihn brauchte, das hatte wohl auch sie erfahren müssen.

Wohin sie auch blickte, fand sie Schuld. Johannes wurde kein Goldjunge, und als der Auserwählte es nicht wurde, da war es noch weitaus schlimmer mit dem Ausgestoßenen.

So fiel der böse Blick auf Eeva-Lisa, und sie wurde bestraft. Sie war sicherlich sauber und ordentlich gekleidet und bekam soviel zu essen, wie sie wollte, damit nahm Josefina es genau. Und wegen der kleinen lumpigen Summe, die die Gemeinde bezahlte, war sie wirklich nicht aufgenommen worden.

Neenich. Das betonte Josefina stets mit Nachdruck. Wenn sie darauf zu sprechen kam, betonte sie stets mit Nachdruck. Und wenn der Menschensohn seine Seitenwunde nicht öffnen wollte, dann mußte man ja da draußen in der Kälte stehen und betonen.

Ich dachte viel an Eeva-Lisa, während der Winter kam.

Der Schnee fiel und fiel, am Schluß waren wir davon umgeben wie die Sommerfliegen von der Watte zwischen den Fenstern, von der ich sicher war, daß Gott sie den Fliegen als Erdreich ausgelegt hatte. Gott war gutmütig mit Fliegen und ließ Watte für sie auslegen, wo sie schlafen konnten bis zum Mai, wenn er sie ausfegte; mit Menschen war er beinahe bösartig, ich konnte mich nie richtig auf Gott verstehen.

Eines Tages Anfang November traf ich Eeva-Lisa unten am Postbus. Ich sollte an der Bustür den Sack in Empfang nehmen und zu Sehlstedts hinaufgehen, wo die Post auf der Küchenbank ausgelegt wurde, damit alle sie abholen konnten. Ich pflegte den Sack in Empfang zu nehmen und hinaufzugehen. Aber Eeva-Lisa holte nie die Post. Nun war sie da. Es war, als ob sie auf mich gewartet hätte.

Und sie sagte: Du mußt mir helfen.

Von mir wollte sie Hilfe haben. Keinem anderen. Nicht einmal Johannes, das war das Allerkomischste. Es war, als ob er nicht existierte, obwohl er so nett und allgemein beliebt war. Und ich machte mir nicht die Mühe, danach zu fragen. Aber ich denke manchmal, daß es wohl mit dem zu tun hatte, was ich über die Tulpen gesagt hatte.

Sie wollte Hilfe haben. So fing das Furchtbare richtig an.

Am nächsten Tag ging sie durch den ungepflügten Schnee den ganzen Weg bis zu Hedmans. Ich war allein zu Hause, denn Sven war fort und sägte Eis für den Eiskeller bei Petrus Furtenback, dem einzigen im Dorf, der einmal dabei ertappt worden war, als er Bier trank. Aber was war von einem Menschen mit einem solchen Namen auch zu erwarten, sagte man oft.

Das erzählte ich Eeva-Lisa, als sie kam, und lachte selbst laut. Ich glaube, sie begriff, wie nervös ich war. Nein, nicht nervös, aber ich hatte Angst. Ich erzählte mehrere Geschichten von Petrus Furtenback. Sie lachte nicht.

Meine Angst wurde immer größer. Wir saßen in der Küche, und ich nötigte sie, aber sie wollte weder eine Scheibe vom Hefekranz mit einem Zuckerstück noch Preiselbeersaft.

Und dann sagte sie: Ich glaube, ich kriege ein Kind.

In der Familienbibel in dem grünen Haus – Hedmans hatten keine – gab es Bilder, die ich mir oft ansah, obwohl sie sicher sündig gewesen wären, wenn sie in einem anderen Buch gewesen wären. Das Sündige hatte fast immer mit Frauen zu tun, weil die ja so zum Gernhaben waren, beinah nettig. Es gab zum Beispiel auch sündige Bilder im Postbestellkatalog von Åhlén & Holms, und einer von den Burstedtjungens war dabei ertappt worden, als er sie auf dem Lokus ansah und vergessen hatte, die Tür von innen zu verriegeln, und hinterher, im Bethaus, so daß alle es hörten, hatte er Gott um Vergebung bitten müssen, weil er gesündigt hatte. Aber der Katalog war ja nicht die Bibel.

Die Bibel konnte wohl trotz allem niemals sündig sein, es war höchstens der Schmutz bei einem selbst, der die Bibel sündig machte. Man unterschied zwei Arten von Sünden: Sünden, die vergeben werden konnten, und Todsünden, bei denen man unrettbar brannte. Ich weiß nicht, ob es eine Todsünde war, die Heilige Schrift mit sündigen Gedanken zu beschmutzen, aber nachdem Burstedts Ältester im Bethaus bekannt hatte, hatte seine Mutter nachher den Prediger gefragt, ob dies eine Todsünde sei, also mit schmutzigen Gedanken, und vielleicht Handlungen, sie hatte nichts Genaues erzählt, beim Ansehen der BH-Annoncen im Katalog von

Åhlén & Holms. Aber das hatte der Prediger, es war Bryggman, verneint. Burstedts Ältestem war vergeben.

Richtiger gesagt: Zuerst hatte er gezögert und nachgedacht und gesagt, das sei wohl egal. Da hatte die Mutter angefangen zu flennen und nicht gewollt, daß es egal sein sollte. Da hatte er gesagt, es sei trotz allem eine gewöhnliche Sünde, die nun vergeben sei. Da hatte sie Gott gepriesen und war nach Hause gegangen und hatte den Schweinestall ausgemistet.

Die Bibel war auf jeden Fall schlimmer. Es war schwer, hinterher einzuschlafen, und ich betete jedesmal viel zum Menschensohn.

Man dachte nicht soviel daran, aber Frauen waren gerade durch ihre Nettigkeit eine Versuchung. Es waren Bilder in der Bibel, also im Alten, von der Sintflut, das Meerwasser, das über beinahe unverhüllte Frauen spülte, die wohl ertranken. Wie Erik Lundkvist aus Gamla Fahlmark, als er in Sjöbosand ertrank, und seine Frau, die eines Sonntagnachmittags mit den Kindern dort war und am Strand saß und vollkommen den Verstand verlor und von den Frauen an ihrer Seite getröstet wurde. Er war blau. Und es gab auch Bilder von Löwen, die Frauen fraßen, auch beinah unverhüllte, und anderes.

Daß Gott etwas wie den Frauenkörper hatte schaffen können. Und dann durfte man nicht daran denken. Man mußte vielleicht denken und dann hoffen, daß es keine Todsünde war, bei der man unrettbar brannte.

Ich weiß nicht, warum ich dies sage. Ich weiß nicht, warum ich ihr die Geschichten von Furtenback erzählte. Ich war wohl nervös. Aber ich weiß, daß ich beinah verrückt wurde, als sie das sagte.

Sie ging bei vollem Tageslicht durch den Schnee nach Hause.

Sie hatte geredet und geredet, aber ich konnte ihr zu nichts raten. Was sollte ich sagen. Ich war ja nicht Johannes, auch nicht Kapitän Nemo, und der Menschensohn hielt sich wie immer zurück, und im übrigen hätte er bei Gott petzen können. Warum sagte sie es mir. Nicht Johannes, nicht dem Feind, nicht Josefina, sondern gerade mir. Und das einzige, sagte ich nachher zu mir selbst, die einzige Schuld, die mir angelastet werden konnte, war die, daß ich den Elchturm umgesägt hatte.

In der Nacht rief ich dennoch den Menschensohn an, der jedoch wie gewöhnlich keine Zeit hatte, sondern sicher vollauf damit beschäftigt war, sich über alle anderen in der Welt zu erbarmen. Da rief ich den Wohltäter an, der sich über die in Not Geratenen und Gestrandeten auf der Franklininsel vor der Küste von Nyland erbarmt hatte, Kapitän Nemo.

Und Kapitän Nemo hatte Zeit. Das war typisch. Er kam in der Nacht zu mir und sprach beruhigend und tröstend zu mir.

Ach Liebes du, sagte Kapitän Nemo, du mußt dich beruhigen. Gott hat es noch nicht erfahren, und der Menschensohn hat keine Zeit, weil er damit beschäftigt ist, die Wunde in seiner Seite aufzupulen, damit sie offen ist für alle, die hineinkriechen wollen. Aber niemand kann dir Eeva-Lisa nehmen. Sie ist in der größten Not, und nun mußt du ihr Wohltäter sein.

Aber was ist denn mit dem allgemein beliebten Mittelläufer aus Västra, sagte ich, dem Feind, denn er ist es doch, der Eeva-Lisa das Kind gemacht hat?

Da bekam Kapitän Nemo einen beinahe fernsichtigen Blick und sagte: Ich glaube, er ist nach Süden in Richtung Umeå gefahren, wo er einen Cousin hat, der Fahnenjunker beim Regiment ist. Und er denkt über eine feste Anstellung nach. Und ich glaube, er will nichts mehr von ihr wissen. Und du kannst ihm nicht die Schuld dafür zuschieben. Sondern du mußt jetzt ihr Wohltäter sein, in ihrer großen Not.

Aber was ist mit Johannes, fragte ich.

Doch da verschwand Kapitän Nemo, und ich lag in meinem Bett und bebte.

Wenn es nur nicht so furchtbar geschneit hätte. Es war, als

bereite Gott den Tod der Zwischenfensterfliegen vor. Ich hatte versprochen, sie am nächsten Tag zu treffen.

Was ist das für ein Leben, wenn der Menschensohn sich heraushält. Und auch Kapitän Nemo weder ein noch aus weiß.
Und sagt, daß nur ich da bin.
Eeva-Lisa hatte gesagt, daß sie es wohl nicht wagen würde, am Sonntag zum Gottesdienst zu gehen, und auf keinen Fall in die Juniorvereinigung am Dienstag und Freitag. Denn sicher würden alle sehen, daß sie gesündigt habe.
Es war nicht zu sehen. Aber sie glaubte wohl, man sähe es in ihren Augen.

Jetzt, bald.
Das schreibe ich immer, wenn es richtig weit weg ist. Oder wenn ich fürchte, daß ich ankomme.
In der Bibliothek hat er zuweilen versucht, mit meiner Handschrift zu schreiben, aber man sieht deutlich, daß er es war. Er hat auch zu Kapitän Nemo gebetet. Aber er hat weiß Gott die passende Antwort bekommen.
»Mitten in der Nacht, nachdem Eeva-Lisa einige Stunden fort gewesen war, um zu erzählen, was ich ja wußte, suchte Kapitän Nemo mich auf. Er war mein Wohltäter, und ich wußte, daß ich ihm große Dankbarkeit erweisen würde. Darum bat ich ihn, mir Anleitung zu geben, denn ich wußte weder ein noch aus.
Wie sollten wir Eeva-Lisas Elend begegnen, das ja bald allen offenbar werden würde.
Kapitän Nemo hatte einen weißen Bart und sah gealtert aus, die lange Einsamkeit in dem Unterwasserfahrzeug hatte ihre Spuren in sein Gesicht eingeritzt. Als ich gesagt hatte, was ich wünschte, sagte er zu mir:
– Johannes, es ist nicht ihr Leiden, sondern deins. Du mußt sie verraten.

Ich fragte daraufhin, was dies für ein erbärmlicher Rat sei von einem Wohltäter, der früher den gestrandeten Siedlern auf der Franklininsel stets Wohlwollen gezeigt habe. Da sagte er, daß es nur drei Arten von Menschen gebe: die Henker, die Opfer und die Verräter. Ich fragte, welcher von diesen ich sei. Das, antwortete er da, wolle er nicht sagen. Da fing ich an zu flennen. Er hatte einen weißen Bart und war mein Wohltäter, aber ich war sicher, daß er mich zur Rolle des Verräters verurteilt hatte. Ich sagte daraufhin zu ihm, daß ich auf keinen Fall ein Judasschurke sei. Er erwiderte, daß auch der Verräter ein Mensch sei, der Körper habe viele Glieder, die Hand könne nicht das Auge sein, der Schwache brauche den Starken, aber ohne den Schwachen sterbe der Körper, die Verräter müßten wir verteidigen, als seien sie Frösche. Wie konnte er das sagen, ich wollte nicht zum Verrat verurteilt werden. Doch, sagte er da mit seinem traurigen und seltsam eigentümlichen Lächeln, du bist nicht allein Verräter, sondern zugleich Henker und Opfer. Bin ich denn alles, flennte ich.

Ja, erwiderte er da, wie alle anderen Menschen bist du alles.«

Man hofft ja immer auf ein Wunder.

Hoffte man nicht, wäre man wohl kein Mensch. Und eine Art Mensch ist man wohl doch.

3
Die Nacht im Holzschuppen

> Eeva-Lisa, große Schwester,
> im Holzschuppen fand man sie eines Nachts.
> Furchtbar still und furchtbar traurig
> wie ein überfrorner Fisch im Wasserzuber.

1   Am 3. Dezember um acht Uhr abends kam Eeva-Lisa zu mir nach Hause und wollte mit mir sprechen, im Hausflur.

Josefina hatte, wie sich herausstellte, etwas gesehen. Warum, das erzählte sie zunächst nicht. Aber sie hatte etwas geahnt, und dann klaren Bescheid bekommen. Das war der kurze Inhalt dessen, was sie erzählte, der so leicht nicht zu erzählen war. So kurz auch nicht.

Johannes log ziemlich viel, sehe ich nun ein, wo ich alles zusammenfüge.

Eigentlich handelt es sich bei vielem von dem, was er in der Bibliothek zurückgelassen hat, nicht um Ausflüchte, oder Lügen. Eher um Gleichnisse, wie die Gleichnisse der Bibel, die der Menschensohn benutzte, wenn er allzuviel Angst vor Gott hatte, der ihn strafen würde, wenn er sagte, wie es war.

Jesus war trotzdem keineswegs verlogen oder ängstlich. Er war wie Johannes, pflegte ich zu denken, wenn ich wußte, daß ich ihn verteidigen mußte.

Es war wichtig, ab und zu etwas anderes zu verteidigen als Frösche.

Nachher konnte man es ja lesen, wie man wollte: viele Umschreibungen, und ein kleiner Kern von Wahrheit, den er einbuk wie ein Stück Schweinefleisch in einen Blutkloß.
Man muß aufschneiden, öffnen.

Er hat eine Geschichte aufgeschrieben, wie Eeva-Lisa fünfundzwanzig Öre gestohlen hatte, und wie entsetzlich es war; erst viel später habe ich begriffen, was er verbergen wollte.

Sie waren, alle drei, gezwungen worden, vor der Küchenbank auf die Knie zu fallen und ein Lied zu singen, dann mußten sie gemeinsam zu Gott beten, daß er sich ihrer erbarmen möge, damit nicht die Saat der Sünde auf den unschuldigen Sohn übertragen würde.

Die Saat der Sünde, das waren die fünfundzwanzig Öre. Also daß sie sie genommen hatte.

Andererseits, so einfach war es vielleicht nicht. Er schrieb wohl ein Gleichnis über den Kniefall vor der Küchenbank, das Gleichnis von dem gestohlenen Fünfundzwanzigörestück, und es sollte von der alten Mutter in dem grünen Haus und ihrem unerhörten Haß auf Eeva-Lisa handeln.

Daß nicht die Saat der Sünde.

Nein, so einfach war es vielleicht nicht. Das ist das Problem mit Kapitän Nemos Bibliothek überhaupt, sie ist voll von Gleichnissen. Und am Schluß entdeckte ich es.

»Bibliothek«. »Signal«. Alles Wörter, die Gleichnisse waren. Wohl deshalb wagte er es, mir die Gleichnisse zu übergeben. Dem, der sie vielleicht verstehen, aber niemals zu erzählen wagen würde.

Ich verzieh ihr nie, daß sie mich austauschte. Oder was sie mit Eeva-Lisa machte.

Aber vielleicht ist es so, daß ich alles andere bei ihr, all das, was erklären könnte, auswische. Auswische, so daß sie ganz einfach und weiß und unsichtbar wird; wie wenn man mit dem Zeigefinger in den Schnee schreibt und es dann mit der Hand wegwischt.

Man kann sich vorstellen, daß sie Ach Liebes du mit dem Finger im Schnee an mich geschrieben hatte, als wäre sie ein von einem Baum getöteter Holzfäller, mit einer Mitteilung, die von den überlebenden Wohltätern weggewischt wurde. So wurde Josefinas Mitteilung ausgewischt, und so wurde sie selbst ausgewischt.

Was sollte sie denn antworten, wenn es eine Frage gab, die ich nicht sehen wollte.

Man erzählte, daß sie mit dem letzten Bus am Abend nach Hause gekommen sei an jenem Tag, also als Vater starb: ich war ja damals nur sechs Monate alt, also habe ich keine Erinnerung.

Sie hatten sie bei der Schindelhobelei abgesetzt; es war im März, spät am Abend und noch Tiefschnee, und der Chauffeur, es war Marklin, hatte sich nach hinten in den Bus gewendet und gefragt, ob niemand da sei, der sich ihrer erbarmen könne. Aber sie hatte nicht gewollt. Dann war sie durch den Schnee hinaufgegangen, zum Waldrand, wo das grüne Haus lag.

Das Haus war dunkel.

Der unerhörte erste Schritt in die lange Einsamkeit: wie der schwindelnde Schritt hinaus in eine unermeßliche Leere.

Wo sie wußte, wie es war, allein gelassen zu werden, wie konnte sie da mich allein lassen.

Obwohl ich ja hätte fragen können.

2 Sie hatte ihn und Eeva-Lisa in die Küche gerufen, hatte sie auf die Küchenbank gesetzt und einen Stuhl herangezogen und sich ihnen gegenübergesetzt, und dann hatte sie das Verhör begonnen.

Es war ihr zu Ohren gekommen, übrigens durch Selma Lindgren, daß Eeva-Lisa mit einem allgemein beliebten Mittelläufer aus Västra Hjoggböle zusammen gesehen worden war, der, wie es hieß, inzwischen das Dorf verlassen habe, um in Umeå eine Arbeit anzunehmen, und der jetzt in Teg wohne, und daß sie heimlich miteinander geknutscht hätten, aber daß sie trotzdem gesehen worden seien, und nun frage sie Eeva-Lisa, ob das wahr sei, und ob der Junge etwas hinzuzufügen habe, und ob er von der Sache wisse. Unter vier Paar Augen, und das vierte Paar waren die Augen Gottes, wolle sie eine ehrliche Antwort. Sie habe, betonte sie, Eeva-Lisa zu sich genommen und sich eines elternlosen Mädchens erbarmt, dessen Mutter als unzüchtig bekannt gewesen sei. Aber der Unzucht habe sie sich nicht erbarmt. Die hatte sie nicht in ihr Haus holen wollen. Neenich.

Selbst hatte er kein Wort zu sagen gewagt, und Eeva-Lisa hatte die Lippen zusammengepreßt, als sei sie wütend oder stumm geworden, und da hatte Josefina ihre Frage wiederholt, ob sie und der aus Västra miteinander geknutscht hätten.

Da hatte Eeva-Lisa nur bemerkt:

– Gaa nich ham wir knuuscht.

Sie hatte daraufhin noch einmal ihre Frage wiederholt, die im Angesicht Gottes gestellt war: ob sie miteinander geknutscht hätten. Und Eeva-Lisa hatte ihre Antwort wiederholt:

– Gaa nich ham wir knuuscht.

Und es hatte den Anschein gehabt, als sei sie vor allem erbost über das Wort.

Da war die Frage gekommen, ob Eeva-Lisa meine, daß Selma Lindgren eine Lügnerin sei. Und dann könne sie die ja als Zeugin hinzurufen. Und Eeva-Lisa hatte daraufhin noch einmal den Mund geöffnet, wie um zu versichern, daß sie nicht geknutscht hätten, weil es gerade dieses Wort zu sein schien, das sie nicht mochte, doch dann hatte sie den Mund verschlossen und gar nichts mehr gesagt, weder über Selma Lindgren noch auf die Frage, ob sie geknutscht hätten. Aber zum Schluß hatte sie auf jeden Fall gesagt:

– Es is auch aus jetzt.

Sie hatten daraufhin lange schweigend dagesessen und darüber nachgedacht, was das bedeuten könne. Dann hatte Mama sich Johannes zugewandt und gefragt, ob er davon gewußt habe. Sie brauchte offenbar keine weiteren Auskünfte mehr über das Knutschen. Geknutsche war es gewesen, auch wenn Eeva-Lisa das Wort nicht gefiel.

Hiernach war es eine Weile still gewesen. Und da hatte Johannes es gesagt. Er sagte es einfach so hinein in die totenstille Küche:

– Aber zu mir hat sie gesagt, daß sie ein Kind kriegt.

Danach war es lange still, wie nach dem Posaunenstoß eines Engels. Mama hatte wie versteinert zuerst auf Johannes gestarrt, danach auf Eeva-Lisa. Also Unzucht. Und Eeva-Lisa hatte nichts hinzugefügt, über Lügen und falsche Anschuldigungen. Und da hatte Mama angefangen zu weinen.

Wie konnte er das sagen. Wie konnte er. Wie konnte er.

Eeva-Lisa hatte dagesessen und war vollkommen verändert gewesen, wie immer, wenn sie verstummt oder von Verzweiflung geschlagen war, hatte sie vielleicht nicht gehört, was er gesagt hatte? Hinterher würde er denken können, daß sie es vielleicht nicht gehört hatte. Aber neenich. Die Küche in dem grünen Haus war groß, wie alle Bauernküchen, aber nicht so groß. Das war normal, nur die Farbe des Hauses war eigenartig. Aber er sagte es ganz deutlich.

Eeva-Lisa hatte sich ihm zugewandt, nachdem der Posaunenstoß verklungen war, als bäte sie allzu spät um Hilfe, oder Verschonung, oder als habe sie nicht richtig begriffen.

Aber er hatte es schon gesagt.

Es half nichts, daß sie ihn ansah. Sie hatte ja so liebe braune Augen, und sie war doch die große Schwester, und spielte mit ihm. Und ich bin mir sicher, daß er sie schrecklich liebte. Und trotzdem sagte er es.

Hätte er sich doch die Zunge abgebissen und sie wie einen Schlachtrest in die Ecke geworfen. Hätte er doch das Messer genommen und sich das Zungenmiststück rausgeschnitten.

Wenn er es nicht gesagt hätte.

Ich denke mir, daß er sie schrecklich liebte, und eifersüchtig war, oder sie haßte, weil sie ihn allein ließ. Oder so.

Man versucht ja immer, etwas zu finden, wenn es zu spät ist. Und es schon gesagt ist.

Aber er hat sich nicht die Zunge abgeschnitten. Und deshalb wurde sie ihm zur Versuchung.

Und da sagte er es.

Es geschah wohl aus Liebe. Das ist das einzige, womit ich es erklären kann. Und Josefina fing an zu weinen.

Es gibt niemanden, der sich erinnern kann, daß sie früher einmal geweint hatte.

Abgesehen von dem Mal im Bus, als sie sie unten bei der Schindelhobelei absetzten und der Chauffeur, es war Marklin, sich umgewandt und gefragt hatte, ob sich nicht doch jemand der Frau erbarmen könne. Obwohl sie nicht gewollt hatte.

Aber sonst: neenich.

Man kann nicht wissen, was sie dachte. Sie dachte vielleicht überhaupt nicht. Es fügte sich ihr wohl eher zusammen. Und damit es sich zusammenfügte, brauchte man nicht immer nachzudenken. Nur zu wissen, wie es gewesen war. Darüber braucht man nicht nachzudenken.

Sie fügte das wohl zusammen: Papa, der starb, obwohl er so jung war, wie sie mit dem Bus nach Hause gefahren war und Marklin sich umgedreht und gesagt hatte, daß sich jemand erbarmen solle, obwohl sie nicht wollte. Und sie sich sicher schämte, weil sie im Bus so schrecklich geheult hatte. Und den Tiefschnee, als sie in der Nacht zu dem grünen Haus hinaufging. Und dann das grüne Haus, dunkel. Es gehörte dorthin, neu gebaut, wie es war, mit der Eberesche, die ein Glücksbaum war, frisch eingepflanzt unter der Feuerleiter, die Papa angenagelt hatte, falls etwas passierte. Und dann ihr erstes Kind, das zwei Tage lang verkehrt herum in der Gebärmutter lag, während sie schrie wie eine Wahnsinnige, aber die Hebamme in Långviken zu tun hatte und nicht kam. Und irgendwie gnatzig war, als sie kam (das hatte sie erzählt). Und am Schluß war es zu spät; und man taufte die Leiche auf denselben Namen, den ich später bekam (ich trug also einen Leichennamen mit mir ins Leben).

Sie hatten ein Leichenfoto gemacht, als er im Sarg lag, wie ein Apfelgriebs; eigentlich, in gewisser Weise, war ich es, der dort lag, aber er starb, und ich wurde später von ihr verstoßen. Wie ein dreibeiniges Kalb.

Das fügte sie alles zusammen.

Ich versuche nicht, sie zu entschuldigen. Ich sage nur, daß sie die Dinge so zusammenfügte, denn so fügt der Mensch zusammen. Und der Austausch von mir gegen Johannes wurde zusammengefügt. Und daß sie sich wohl vor mir schämte, weil sie mich nicht hatte haben wollen, diesen Elendsjungen. Und zusammengefügt wurde deshalb auch, daß es, obwohl Johannes so nettig war, vielleicht trotzdem nach der Auswechslung nicht so wurde, wie sie es sich gedacht hatte. Sie strengte sich sicher an, stets daran zu denken, wie sie sich darüber freuen mußte, den verlorenen Sohn zurückbekommen zu haben, der verlorengegangen, aber wiedergefunden worden war, denn so stand es in der Bibel. Und er war ja eigentlich ihr einziges richtiges Kind.

Aber trotzdem empfand sie es nicht richtig so.

Manchmal denke ich, daß sie mich heimlich liebhatte, obwohl ich nicht so nettig und liebenswert war wie Johannes. Warum muß man eigentlich schön und liebenswert sein. Ich hatte mich trotzdem, glaubte sie wohl, auf irgendeine Art und Weise in der Wunde in der Seite des Menschensohns zusammengekauert. Und jedesmal, wenn sie sich dort verstecken wollte, in der Trauer über alles, das verlorengegangen war, war ich dort.

Das war wohl der Grund, warum sie immer so ein komisches Gesicht bekam, wenn sie mich später sah, wie eine Rosine.

Ich glaube heute, daß sie so dachte. Aber damals konnte ich sie nicht fragen.

So fügte es sich ihr zusammen. Ja, fügte sich zusammen, in einer Sekunde, jener schnellen, entsetzlichen Sekunde, als Johannes gesagt hatte, daß Eeva-Lisa ihm erzählt habe, sie bekomme ein Kind.

Man vereist. Sie vereiste. Aber warum, das weiß man vielleicht nicht richtig.

Es war furchtbar gewesen, sie weinen zu sehen.

Bei denen, die ständig weinten, war es natürlich. Aber nicht bei ihr.

Es war nicht gerade üblich, daß man bei uns im Dorf weinte. Es war so geworden, daß es nicht so üblich war. Das war der Grund dafür, daß man es so liebte, im Bethaus von den Tränen und dem Blut des Bräutigams zu hören.

Umgekehrt wäre es vielleicht besser gewesen. Ich meine: wenn Jesus die Zähne zusammengebissen hätte, und die Leute im Dorf hätten geflennt.

Als sie aufgehört hatte zu weinen und wieder die Zähne zusammenbiß wie üblich, befahl sie ihnen, vor der Küchenbank auf die Knie zu fallen.

Und dann hatte sie mit ihnen gebetet.

Es war genau so, wie er es später in der Bibliothek beschreiben sollte. Nur der Tonfall war verlogen, merke ich, als ich in dieser Nacht seine Verteidigungsrede hervorsuche. Auf seine Weise richtig, aber der falsche Tonfall. Und die falsche Sünde. Darum falsch. Das etwas Humoristische des Tons, um einen Verrat einzubacken wie das Stück Fleisch in den Blutkloß. »Ja, sie weinte tatsächlich; keine falschen Krokodilstränen, sondern echte Tränen der Trauer oder der Unruhe oder der Empörung. Und ihre Tränen empörten mich in ganz besonderer Weise, als wollte ich sie in ihrer Trauer trösten und gleichzeitig meinen Widerstand gegen die Tränen und das Gebet und das Lied und die Stille in der Küche dumpf herausschreien. Und während die Tränen über ihre Wangen liefen, betete sie weiter, immer eindringlicher, als versuche sie dem allmächtigen Gott aufgeregt zu versichern, daß wir in diesem grünen Haus niemals, niemals niemals je diebisch gewesen seien oder uns am privaten Eigentum anderer vergriffen oder Geld gestohlen hätten. Lieber Herr Jesus, fuhr sie nach einer kürzeren Besinnungspause fort, du siehs uns alle in Deiner Güte, du siehs auf die, die verschmachten in dieser Sündenwelt un denen 's schlechgeht, nimm dies Mädchen Eeva-Lisa anne Hand un führse aufn rechten Pfad, dasse nich so eine wird wie die Halbwüchsing, die sich rumtreim und schlorfen un in Sünde leem. Das weißtu lieber Jesus, dasse Sündensaat in ihr Herz gesät is, und laß nich 'e Sünde vonne Eeva-Lisa die unschulding Kinder ansteckn. Ja, sie weinte, teils aus Kummer über Eeva-Lisa und ihren Diebstahl, teils aus Sorge und Furcht, die Saat der Sünde könne von diesem jungen, aber schon verdorbenen Weizenkorn auf das eigene Kind übergreifen und das Böse in ihm Wurzeln schlagen lassen. Und so fügte sie noch an: Un deshalb Herr Jesus Du Erlöser der ganzen Welt hilf uns, daß die Saat der Sünde nich 'n Johannes befällt lieber Jesus, du bis so gütich un paß auf, daß 'e nich genauso wird wie 'e Eeva-Lisa. Um des Blutes willen, Amen.«

Aber so war es ja nicht. Sie hatte kein Fünfundzwanzigörestück gestohlen. Sie hatte überhaupt nicht gestohlen. Sie war schwanger. Und in dieser Nacht hatte Johannes sie verraten. Und Mama weinte. Aber nicht so.

So war es ja nicht. Sie betete, das ist richtig. Und sie sang ein Lied. »Ich bin ein Gast und Fremdling«, vielleicht aus Verzweiflung.

Aber er war es, der Eeva-Lisa verraten hatte.

Sie betete, das ist richtig.

Mit fest geschlossenen Augen, als wolle sie, daß das innere Dunkel so tief würde, daß es plötzlich zerbersten müßte. Dazu gebracht von einem Gnadenstrahl durch das Dunkel. Konnte dieses unerhörte Dunkel, vielleicht schlimmer als das, welches sie gefühlt hatte, als sie den ersten Schritt in die schwindelnde Einsamkeit hinaus tat, in jener Nacht, als der Bus bei der Schindelhobelei gehalten und der Chauffeur, es war Marklin, gefragt hatte, ob sich keiner ihrer erbarmen könne, konnte dieses Dunkel von der erlösenden Gnade des Menschensohns durchdrungen werden?

Sie erlösen von dem Zusammengefügten, das nun endgültig vereint worden war mit dem Kind, das, wie sie mit Entsetzen erkannte, in Eeva-Lisas Körper wuchs, und das nun geschwisterlich vereint werden sollte mit den drei Kindern, die sie selbst verloren hatte.

Das erste Totgeborene, dessen Körper getauft worden war, das aber nie gelebt hatte. Das zweite Kind, Johannes, das einen Namen bekommen hatte, den sie nicht hatte auswählen dürfen, der aber meiner hätte sein sollen. Und ich, der den Namen des totgeborenen Kindes bekommen hatte. Drei elende Geschwister, und nun ein viertes.

Noch ein Kind in der Reihe der Verlorenen.

In der Nacht ging er im Dunkeln hinaus in die Vorratskammer und schnitt ein Stück vom Hutzucker ab. Dann ging er zur Küchenbank, wo Eeva-Lisa lag.

Der Mond schien über dem Schnee. Der Schneefall hatte aufgehört. Schneelicht wie am Tage. Sie war nicht eingeschlafen.

Die Augen dunkel. Sie waren fest auf ihn gerichtet. Sie atmete unmerklich, als schliefe sie, aber die Augen waren offen. Da streckte er die Hand aus, hielt ihr das Stück Hutzucker hin. Er wartete lange. Ihre Lippen trocken, ein wenig zerbissen. Und er hoffte, daß ihre Lippen sich schließlich, beinah unmerklich, öffnen würden: und mit der äußersten Spitze der Zunge würde sie dann, vorsichtig, an die weiße Bruchkante des Hutzuckers rühren.

Aber sie rührte nicht.

Ich stelle mir vor, daß er in dieser Nacht am Schlafzimmerfenster stand und hinausschaute über das Tal.

Mondlicht, unerhört weiß, das Tal in Schnee gebettet. Vollkommen still, keine Himmelsharfe, die sang. Vor dem Fenster die Eberesche, die ein Glücksbaum war, voller Schnee und Beeren, aber keine Vögel.

3   Es wurde Weihnachten.
Ich hörte nichts von ihnen. Sie kam nicht.

Gegen ein Uhr in der Nacht zwischen dem 4. und 5. Januar klopfte es ans Küchenfenster bei Sven Hedman: ich lag direkt unter dem Fenster und erwachte sofort, obwohl das Klopfen sehr schwach war.

Ich verstand zunächst nicht. Dann wiederholte sich das Klopfen, und ich stand auf und sah hinaus.

Es war der Winter, als dem unerhörten Schneefall das Mondlicht nachfolgte. An die fünfzehn Grad, und Mondlicht. Sven Hedman schlief allein in der kleinen Kammer. Ich hörte, daß er schlief.

Ich blickte durchs Fenster hinaus. Es war Eeva-Lisa. Sie hatte den Schafspelz an, aber nichts auf dem Kopf. Ich öffnete die Flurtür einen Spalt und fragte, was los sei. Sie drückte sich durch den Türspalt herein, ohne ein Wort zu sagen, und setzte sich in den Kaltflur. Ich schloß die Außentür, und auch die Küchentür. Sie saß auf dem Fußboden und starrte zu mir auf.

– Es ist etwas nicht in Ordnung, sagte sie. Ich habe Schmerzen im Bauch.

Ich schlich mich hinein und zog mir die Filzstiefel und Sven Hedmans Arbeitsbluse an. Er schnarchte schwer in der Kammer. Ich hatte gesehen, daß sie keine Fäustlinge hatte, also nahm ich welche mit, es waren die ohne Abzugfinger. Sie hielt die Augen geschlossen und hatte Schmerzen.

Was sollte ich tun.

– Du mussmer hälfn, sagte sie flüsternd. Ich waags nich zehaus ze bleim.

Sie hatte mich aufgesucht und nicht Johannes. Mich bat sie um Hilfe.

Kapitän Nemo hatte mich vorbereitet, in einer der vorangegangenen Nächte, als er mir das Gleichnis vom Besuch bei dem allerletzten Kind erzählte.

Ein Kind war allein auf der ganzen Welt. Alle seine Angehörigen und alle seine Freunde waren heimgeholt worden. Lange war Schnee gefallen und hatte alles mit seiner weißen Decke zugedeckt. Auf der Erde gab es keinen einzigen Menschen mehr außer diesem Kind. Alfild Hedman war tot, Sven Hedman war tot, der Bus mit Marklin als Chauffeur hatte für immer angehalten, keine Post kam, das grüne Haus stand leer. Alle waren hinweggerafft. In der ganzen Welt war nur ein Kind zurückgelassen worden. Das war ich. Ich war der allerletzte.

Da klopft es an die Fensterscheibe bei dem allerletzten Kind.

Es dampfte aus ihrem Mund, sie war barhäuptig und barhändig, als sie kam, ich holte auch Sven Hedmans Lederknubbel vom Nagel und setzte ihn ihr auf den Kopf. Sie dürfe sich nicht erkälten, flüsterte ich.

Es war ein Kaltflur. Wir flüsterten.

Wenn sie Schmerzen hatte, wurde sie still, und wenn der Schmerz verschwand, flüsterte sie, obwohl ich ihr ein Zeichen machte, nichts zu sagen.

Es war nicht so, wie ich es mir vorgestellt hatte: daß sie zu mir nach Hause kommen und nette Augen und ein bißchen Kummer haben würde, worüber ich nachdenken, aber dann die Lösung finden würde. Dafür hatte ich einen klar durchdachten Plan gehabt: Sie würde sich auf die Küchenbank setzen und ein Glas Dünnbier und ein Stück vom Hefekranz und einen Leckerbissen bekommen, den ich ihr abschnitt. Und ich würde mich, ganz natürlich, an ihre Seite setzen und tröstend über den Ärmel mit dem Tulpenstoff streichen und leise mit ihr sprechen, wie ein Wohltäter es tun soll. Ich würde ihr erklären, wie es zusammenhing. Sozusagen zusammenfügen. Und sie würde mir aufmerksam zuhören und dann und wann mit dem Kopf nicken, so daß das Schwarzhaar manchmal in einer Ringellocke nach vorn fiele, die sie nachdenklich zurückstreifte. Und ihr kleiner Katzenkopf würde mir ein wenig zugewandt sein, obwohl sie zum Holzkorb sah. Und dann und wann würde sie etwas erwidern. Aber dann würde ich freundlich, und fast humorvoll, den Kopf schütteln und meinerseits etwas erwidern, worauf eine Weile nachdenklichen Schweigens folgen würde, nach der sie etwas erwiderte, sozusagen mit einem kleinen Lächeln. Und ich würde nicken und nachdenken, denn das, was sie sagte, würde ganz vernünftig sein, aber nicht ohne mögliche Einwände, und würde etwas erwidern, das sowohl scharfsinnig als auch nettig in der Art wäre. Und dann würde sie mich ansehen und leicht auflachen.

Und so würden wir sitzen und erwidern und erwidern. Ich glaube, so stellte ich mir die Liebe vor.

Aber weil sie solche Schmerzen hatte, daß sie beinah wimmerte und auf dem Fußboden saß mit Sven Hedmans Lederknubbel auf dem Kopf, wurde es nicht so.

Manchmal zuckte es in Eeva-Lisas Körper, sie öffnete die Augen, rief aber nicht.
Zwischen den Phasen, in denen sie Schmerzen hatte, flüsterte sie viel. Es ging darum, wie es ihr Weihnachten ergangen war. Es war kein Vergnügen gewesen. Es war ziemlich still gewesen. Am Tag vor Heiligabend war etwas geschehen, und danach war es ziemlich still geworden. Sie hatte sicher einen Monat lang kein einziges Wort gesprochen. Und die zwei anderen auch nicht.
Johannes hatte die meiste Zeit oben im Schlafraum gesessen, obwohl es so kalt war. Er hatte gesagt, er wolle aus der »Bibel für Kinder« lesen, aber das konnte man glauben oder auch nicht. Er saß wahrscheinlich nur da und schaute durchs Fenster zu, wie es schneite. Eeva-Lisa war nicht hinaufgegangen. Sie wollte nicht mit ihm reden. Ich fragte sie daraufhin, warum sie mit mir reden wollte. Da sagte sie, das hinge mit den Tulpen zusammen. Und das hatte ich nun beinah erraten, wurde aber diesmal trotzdem nicht froh.
Aber sie sagte es. Es wäre schön gewesen, wenn ich darauf etwas Witziges hätte erwidern können, aber es fiel mir nichts ein. Und dann fing sie ganz schwach an zu wimmern, fast wie ein Schwein. Und so antwortete ich nicht.
Da hörten wir, daß Sven Hedman wach geworden war.
Er schnarchte nicht mehr. Er bewegte sich da drinnen, und ich hörte, wie er knarrend aus dem Bett stieg und über den Fußboden ging und die Tür der kleinen Kammer öffnete. Dann wurde es still. Ich hörte ein schwaches Wimmern von Eeva-Lisa, und da legte ich die Hand auf ihren Mund. Sie blickte zu mir auf und wimmerte schwächer, obwohl ich die Hand davorhielt; da drückte ich ein bißchen fester. Und da wurde sie still.
Ich hörte, wie er sich in der Küche vorwärts tastete, es war

dunkel, aber ein bißchen Mondlicht erhellte den Weg zum Pinkeleimer. Er würde vielleicht nicht auf der Küchenbank nachsehen. Wenn er es tat, war alles vorbei.

Dann hörten wir, daß er in den Eimer pinkelte.

Eeva-Lisa sah mich an, war aber still. So hatte ich mir die Liebe nicht vorgestellt.

Er pinkelte lange, allerdings in Spritzern, und atmete schwer. Dann seufzte er auf und ging zurück und schloß die Tür. Er machte kein Licht an.

Nachher habe ich gedacht, daß alles anders geworden wäre, wenn ich ihn um Hilfe gebeten hätte. Aber ich tat es nicht. Es war so, daß in jener Nacht ich der allerletzte in der Welt war, alle waren beschäftigt, Sven Hedman war auch beschäftigt, die Geräusche waren nur eine falsche Spur. Es war vollkommen menschenleer. Ich war allein, und es gab keine Wohltäter, nur mich selbst.

Und dann hatte es ans Fenster geklopft, und es war, wie es sein sollte, es war Eeva-Lisa. Und die, die es nicht gibt, die kann man auch nicht um Hilfe bitten, wenn man das letzte Kind in dieser Welt ist und Eeva-Lisa ans Fenster klopft.

Ich sagte, immer noch die Hand auf ihrem Mund:

– Wenn du so laut bist, müssen wir in den Holzschuppen raus. Sonst hört er uns.

Sie nickte, und da nahm ich die Hand weg. Sie erhob sich ein bißchen und fing an zu weinen, allerdings ziemlich leise. Dann hörte sie auf zu weinen.

Wir öffneten vorsichtig die Haustür.

Ich ging vor ihr. Ich fühlte mit dem Mund die Hand, die ich auf ihren Mund gehalten hatte. Sie war noch naß. Es schmeckte nach nichts Besonderem.

Aber ich glaube, daß es so war, sie zu küssen, und es hätte ziemlich schön sein können.

4 Viele Jahre lang dachte ich vor allem daran, daß Johannes sie verraten hatte.

Es war seltsam. Aber so schlimm war es eigentlich nicht. Aber es verhielt sich wohl so, daß es einen beruhigte, so zu denken. Da konnte man das übrige weglassen.

Henker, Opfer und Verräter. Man hielt wohl fest an dem, was am wenigsten weh tat. Was ist das für ein Leben.

Es war ungeschaufelt bis zum Holzschuppen. Ich kriegte den kalten Schnee in die Filzstiefel, schaufelte ihr aber sozusagen den Weg frei.

Wir hatten nie viel Holz bei Sven Hedman, und ich wußte, daß der Schuppen halbleer war, auf jeden Fall aber war Platz um den Hackklotz. Die Haspe war festgefroren, aber ich war barhändig und bekam sie auf. Sie flennte jetzt stärker.

Ich nahm sie am Arm und setzte sie auf den Hackklotz. Sie sah geradezu komisch aus im Schafspelz und mit den Winterkriegshandschuhen ohne Abzugfinger, und mit Sven Hedmans Lederknubbel tief auf den Kopf gedrückt. Oberhalb der Holzschuppentür, die ich schloß, war ein viergeteiltes Fenster, doch der Mond schien hell, und der ganze Holzschuppen war fast so hell erleuchtet wie am Tag, obwohl es Nacht war, und es war ein blaueres Licht, als wenn man draußen im Schnee stand.

Als sie genau in dem Moment wieder Schmerzen bekam, wollte sie nicht auf dem Hackklotz sitzen, sondern legte sich auf den Boden. Die Späne waren gefroren. Ich hatte am selben Tag vormittags Holz gehackt, also legte ich ihr ein Stück Holz unter den Kopf, es war Birke, die leicht zu spalten war, wenn es kalt war. Der Kloben war zwar hart, aber Sven Hedmans Lederknubbel bewirkte, daß ihr Kopf wohl trotzdem weich lag.

Sie war nicht dazu zu bewegen, mit dem Flennen aufzuhören. Sie sagte, sie habe Angst zu sterben, aber ich versicherte ihr, daß neenich.

Ich hatte mir so oft vorgestellt, wie es hätte werden können mit mir und Eeva-Lisa. Ich hatte ziemlich oft darüber nachgedacht, und es ging.

Sie war zwar sechs Jahre älter als ich, aber das brauchte kein Hindernis zu sein. Birger Häggmark hatte sich alt verheiratet, und es waren sogar zweiundzwanzig Jahre zwischen ihnen, aber die Alte hatte ausgeglichen gewirkt, und er hatte geflennt bei der Beerdigung, obwohl sie keine Kinder bekommen hatten. Es war ganz selbstverständlich. Wenn sich etwas im Kopf eines Menschen festgesetzt hatte, so wie Eeva-Lisa bei mir, dann spielte wahrscheinlich nichts mehr eine Rolle.

Es würde sein, wie als ich neben ihr saß und sie mir Stricken beibrachte. Und ich würde Dinge sagen, nicht nur über Tulpen, aber wie das über die Tulpen. Und sie würde sagen, daß es sei, als wären wir Geschwister, doch es würde viel mehr sein, und sechs Jahre spielten keine Rolle. Sie würde mir nie etwas verschweigen, und ich würde niemals Angst vor ihr haben.

Denn so war das wenige, das blieb. Viel war es nicht. Wir hatten nie Angst voreinander. Aber das einzige, das blieb, war ein wenig Speichel aus ihrem Mund, als ich die Hand davorhielt, weil sie Schmerzen hatte. Er gefror beinah, als wir zum Holzschuppen hinübergingen.

Sie hatte nicht am Hutzucker lecken wollen.

Der Holzschuppentürgriff war überfroren.

Man durfte nie, lernten wir, einen überfrorenen Türhandgriff mit der Zunge berühren. Sonst erging es einem wie Göran Sundberg aus Innervik, bei dem konnte man es noch heute hören. Es war ihm eine Lehre gewesen, hieß es.

Eine Lehre erteilt zu bekommen, war eine Strafe. Da konnte man beinah stumm werden. Mit der Zungenspitze an das kalte Eisen zu rühren, war beinah eine Vermessenheit.

Allerdings sang Alfild im Bethaus, obwohl sie stumm war.

Es war so mondhell draußen, daß es dröhnte.

Das Mondlicht fiel durchs Fenster und bildete ein Muster aus Rechtecken auf dem Boden. Es waren vier Rechtecke, die sich auf Eeva-Lisa zubewegten. Nach einer Stunde, nachdem sie ziemlich ruhig geworden war, reichte es fast an sie heran. Sie blieb liegen und wollte sich nicht auf den Hackklotz setzen, und als ich sie aufheben wollte, sträubte sie sich. Dann erreichte sie das Mondlicht. Da sagte sie, daß sie angefangen habe zu bluten.

Es lief am Bein hinunter, das sah ich. Man sah, daß der Schafspelz verderben würde, aber komischerweise war es mir egal. Und ich erwähnte es nicht.

Sie sagte mir, was ich tun solle.

Ich ging nach draußen, ging hinüber zum Lokus, der einfach gebaut und freistehend war, und holte Zeitungen. Es waren alles *Norran*. Als ich zurückkam – ich hatte die Tür halb offengelassen –, hatte sie sich aufgesetzt, mit dem Rücken gegen den Hackklotz, und hielt die Hand zwischen die Beine. Ganz oben. Man sah, daß sie Angst hatte. Das kann man verstehen. Sie war ja nicht älter als sechzehn. Ich riß ein paar Seiten aus dem obersten *Norran* und knüllte sie zusammen, ich machte mir nicht einmal die Mühe, die Seite mit Karl-Alfred aufzuheben, solche Angst hatte ich, und dann versteht man. Sie versuchte, die Zeitungsknäuel zwischen die Beine zu stopfen, schaffte es aber nicht richtig und fiel hilflos hintenüber, dabei schlug sie gegen den Hackklotz, daß er beinah umkippte.

Dann lag sie nur da und sagte zu mir, daß ich es unbedingt tun müsse.

Zuerst wollte ich nicht. Aber es war unbedingt nötig, meinte sie.

Ich versuchte, an ihren langen Unterhosen entlang aufzuwischen, aber sie wimmerte und stöhnte, und ich war wohl irgendwie ein bißchen scheu, aber sie sagte, ich solle mir nichts daraus machen, ich müsse das Blut stoppen. Ich solle ihr die Papierknäuel in die Unterhose stecken, sagte sie. Aber ich wischte nur und wischte und warf die Blutknäuel auf den

Holzhaufen, ohne mich darum zu kümmern, daß das frisch gehackte Holz verdarb. Und dann gab ich es auf und setzte mich an die Wand und war kurz davor, ohnmächtig zu werden.

Da sagte sie, ich solle mehr Papier nehmen, sonst würde sie sterben, und sie wolle nicht sterben, sagte sie mehrmals. Also nahm ich mehr Papier.

Sie hielt den oberen Rand der Unterhose hoch. Der Schafspelz war hochgerutscht, und der Rock war hochgezogen, und ich kniff die Augen zusammen und drückte ihr ein dickes Papierknäuel zwischen die Beine, berührte aber nicht die Haut. Da wurde sie wie allmächtig, und lag nur eine Weile, ohne ein einziges Wort zu sagen, obwohl ich ihr zuredete, Ach Liebes du, daß sie etwas sagen sollte. Kaum, daß sie atmete. Aber als ich horchte, merkte ich, daß sie atmete, allerdings mußte man ganz dicht herangehen und horchen.

Genau da konnte sie das Essen nicht bei sich behalten, und es kam auf den Schafspelz.

Sven Hedmans Lederknubbel war abgefallen. Ich legte ihn zur Seite, damit er keine Flecken bekam.

Ich glaube, es verging eine Zeit.

Nicht viel, aber der Mond hatte sich weiterbewegt, das sah man an den Rechtecken auf dem Fußboden. Das Fenster saß nicht in der Tür, und obwohl sie halb offenstand, stand die Fensteröffnung ganz fest. Das Mondlicht war über ihren Körper gegangen und bewegte sich jetzt auf das frisch gehackte Holz zu.

Sie hatte ein wenig hereingewehten Schnee mit der Hand zusammengekratzt und wischte sich damit ab. Er wurde rot.

Es hatte draußen angefangen, ein wenig zu wehen. Es ging wohl allmählich auf die Morgenstunden zu und war dunkler geworden, der Schnee wehte durch die Türöffnung herein. Die Tür schlug und klapperte, ich versuchte sie zu schließen, aber es war schwer. Die Hände waren sozusagen naß, und ich blieb fast am kalten Eisen hängen, aber das kümmerte mich nicht, obwohl ich wußte, daß man eine Lehre bekommen konnte, wenn man festfror und sich losriß, aber was sollte es jetzt, daran zu denken. Im Haus war es dunkel. Sven Hedman schlief wohl noch. Ich dachte, wenn er bloß nicht aufsteht, um zu pinkeln, dann guckt er vielleicht auf der Küchenbank nach und sieht, daß ich nicht da liege. Pinkeln tat er jede Nacht, mehrmals. Ich war ganz allein mit Eeva-Lisa, und eigentlich war es Kapitän Nemos Fehler, daß ich auf die Idee kam, nicht um Hilfe zu rufen, denn er hatte das Gleichnis von dem Kind erzählt, das allein auf der Welt war, als es ans Fenster klopfte. So konnte ich niemanden um Hilfe und Beistand bitten, und dennoch hatte ich Angst, daß er aufstehen und pinkeln und sehen würde, daß ich nicht im Bett lag.

Und dann.

Ich meine: Dann würde er Licht machen. Und sehen. Und die Spuren zum Holzschuppen würde er sehen.

Was sollten wir dann tun. Wir wüßten dann wohl weder ein noch aus.

Ich hatte aufgehört, »ich« zu denken, und dachte »wir«. Obwohl es nicht das schöne und lustige Wir war, von dem ich geträumt hatte. Früher war ich es, der weder ein noch aus wußte, jetzt waren wir es, aber eine falsche Art Wir. Es war etwas geschehen, das spürte ich.

Eeva-Lisa setzte sich auf und öffnete den Bund der langen Unterhose und sah nach.

Sie sah ganz furchtbar aus.

Sie fing an zu reden, aber es war, als sei sie halb irre geworden. Es war kein Sinn in dem, was sie sagte. Sie fing an, von ihrer Mama zu reden, also nicht der in dem grünen Haus, die sie, wie ihr schon am zweiten Tag gesagt wurde, Mama nennen sollte, sondern von ihrer eigenen Mama, von der ich sie früher nie hatte erzählen oder reden hören. Es war irgend etwas damit, daß die Mama gesündigt habe, indem sie Piano spielte, aber daß sie auch gehurt habe, und nun sei es die Saat der Sünde, und im dritten oder vierten Glied, und Mama sei gezwungen worden, nach Südamerika zu fahren und habe

Parkinson bekommen und sei aufgefressen worden von den Ratten, als sie da lag. Es war vollständig wirr. Das meiste schien sie geträumt zu haben. Allerdings hauptsächlich Alpträume. Sie schien allerdings von der Mama zu phantasieren, als habe sie sie liebgehabt, obwohl sie sie nie gesehen hatte. Es war üblich, daß man, wenn man in Not geriet, auch Väter oder Mütter liebte, die man nie gesehen hatte, soviel begriff ich schon und achtete also nicht weiter auf ihr wirres Gerede. Aber dann fing sie davon an, daß sie gesündigt habe, und nun werde Gott sie strafen, indem er ihr einen Fisch in den Magen schicke, und der Fisch beiße sie jetzt. Es sei ihr verwehrt worden, ein richtiges Kind zu bekommen, weil sie gehurt habe. Und der Fisch beiße sie, und daß man den Fisch, den armen, gegen die Bootskante schlagen und töten müsse. Sie redete von diesem Fisch, daß es einen vollkommen fertigmachte. Aber dann wurde sie wieder allmächtig und fiel vornüber in die Blutspäne neben dem Hackklotz, und ich mußte mich beinah über sie werfen, damit sie sich nicht verletzte. Und sie aufrichten. Und sie wieder auf den Rücken legen.

Ich hielt die Hand an ihre Wange, und da wurde sie etwas ruhiger.

– Jetzt kommt der Fisch, sagte sie plötzlich. Er beißt.

Und da begriff ich.

Ich war ja kein Kind. Ich meine, das war ich schon. Aber ich war dabeigewesen, wenn Kälber geboren wurden, und Schweine, und hatte Jungkühe zum Stierhalter gezogen und konnte mit einer Schlachtmaske umgehen. Das ergibt sich, wenn man auf dem Land wohnt. Dann ist man nicht einfach ein Kind.

Blut hatte ich gesehen, und Fruchtblasen, das hat jedes Kind, das aufgewachsen ist wie ich. Es war natürlich nichts, worüber man redete oder worauf man besonders achtete.

Aber dies nie. Und dann noch, daß es Eeva-Lisa war.

Ich sah, daß es nicht gutgehen würde. Es war ja nicht ausgetragen. Was weiß ich: sie war vielleicht im sechsten. Aber dies war nicht irgendein normales Kalb, sondern Eeva-Lisas Kind, und sie hatte ich so lieb, daß es beinah eine Todsünde war, und sie war dabei, mir zwischene Hände wegzestärm. Und niemand durfte es wissen. Das sagte sie die ganze Zeit. Das war ihr sehr wichtig, obwohl sie undeutlich sprach. Und ich mußte schwören bei Gott dem Allmächtigen; zuerst wollte ich nicht, aber sie wurde richtig aufsässig, und da tat ich es, schwören, daß ich nicht nach Sven Hedman in der kleinen Kammer drinnen im Haus rufen würde.

Die langen Unterhosen waren jetzt ganz schleimig.

Ich ging raus und holte noch ein paar Nummern des *Norran*, denn die anderen waren verbraucht. Man pflegte zu sagen, daß Wasser gekocht werden müsse, wenn Kinder zur Welt kamen. Aber Wasser gab es nicht. Ich dachte mir, daß Schnee ja auch Wasser war.

Aber wie sollte ich das ganze Blut und den Schleim wegkriegen, bevor es Morgen wurde und Sven Hedman im Morgengrauen aufhörte zu schnarchen und aufstand zum Kaffee und zur Morgenprise.

Und sie durfte mir nicht zwischene Hände wegstärm.

Ich dachte: Wenn se mir zwischene Hände wegstirbt in dieser Nacht, dann will ich mit ihr stärm. Es war ein Beschluß. Sie sollte mich nicht allein lassen. Johannes hatte sie verraten, aber ich stand an ihrer Seite, und mich verlassen, das konnte sie nicht. Und das war ein Beschluß.

Es war tot, als es kam. Das ist vollkommen sicher. Sonst hätte sie mich in ihrer Verwirrung wohl gebeten, es von den Leiden zu verschonen. Aber es war vollkommen tot. Aber schleimig, wie der Fisch, bevor man ihn gegen die Bootskante schlägt.

Aber sie bat nicht darum. Vor Gott, der sich feige zurückhält bis zum Tag des Jüngsten Gerichts, wo er über uns Elende herrschen wird, und dem Menschensohn, der immer zuviel zu tun hat, wenn er wirklich gebraucht wird, kann ich das versichern.

Und nachher habe ich auch viel mit meinem Wohltäter, Kapitän Nemo, darüber gesprochen, der in unserer Not bei uns war, und sein wird, bis ans Ende der Zeit.

Es war etwas geschehen am Tag vor Heiligabend in dem grünen Haus.

Josefina hatte ganz oben auf der Treppe gestanden, und Eeva-Lisa in der Mitte. Und Johannes ganz unten. Und sie hatte ganz ruhig angefangen damit, daß sie sagte, sie habe es so geregelt, daß Eeva-Lisa zu Erik Öberg ziehen solle, dem Cousin von Zahnarzt Öberg, und damit Schluß. Aber nach und nach hatte sie angefangen zu schreien, daß sie die Unzucht in ihrem Haus vergeben habe, vor Gott dem Allmächtigen habe sie die Unzucht vergeben, wenn es auch schwerfiele, und sie hatte ein völlig verzerrtes Gesicht dabei gehabt, aber dieses Schweigen Eeva-Lisas sei nicht zu ertragen. Und der Haß. Die Unzucht, die könne sie vergeben, aber nicht den Haß, und daß keiner mit ihr sprach, immerhin sei sie die Mutter, und dann hatte sie etwas über Eeva-Lisa und Johannes gesagt, das gelogen war, und das nur zeigte, wie verwirrt sie war.

Und Johannes hatte ganz unten gestanden. Doch das einzige, das absolut einzige, woran er sich hinterher erinnern sollte, das war nicht das wichtige, oder die Lügen über ihn und Eeva-Lisa. Sondern nur, daß Eeva-Lisa ihm nun genommen werden sollte, und daß er es war, der sie verraten hatte.

Nicht ein Wort hatte er sagen können, obwohl seiner Zunge nichts fehlte. Und Josefina hatte kommandiert und geflennt, was es noch schlimmer gemacht hatte. Und niemand hatte sich ihrer erbarmt.

Es war, aufgrund dieses Vorfalls, ein stilles Weihnachten geworden.

Sie glaubte wohl nicht wirklich, daß Eeva-Lisa schwanger war. So reime ich es mir zusammen. Denn dann hätte sie wohl nicht.

Ich bin mir dessen sicher. Das andere, was sie schrie, waren ganz natürliche Lügen, die ich niemals je wiedererzählen werde, und auch Johannes nicht, und nicht einmal in Form eines Gleichnisses.

Es gab keine andere Möglichkeit, als die Blutunterhosen herunterzuziehen und ihr zu helfen.

Es kam ein Kind, allerdings nicht so groß. Und es war tot, das schwöre ich.

Nichts machte mir jetzt noch etwas aus. Ich nahm das Kind in die bloßen Hände und sah es an. Es sah nettig aus, wie Eeva-Lisa ungefähr, obwohl es verschmiert war und tot. Es war ein toter Junge. Mir war auf irgendeine Weise feierlich zumute. So fühlt man sich vielleicht, wenn alles zu Ende ist.

Eeva-Lisa redete wirr und war elend, aber sie beschwor mich eindringlich, das Kind in der Tiefe des Sees zu verstecken. Und auch das versprach ich ihr. Ich wickelte das Kind in ein paar Nummern des *Norran* ein und ging durch den Tiefschnee hinunter zum See.

Es sollte an dem Tag gegen elf Uhr hell werden. Der Mond war fort. Ich knüpfte den Schafspelz fest um sie, bevor ich ging, und hielt eine Weile die Hand an ihre Wange. Draußen war es so dunkel geworden, daß es wohl Morgen war.

4
Die Tiefe des Sees

> Der Mond leuchtet, schön ist der Schnee.
> Gott nimmt sich aller Menschenkinder an.
> Vielleicht gilt dies ja auch für Fische,
> die sich im Netz des Monds verfangen.

1 Es war schwer, im Tiefschnee zu gehen. Bei Nordmarks war Licht, aber sonst war das Dorf dunkel. Zuerst tropfte es aus dem Paket, dann hörte es auf zu tropfen.

Schneetreiben. Ich watete durch den Tiefschnee hinunter zum See, mit meinem Bruder, eingewickelt in den *Norran*.

Wenn etwas passiert, und man hat noch nicht verstanden, daß nichts unrettbar ist, wird man wie taub. Man hört nichts, und dann glaubt man, daß niemand spricht. Etwas anderes als die tauben Ohren, auf das man sich verlassen könnte, hat man ja nicht. Und dann ist man vollkommen allein, wie viele rufende Stimmen den in Not Geratenen auch umgeben mögen.

Ganz still. Und was soll man dann hören.

Aber es gibt doch immer noch etwas Besseres als den Tod.

Der See war ziemlich lang: er wurde in der Mitte enger, dann öffnete er sich, und ganz weit hinten, so weit, daß man es fast nicht sehen konnte, war Träsket mit Ryssholmen.

Das Eis war dick, aber der Einlauf war durch die Strömung noch offen. Er war immer offen im Winter.

Die Eiskanten waren gelb, und an der Öffnung roch es nach faulen Eiern. Man konnte sehen, wie es strömte.

Ich war müde und prustete wie ein alter Gaul, als ich ankam, obwohl ich etwas Leichtes getragen und nichts gezogen hatte. Ich hatte mich zusammengenommen und aufgehört zu flennen. Die Eiskante pflegte schwach zu sein, und man warnte uns immer, nicht nahe heranzugehen, und Eeva-Lisa saß im Holzschuppen und wartete, so daß es schon darauf ankam, daß ich nicht einbrach.

Es war wichtig, daß ich noch nicht ertrank.

Ich ging vorsichtig die ersten Schritte, und blickte mich um.

Es war dunkel, aber kein Mond und keine Sterne, obwohl der Schnee ja hell war. Der Sternengesang war für mich für immer vorbei, und die Tiefe des Sees lag vor mir. Ich wickelte das Paket auf und sah es an. Es war ein Junge.

Es war nicht so lustig.

Ich blickte hinüber zum Dorf, damit mir besser wurde, beinah konnte ich das Essen nicht bei mir behalten, wie Eeva-Lisa vorhin, als es auf den Schafspelz kam, aber nach einer Weile konnte ich wieder über das Strömungsloch in den Einlauf sehen.

Man mußte sich beruhigen. Und ohne hinzusehen, wickelte ich das Paket wieder zusammen, es war nun einmal nicht zu ändern. Jetzt sollte es weggeworfen werden.

Dann warf ich ihn hinaus. Man fragt sich, wie er hätte heißen sollen.

Das Paket schwamm eine Weile, eine ganz kurze Weile. Dann begann es langsam zu sinken. Da wickelte das Papier sich auf und blieb an der Oberfläche, trieb mit dem leichten Strom hinüber an die Eiskante auf der Seeseite. Da lag es und schwamm.

Der Junge war nicht mehr zu sehen.

Ich wußte nicht, was ich tun sollte. Wenn jemand herkam, würden sie sich sicher fragen, warum die Zeitung hier im Wasser lag. Die Seiten waren außerdem blutig. Aber wer würde hierherkommen.

Ich konnte nicht hingehen und sie holen, dann hätte ich einbrechen können. Und Eeva-Lisa wartete auf mich, es war wichtig, daß ich nicht ertrank.

Der Junge war gesunken. Er trieb jetzt sicher mit dem Strom unter das Eis, langsam auf seinem Weg, vielleicht auf Ryssholmen zu, wo die toten Russen begraben waren, und wo es Schlangen gab. Vielleicht würde er ganz bis Melaån treiben, wo Alfild Hedman einst zum Pferd geworden war, wenn sie auch später gestorben war.

Er hatte weit geöffnete Augen, als er zwischen den Seiten des *Norran* lag. Nun trieb er unter dem Eis, langsam und gleichsam nachdenklich, mit weit geöffneten Augen, dachte ich. Ganz langsam.

Man fragt sich, was er sah.

Vielleicht würde der Menschensohn sich seiner erbarmen. Er war ja der Freund der Kinder, auch wenn er für mich keine Zeit gehabt hatte. Man mußte nur hoffen, daß er sich Eeva-Lisas erbarmen würde, und vielleicht meiner, obwohl wir lebten.

Und dann ging ich zurück.

2   Sven Hedman hatte mich vom Küchenfenster aus gesehen und kam auf die Treppe heraus und fragte.

Ich antwortete nicht, sondern ging hinüber zum Holzschuppen.

Eeva-Lisa saß noch immer an den Hackklotz gelehnt, wie ich sie verlassen hatte. Ihre Augen waren weit offen, aber sie sah mich nicht an. Ich fragte, aber sie antwortete nicht. Ich trat zu ihr und fühlte an ihrer Wange.

Sie war feucht von Schweiß, aber vollkommen kalt.

– Eeva-Lisa, sagte ich. Liebes du, Sven Hedman steht auf der Treppe und ruft. Er kommt bald her, es ist Morgen, Eeva-Lisa.

Sie sah nur geradeaus.

Man redet soviel von Wundern, aber es gibt fast niemanden, der glaubt. Man glaubt, daß es nur ist, wie man sagt. Aber es ist nicht, wie man sagt, es *ist* so. Und wenn man glaubt, es sei am schlimmsten, ist nichts richtig hoffnungslos.

Und weil es so ist, deshalb gibt es das Wunder. Das muß man begreifen, obwohl ich lange brauchte, um das einzusehen. Mein ganzes Leben, eigentlich.

Ich hielt die Hand an Eeva-Lisas Wange, und dann nahm ich sie fort. Da sagte Eeva-Lisa:

– Nimm 'e Hand nich wech.

Da hielt ich die Hand wieder hin.

Sie sagte: Ich weiß, daß du getan hast, wie ich gesagt habe, dafür sollst du bedankt sein. Aber nun muß ich dir etwas erzählen. Woher weißt du, daß ich getan habe, wie du gesagt hast, erwiderte ich. Ich weiß es, sagte sie. Ich weiß, daß du Angst hast, aber du sollst keine Angst mehr haben, denn ich habe keine Angst. Damit ist es vorbei. Aber jetzt mußt du mir vertrauen. Du mußt auf alles vertrauen, was ich dir sage, denn sonst geht es dir und mir schlecht. Worauf soll ich vertrauen, was willst du sagen, Eeva-Lisa, erwiderte ich. Ich gehe für eine Zeit fort, sagte sie, aber es ist keine Gefahr, denn ich werde zu dir zurückkommen, ich werde wiederkommen. Was sagst du, sagte ich. Ich werde dich nicht allein lassen, sagte sie. Ich muß eine Weile sterben, aber es ist nicht, wie sie glauben, denn ich komme zurück. Wirst du mich allein lassen, sagte ich. Nein, sagte sie, und ich komme nicht im Himmel zurück, sondern hier auf der Erde. Laß 'e Hand da lieng.

Man fühlte den Schweiß nicht mehr. Sie war ganz kalt. Ich ließ die Hand liegen.

– Du glaubst, sagte sie, daß nur das Schlimmste geschehen ist. Aber alles wird erst geschehen, das Wichtigste. Was jetzt kommt, ist das Schlimmste und das Beste, laß 'e Hand lieng, jetzt kommt es darauf an, daß du zuhörst, was ich sage. Ich gehe eine Zeit fort, aber ich werde dich nicht allein lassen, und dann werde ich getreulich an deiner Seite bleiben in diesem Erdenleben. Du sollst nicht glauben, daß ich den Himmel meine. Ich komme hierhin zurück. Was redest du für Unsinn, sagte ich, das geht doch nicht, es ist doch unmöglich. Laß 'e Hand lieng, dann will ich das Geheimnis erzählen, sagte sie. Was ist das Geheimnis, sagte ich. Das ist, daß ich tot bin, aber bald wiederauferstehen werde, und zwar in diesem Leben. Was redest du für Unsinn, sagte ich und begann wieder zu flennen, das ist doch unmöglich. Jetzt habe ich das Geheimnis gesagt, sagte sie, jetzt sage ich nichts mehr, denn ich habe alles genauso erzählt, wie es ist. Jetzt mußt du gehen und 'n Sven Hedman holen.

Sie war so nettig. Aber sie sagte nichts mehr. Saß nur gegen den Hackklotz gelehnt und war still und sah geradeaus mit den braunen Augen. Was hatte sie gesagt. Wie konnte man daran glauben. Aber ich dachte: Ich muß wohl an ihr Versprechen glauben, zu mir zurückzukommen.

Und dann nahm ich die Hand weg. Und dann holte ich Sven Hedman.

4
Die Wiederauferstehung

1
Die geheimnisvolle Insel

1 Die Signale und Zeichen undeutlich.
Die schlafenden Vögel hatten sich in eigentümlichen Formationen auf dem See plaziert: sie hatten sich auf die weiße Schneedecke gelegt und bildeten zusammen Zeichen, oder Buchstaben, als seien sie im Begriff, Wörter zu bilden.

Am deutlichsten war es die ersten Tage nach dem Ereignis im Holzschuppen, daß sie nichts vermochten. Ich beobachtete sie, ohne ein Wort zu jemandem zu sagen.

Sie waren dabei, sich zu Signalen zu formieren, konnten es aber noch nicht.

Sven Hedman scheuerte im Holzschuppen. Ich war zur Krankenstation geschickt worden, aber weil ich völlig gesund war, durfte ich schon am gleichen Tag wieder zurück. Ich saß meistens am Küchenfenster und betrachtete wachsam die Zeichen, ohne mit einem einzigen Wort, oder einer Gebärde, meinen Freunden zu enthüllen, daß Der Wohltäter vielleicht beabsichtigte, mir mit einem Signal Anweisungen zu geben.

Sie glaubten, sie am Sonnabend, dem 9. Januar 1945, auf dem Friedhof in Bureå zu begraben. Man hielt meine Anwesenheit für unnötig. Nur eine Handvoll Angehöriger standen an ihrem Grab. Keine Trauernden.

Ihr Halbbruder in Finnland hatte angerufen, kam aber nicht.

Sven Hedman war dagewesen und berichtete, um mich zu zerstreuen, wie es gewesen war. Es war offenbar so, daß alle glaubten, daß sie dahingerafft worden war. Keiner konnte ahnen, daß sie auferstehen und schon in diesem Erdenleben zu mir zurückkehren würde. Nachdem Sven Hedman eine Weile geschwafelt hatte, während er vor der Grützschüssel saß – es war kalte Roggenmehlgrütze auf einem flachen Teller mit einem Butterbrunnen in der Mitte, von der wir jeder von seiner Seite des Tischs löffelten, und er schloß, um nett zu sein und mir eine Freude zu machen, seine Hälfte vor dem Butterbrunnen ab, damit ich den Leckerbrunnen in der Mitte bekommen sollte –, nachdem er also eine Weile geschwafelt hatte, erwog ich einen Moment lang, das Geheimnis zu enthüllen, fand aber, daß es unnötig war, und schwieg.

Der Pastor, der im ganzen Kirchspiel dafür bekannt war, daß er feierlich, aber nicht gerade ein großes Licht war, hatte beerdigt. Forsberg, der in der Stiftung Prediger war, aber Gräber aushob, um seine siebenköpfige Kinderschar zu versorgen, und der nicht mit dem Bus hinaus in die Dörfer fuhr, wenn er predigte, weil sie kaum das Essen für die kleinen Würmer hatten von dem erbärmlichen Lohn, den Prediger bekamen, Forsberg hatte gegraben. Im Winter mußte man lange mit der Brechstange arbeiten. Es war ein mühseliges Schaufeln für die arme Kleine aus Sjön, hatte er bei der Betstunde in Västra in der Woche darauf gesagt, als er sie bei der Fürbitte für die arme Kleine aus Sjön angeführt hatte. Alle hatten verstanden, daß das mit dem mühseligen Schaufeln ein Gleichnis war, und Hildur Östman hatte dabei geheult.

In Sjön hatte er keine Fürbitte gesprochen, was alle sonderbar gefunden hatten, aber er hatte seine eigenen Ideen. Er war in Johannelund außerhalb von Stockholm auf die Predigerschule gegangen und hatte, hieß es mit Nachdruck, im Stockholmschen keinen Schaden genommen, aber trotzdem seine Ideen.

Der Pastor hatte beerdigt, aber es war Forsberg, der gegraben hatte.

Es wurde geredet im Dorf. Das war ganz natürlich.

Sie versuchten es wohl sich auszurechnen. Blut war zu sehen gewesen. Der tote Junge wurde nicht gefunden, man konnte also seine Existenz höchstens vermuten. Der Distriktsgendarm war dagewesen, hatte aber nicht zu weit hinaus in den Tiefschnee gehen wollen, und die Eiskante war schwach. Die Untersuchung war deshalb abgebrochen worden.

Man besann sich also. Aber das Geheimnis, das kannte man nicht.

Und ich verriet nichts von dem, was geschehen war, weil ich noch keine Anweisung von Kapitän Nemo bekommen hatte und den Zeichen entnahm, daß dieser noch nicht bereit war.

Sven Hedman hatte die Karten von Schweden, die Alfild auf Butterbrotpapier gezeichnet hatte, in einem Stapel aufs Klo gelegt, aber es war unbenutzt.

Ich ging die Karten sorgfältig durch. Sie waren scheinbar nichtssagend, nur unbeholfene Umrisse, aber Hjoggböle war eingezeichnet, damit sie beruhigt sein konnte.

Es kam jedoch darauf an, sich nicht düpieren zu lassen. Die Feuchtigkeit hatte mehrere der Karten in einer Weise beschädigt, daß ein bestimmtes Muster, kenntlich gemacht durch die Schimmellöcher und die Flecken, erkennbar wurde.

Kapitän Nemo schien sich anzuschicken, mir ein Signal zu übermitteln, was ich tun sollte. Etwas war im Gange. Das war ganz klar. Doch weil die Karte teilweise zerstört war, oder auf eine bestimmte Art und Weise betrachtet werden mußte, war die Botschaft nicht einfach zu deuten.

Es verging einige Zeit. Was sollte ich tun.

Sven Hedman fragte viel, aber weil ich die Antwort nicht wußte, schwieg ich. Ich hatte ja keine Anweisung bekommen. Eines Tages kam der Pastor. Sie versuchten es zwei Stunden lang. Aber nichts bekamen sie bei diesem Fischzug. Es fing an zu tauen, der Tiefschnee sank in die Erde. Ich ging wieder in die Schule, denn man meinte, das sei notwendig. Aber ich sagte nichts darüber, was Eeva-Lisa passiert war. Alle redeten von ihr, als sei sie tot, und als sei ich es, der die Schuld hatte: einmal betete man für mich in der Juniorenvereinigung. Der

Pastor kam erneut zu Besuch und war feierlich, diesmal wollte er mit mir unter vier Augen sprechen, und redete streng, als wolle er mich erschrecken. Um zu verbergen, daß ich auf Anweisung von Kapitän Nemo wartete, erzählte ich ein paar lustige Geschichten über Furtenback. Da sah der Pastor mich an, als sei er eine Salzsäule, und wollte wissen, warum ich davon erzählte, aber nicht von Eeva-Lisa. Ich antwortete nicht. Da starrte er mich an, als sei ich verrückt, und ging. Das war das letzte Mal, daß er kam und fragte.

Am Walpurgistag machte man kein Walpurgisfeuer.

Am 27. Mai 1945 ging ich zum ersten Mal zum Gottesdienst. Es war Forsberg. Man guckte ziemlich viel. Josefina war da mit ihrem jungen Sohn.

Da kam endlich das Signal.

Da offenbarte Kapitän Nemo sich mir, gerade als ich den Erlöser auf dem Bild mit der Scharte im Rahmen betrachtete. Kapitän Nemo war in Eile und schwitzte fast, es war während des Liedes »O Haupt voll Blut und Wunden«, aber er hatte eine kurze Nachricht, die nicht mißzuverstehen war.

Er sagte zu mir: Du mußt den toten Jungen aufsuchen, um durch ihn Kontakt zu bekommen zu Eeva-Lisa, die darauf wartet, wiederaufzuerstehen. Bisse verrückt, sagte ich erschrocken, aber so, daß keiner es hören konnte, wie soll ich ihn wiederfinden. Da sagte er: Nimm Johannes zu Hilfe. Du mußt die Franklininsel wiederfinden. Da liegt des Rätsels Lösung. Wo liegt denn die Franklininsel, fragte ich unsicher.

Aber er war verschwunden.

Niemand hatte bemerkt, was geschehen war, während man unbefangen »O Haupt« gesungen hatte. Ich ließ mir nichts anmerken. Ich betrachtete Johannes von der Seite. Sollte ich wirklich gezwungen sein, von einem solchen Judas Hilfe anzunehmen.

Aber, also.

Auf dem Weg vom Gottesdienst hinaus ging ich hinter Johannes. Ich schloß zu ihm auf und sagte: Wir müssen die geheimnisvolle Insel wiederfinden, da kannst du erfahren, was passiert ist.

Er sah mich an, als ob ich verrückt wäre. Dann nickte er. Dann fragte er flüsternd: Wo ist denn die Insel. Sie muß im See liegen, flüsterte ich. Ich glaube, es ist Ryssholmen, aber wir müssen nachforschen. Wie sollen wir nachforschen, sagte er. Wir haben doch kein Boot.

Wir hatten kein Boot.

Ich sagte: Wir müssen ein Boot bauen.

Da zog Josefina ihn mit einem heftigen Griff um den Arm von mir fort.

Am Abend untersuchte ich sorgfältig Alfilds Karten. Die Schimmelflecken auf dem Butterbrotpapier waren wie Vögel auf dem gelben Eis. Man konnte sie übereinanderlegen, da entstand ein neues Kartenbild. Ich wußte, daß ich der Antwort sehr nahe war.

Am folgenden Tag machte ich Johannes mit den Armen ein Zeichen, als er bei Sehlstedts Kuhstall stand. Er stand ziemlich verdutzt da. Hatte aber sicher verstanden, denn nach einer Weile machte er ein Zeichen zurück, das ich schnell deuten konnte.

Es bedeutete: im Vulkankrater der Franklingrotte.

2   Durch den See floß ein Fluß.

Er kam im nördlichen Teil des Sees herein und floß im südlichen Teil ab. Der Fluß kam von weit her oben in Lappmarken, und im Frühling flößte man Holz auf ihm. Es war spannend, man konnte es sehen, auch von dem Teil aus, der Sjön genannt wurde und nicht der Teil war, der Träsket genannt wurde.

Ende Mai konnte man sehen, wie der See sich langsam mit Baumstämmen, Eisstücken und treibenden Eisschollen füllte, wie die Stämme manchmal an den Ufern hängenblieben, im

Norden meistens an Ryssholmen, aber auch im Ausfluß. Und wie dann, zur Mittsommerzeit, schließlich alles verschwunden war.

Aber nicht alle Baumstämme. Was hängengeblieben war, hing weiter fest. Es war oft das beste Holz, es schwamm hoch und gut. Das, was zu Sinkholz wurde, hatte zuviel Wasser in sich, saugte sich voll und sank auf den Grund; es war wie bei den Menschen, hatte Prediger Bryggman im Heer der Hoffnung erklärt.

Einiges schwamm dem Meer zu, aber einiges blieb hängen, und einiges sank.

Man wußte, was mit denen geschah, die hängenblieben. Nach einer Woche würden die Flößer kommen, die Stämme von den Ufern losmachen, sie zu einem Schleppverband zusammenziehen, und sie den anderen nach auf die Reise schikken. Die Flößer gingen die Ufer ab, ruderten in Booten: sie konnten die Ufer an einem Tag säubern, dann war alles weg.

Das wurde »die Walze« genannt. Und wenn die Walze vorbei war, war der See wieder leer.

Ich hatte kein Boot. Aber Kapitän Nemo hatte mir Anweisung und Kraft gegeben. Ich sollte ein Boot bauen. Es mußte ein Floß sein. Dann würde mir Johannes bei der Suche helfen. Er war ein Judaslump und Verräter. Aber Kapitän Nemo hatte es befohlen.

So war es mir befohlen worden, während man »O Haupt voll Blut« gesungen hatte. Und so machte ich es.

Ich versteckte drei Stämme, bevor die Walze losging.

Am Sonntag, dem 3. Juni, eine Stunde vor dem Hauptgottesdienst, ging ich nach Melaån. Den Sonntag hatte ich gewählt, weil ich meine Ruhe haben wollte: da saßen alle im Bethaus. Im übrigen fand ich, daß es unnötig sei, zum Gottesdienst zu gehen.

Es hatte sich so ergeben, als der Menschensohn sich anderswo herumtrieb und nie Zeit für mich hatte. Er soll ein

Wohltäter sein, und Fürsprecher. Aber nichts war er. Kapitän Nemo konnte es. Aber der Menschensohn: neenich.

Aufsuchen, hatte Kapitän Nemo gesagt. Und deshalb baute ich ein Floß.

Um den toten Jungen ging es zuerst. Dann würde Eeva-Lisa wiederauferstehen zu diesem Erdenleben. Der tote Junge war sicher unter das Eis getrieben und hängengeblieben, wie ein kleiner Baumstamm. An einem Ufer gestrandet. Das war ja die Natur dessen, das schwamm.

Die Walze war noch nicht durch. Stämme gab es reichlich. Das Wasser stand hoch, es ging weit hinauf in die Gräben.

Ich schuftete den ganzen Tag. Ich zog drei Stämme hoch in einen Graben, damit sie nicht entdeckt würden und mit der Walze gingen. Es war schwer. Ich betete eine Weile zu Jesus Christus, aber er ließ nichts von sich hören, also blieb mir wohl nichts anderes übrig, als ohne ihn weiterzumachen.

Ich war ziemlich wütend. Altgras gab es reichlich. Ich deckte es drüber. Dann hieß es nur noch warten. Er würde sich nicht weigern, weil Kapitän Nemo nun bestimmt hatte, daß sein Wille meiner war.

Ich lag oben im Wald an dem Tag, als die Walze abging. Sie sahen nichts. Es war nun an der Zeit, das Fahrzeug zu bauen, das mich wieder zu Eeva-Lisa bringen würde.

Ich dachte oft darüber nach, als ich Kind war, wie Johannes eigentlich war.

Man wird ja ganz unsicher. Wie man ist, das ist schwer genug. Wie man eigentlich sein sollte, das ist schlimmer. Als Kind wollte ich sein wie Johannes, aber ich war wie ich. Das war das Schwere.

Johannes war flink, und konnte schnell reden, wenn er wollte. Es fiel ihm leicht, und er ging im Dorf umher und war allgemein beliebt. Wenn er in den Segeltuchschuhen lief, war er am schnellsten. Grub man ein Maschinengewehrnest in der Sandgrube, hatte er nie Angst, daß es über einem zusammenstürzen könnte. Als Erikssons Katze hinter dem Angelhaken hergesprungen war und ihn sich im Mund festgebissen hatte und so fürchterlich schrie, hatte er sich über die Katze geworfen und den Haken herausgezogen. Alle anderen, besonders ich, hatten nur dagestanden und geglotzt. Einmal war er im Bethaus eingeschlafen, ohne daß jemand es ihm übelnahm. Als fünf Kilo Bananen ins Koppra kamen, hatte er, obwohl er kein Geld hatte, drei Stück gekauft, bevor jemand anderes hatte Bescheid sagen können, und war von Josefina gelobt worden. Niemand hatte glauben können, daß Bananen kommen würden. Aber plietsch war er.

Alles machte er richtig. Ich hätte nie zu ihm gesagt, daß er ein Judaslump sei. Aber nach der Sache mit dem Feind und Eeva-Lisa hatte er Angst vor mir bekommen. Ich war der einzige, der etwas wußte, und der, der weiß, an den muß man sich halten, mit dem muß man sich gut stehen.

Deshalb gehorchte er, als ich wegen der Franklingrotte Bescheid sagte. Und keine Fragen. Aber wird man ausgeliefert wie wir, dann hat man etwas gemeinsam. Der eine ausgeliefert von, der andere an. Aber ausgeliefert. Man sieht gleichsam doppelt.

Ich sagte ihm Bescheid. Und er gehorchte, an jenem Tag im Juni, als die Walze abgegangen war.

Mit jedem Tag wurden die Signale deutlicher.

Ich hörte ganz auf zu sprechen, um Kraft zu sammeln. Ich hielt das Bein in den Bach, der Blutegel kam geschwommen, setzte sich, aber saugte nicht mein Blut aus. Sie setzte sich nur, mit einer Bewegung, wie man einem Pferd mit der Hand das Maul tätschelt, an mein Bein.

Es war offensichtlich. Ich betrachtete sie mit einem zustimmenden Lächeln. Sie schwamm ihres Wegs ohne ein Wort.

3 Wir zogen die Stämme ins Wasser, plazierten den längsten in die Mitte und die anderen jeweils auf eine Seite und schlugen Querstreben darüber. Ganz vorne ein Querbrett, das wir an die Stämme nagelten, in der Mitte drei Bretter und ganz hinten noch einmal drei Stück. Wir benutzten Sechs-Zoll-Nägel, außer hinten, wo wir Drei-Zoll reinschlugen.

Ich sagte, ziemlich laut:

– Wenn wir das Floß nicht mehr brauchen, schlagen wir die Bretter los und ziehen die Nägel raus. Wenn wir sie drin lassen, kann das die Klinge der Säge kaputtmachen, und das macht den Arbeitern den Akkord kaputt. Man muß an den Akkord denken.

Johannes antwortete nicht, als habe er meine Worte nicht vernommen.

Ich fühlte, daß es gut war, daß ich es gesagt hatte. Er hätte wohl nie an das Nagelsägen gedacht.

Ich begann zu erklären, weil es so gut gegangen war, zu erklären zu beginnen. Ich erklärte, daß es wichtig sei, daß das Floß uns beide trüge. Ich wußte, daß ich 52 Kilo wog. Er wog wohl ungefähr dasselbe. Das Floß sollte also gut hundert Kilo tragen, aber das Holz war trocken und schwamm hoch auf.

Nichts konnte er darauf erwidern.

Ich hatte auch an die Ausrüstung gedacht. In Sven Hedmans Unikabox, die ich mitgenommen hatte, war unser Proviant. Er bestand aus: 1 Flasche Wasser, 1 Stück Wurst (1 dm lang), ½ Brot, 8 Schiffszwiebäcke, 1 Messer, 100 g Margarine, 20 Stück Zucker, 1 kleines Glas Melasse (eine Art dunklerer Sirup, der aber genausogut und billiger als Sirup war, meinte Sven Hedman), 4 Stück Flachbrot. Das war der Proviant. Ich hatte es auf dem Notizblock aufgeschrieben, von oben nach unten angeordnet, wie eine Bergungsliste.

Ich hatte alles selbst vorbereitet. Johannes hatte überhaupt nichts vorbereitet. Deshalb war er wohl so schweigsam.

Wir brachen gegen sieben Uhr am Abend auf.

Es war, als sei er in der letzten Zeit anders geworden.

Früher wollte immer er bestimmen, er war es, der flink und nettig und allgemein beliebt war.

Aber jetzt. Es war ganz umgekehrt. Er war mehr und mehr wie ich. Es war, als hätte er angefangen, mit mir zusammenzuwachsen. Es war furchtbar, wenn man daran dachte.

Ich dachte, daß ich es ihm sagen müßte.

Es war Wind, und wir hatten ein Segel auf dem Floß aufgespannt. Zwischen zwei Stöcken, die wir mit Schnüren verstagt hatten, hatten wir ein Laken befestigt. Manchmal hielten wir selbst die Stöcke fest, wenn heftige Böen kamen. Das war hier und da der Fall.

Der Wind wehte direkt von Land her, von Süden, also von dem Wald mit der Lichtung her, wo Alfild zum Pferd geworden und immer im Kreis um den Pflock gelaufen war, und wo sie gekommen waren und sie geholt hatten. Von daher kam der Wind. Man fragt sich oft, ob ich, ich meine wir, etwas hätten anders machen können. Wir hätten sie ja fortholen können aus Brattbygård und von dem Krokodilmann, und von dem mit den zwei Köpfen und von dem Gestank, der schlimmer war als im Schweinestall. Aber wir hatten es nicht getan.

Man darf nicht die ganze Zeit über so etwas nachdenken.

Von daher wehte der Wind, ich habe später daran gedacht. Man glaubt nicht, daß es etwas bedeutet, aber häufig tut es das. Man ist nur nicht richtig auf dem laufenden. »Signal«, wie Johannes in der Bibliothek zu schreiben pflegte. Er war stets der Ansicht, daß man auf die Signale achten solle.

Es war ziemlich schöne, schräge Sonne. Wir liefen vor dem Wind aus.

In jenem Frühjahr hatte ich oft an den toten Jungen gedacht.

Also Eeva-Lisas. Gerade wenn man im Bett lag und beinahe schlief, und bevor es um Mitternacht klar wurde und Kapitän

Nemo kam und versuchte, einem gut zuzureden, da war es manchmal, als ob der tote Junge, den ich in jener Nacht im *Norran* hinuntergetragen hatte, mit dem Leben der anderen toten Kinder zusammenhinge. Als sei er es, der von der Nabelschnur erdrosselt geboren worden war und meinen Namen bekommen hatte, oder ich seinen. Als sei es im Grunde der gleiche tote Junge.

Als es in jener Nacht geschah, dachte ich nicht so. Da tat ich nur, was Eeva-Lisa mir gesagt hatte. Aber beim Begräbnis, als Johannes nicht wagte, dabeizusein, aber ich dabei war, da muß ich mich berichtigen, weil ich ja wußte, daß Eeva-Lisa in diesem Erdenleben zu mir zurückkehren würde, da hatte Josefina Marklund, die, an die ich als an »Mama« dachte, obwohl mich der Pastor nach der Auslieferung darauf hingewiesen hatte, da hatte Mama mich angesehen. Über das Ausgeschaufelte hinweg, übrigens von Prediger Forsberg.

Und sie guckte nur und guckte. Und da dachte ich, daß der tote Junge, Herrgott, aber ich sagte es nicht. Aber Herrgott, der tote Junge. Sich zu denken, wenn sie Eeva-Lisas toten Jungen hätte haben wollen, in Wirklichkeit. Sie hatte vielleicht auch uneheliche Kinder gern. Warum hatte sie sonst Eeva-Lisa zu uns geholt.

Aber seit jener Nacht, als sie von der Krankenstation nach Hause kam, und der Bus gehalten hatte, und der Chauffeur, es war Marklin, hatte sich umgedreht und gefragt, ob sich keiner der Frau erbarmen wolle, seit damals war ja unmöglich an andere Kinder zu denken gewesen als uneheliche und Wechselbälger. Ungefähr.

Und da, bei der Beerdigung, sah sie mich über das Ausgeschaufelte hinweg an. Und es war, als habe sie sagen wollen: Ich hätte mich ja des kleinen Würmchens annehmen können, wenn ich gewußt hätte.

Des kleinen Würmchens. Obwohl nur ich wußte, daß es ein Junge war, den ich im *Norran* hinuntergetragen hatte. Sich zu denken, daß sie das tote Kind im *Norran* hätte haben wollen, wenn sie gedurft hätte.

Wenn ich daran dachte, wurde mir beinah feierlich zumute. Wie als ich die Zeitung aufwickelte und ihn ansah. Da war mir beinah feierlich zumute.

Kapitän Nemo selbst hatte gesagt, eines Nachts, als er zu mir kam und ich fragte, warum sie Eeva-Lisa von der Treppe herunter so angebrüllt habe, daß sie aus dem Haus müsse, er hatte mit seiner ruhigen und etwas bedächtigen Miene gesagt, er könne verstehen, daß sie das getan habe.

Es war nicht Bosheit, sondern Liebe.

Und er sagte, wenngleich er meine Fragen nicht alle gänzlich verstehe, so könne er doch verstehen, daß ich manchmal schlimme Träume hätte von dem toten Jungen im *Norran*. Wie er mit weit geöffneten Augen unter dem Eis treibe. So habe er auch einmal empfunden. Auf meine Frage berichtete er ausführlich über eine Situation, die ich aus dem Buch bereits kannte. Aber ich hatte wohl nie begriffen, wie sie Kapitän Nemo aufgewühlt hatte.

Er hatte ja am Glasfenster der Nautilus gestanden und gesehen, wie die Frau und das Kind von der englischen Fregatte, die er versenkt hatte, durch das Wasser herabglitten. Beinah als lächelten sie, während sie ertranken. Kapitän Nemo sagte, er wisse, wie schrecklich man sich fühle. Er hatte den Angriff befohlen. Das Kind, es war ungefähr ein halbes Jahr alt, war, von einer Unterwasserströmung erfaßt, durch das Wasser geglitten.

War es denn das gleiche mit dem toten Jungen im *Norran*, hatte ich gefragt. Ja, hatte Kapitän Nemo ruhig erwidert. So war der tote Junge sicher auch dahingetrieben, mit dem Strom, unter dem Eis. Weit, weit fort, Ryssholmen entgegen. Er stieg und sank und blickte durch das Wasser hinauf zum Eis, dessen Unterseite grau war. Und als er stieg, stieß er gegen das Eis, wie die Nautilus am Nordpol, eine Situation, die Kapitän Nemo übrigens nur mit äußerster Anstrengung gemeistert hatte.

Kapitän Nemo wußte, wie man sich fühlte, hatte er gesagt.

So ist es mit den richtigen Wohltätern. Sie haben Erfahrung.

4   Wonach suchen wir, fragte Johannes immer wieder.
Ich antwortete nicht, denn es war unnötig.

Wir suchten an jenem Abend die westlichen Ufer des Sees ab. Es wurde ruhig, ich stakte daraufhin mit einer Stange, die ich vorsichtshalber mitgenommen hatte.

Ich sagte nicht, was wir suchten. Es war ziemlich still auf dem Floß.

Gegen Morgen – es war gar nicht dunkel gewesen, der Wind war gegen elf Uhr eingeschlafen –, gegen Morgen begann ich zu frieren. Es gab keine Häuser hier auf der Nordseite des Sees, die Häuser lagen an der Einmündung und in Forsen und Östra und Västra, aber nicht hier. Ich war ziemlich ruhig, fürchtete nicht, daß uns jemand sehen könnte, und Sven Hedman glaubte wohl, daß wir in Melaån übernachteten. Ich fror, aber es gab ja so gut wie überall Scheunen.

Wir legten an. Ich nahm die Proviant-Unikabox in die Hand, aber Johannes wollte später nichts haben, und ihn zu nötigen, nein danke sehr.

Wir gingen inseleinwärts. Das Floß war vertäut.

Das Altheu lag ganz hinten. Das meiste war geholt. Keiner von uns konnte schlafen. Und ich ging mit Johannes ins Gericht.

Er hatte, sagte ich ihm, sich nicht eines einzigen Menschen erbarmt. Kaum eines einzigen außer sich selbst. Das einzige, was er gesehen hatte, war, wie Mama oben an der Treppe gestanden und gebrüllt hatte, aber hatte er gesehen, wie ihr Gesicht aussah? Hatte er zugehört, als der Chauffeur, es war Marklin, gefragt hatte, ob sich nicht jemand erbarmen könne? Er hatte gesehen, daß sie hart wurde, sie aber nicht weich gemacht. Hatte er sich über etwas anderes Gedanken gemacht als darüber, mit Segeltuchschuhen im Sommer und mit Filzstiefeln auf dem Harsch im Winter schnell und außerdem nettig und allgemein beliebt zu sein?

Und Eeva-Lisa.

Und ich erzählte ihm von der Nacht im Holzschuppen.

Johannes hatte sich ins Altheu vergraben. Ich habe immer einen Bruder haben wollen, dem ich alles erzählen könnte, oder eine wie Eeva-Lisa, die ich so sehr lieben würde, und sie so sehr mich, daß man einen ganzen Abend zusammensitzen und Worte wechseln könnte. Aber alles, was man bekam, war einer, der sich ins Altheu vergrub und schwieg. Und Eeva-Lisa, die von mir gegangen war, zwar würde sie in diesem Erdenleben zurückkehren, aber sie zögerte noch, und der einzige, den ich fragen konnte, war der Wohltäter, aber ich weiß nicht. Manchmal war es nicht genug.

Ich verspürte Zorn. Johannes vergrub sich ins Altheu und schwieg.

Was ist das für ein Leben, wenn man Zorn verspüren muß.

Ich glaube, er schlief ein.

Ich hörte seine ruhigen Atemzüge und dachte, wie schön es wäre, wenn es Eeva-Lisa wäre. Sich vorzustellen, daß sie den Jungen doch bekommen hätte, und er gelebt hätte. Dann würde sie da gesessen haben und ihn an das Kleid mit den Tulpen drücken, die nach unten wuchsen und so zart waren wie Haut, und der tote Junge würde geschnüffelt und geschlafen und sich wohl gefühlt haben, und ich würde nur ganz ruhig zugesehen haben. So stellte ich mir die Liebe vor.

Gegen Morgen kam von Osten her Wind auf, er kam plötzlich und heftig, und es kamen fast weiße Schaumkronen.

Und da hatte ich meinen Beschluß gefaßt.

Ich weckte Johannes mit einer Handbewegung. Er war sofort wach, als habe er in Bereitschaft gelegen. Er lächelte mir ein wenig zu, als wisse er, was ich beschlossen hatte, und nickte, als verstehe er.

Auf einmal war es so schön. Man beschließt, und dann hat man beschlossen. Und dann tut man das, was man beschlossen hat, und Johannes und ich waren uns einig, obwohl es eigentlich so schwer war.

Wir gingen hinunter zum Seeufer. Wir machten das Floß los. Wir stießen uns ab.

Johannes setzte sich ganz vorne auf das Floß, und ich stand ganz hinten und stakte mit der Stange. Das Laken war aufgezogen. Es wehte stark, aber der See war nicht so tief, daß ich nicht mit der Stange den Grund erreichte, wir kamen mit einem Mal weit hinaus, die Sonne schien, obwohl es Nacht war, aber so war es, und es ist schwer, sich daran zu erinnern, wie es genau zuging. Es war ja nicht wahr, daß ich mich entschlossen hatte, wie sollte ich mich da nicht daran erinnern können, wie es zuging? Ich erinnere mich, wie es zuging. Ryssholmen lag geradeaus. Er war barfuß, und dann stellte er sich auf die Stämme. Ich hatte ihm nicht gesagt, daß er sich hinstellen sollte. Es schwappte über die Stämme, obwohl das Holz hoch schwamm, ich hielt den einen Fuß auf die Unikabox, die Sven Hedman gehörte, damit sie nicht fortgespült wurde.

Er hatte keine Schuhe an. Es war wohl glatt auf den Stämmen. Ich ruckte überhaupt nicht mit der Stange, im übrigen erinnere ich mich mit Sicherheit daran, daß es so tief geworden war, daß ich nicht mehr zum Grund reichte. Dann ruckte ich mit der Stange, es war glatt auf den Stämmen, er hatte keine Schuhe, er ruderte mit den Armen, und dann fiel er.

Und danach erinnere ich mich deutlich an sein Gesicht im Wasser, sah, wie er Angst hatte und sich gleichzeitig schämte, weil er so tolpatschig gewesen war, als wolle er um Entschuldigung bitten. Die Wellen gingen ziemlich hoch. Ich sah sein Gesicht im Wasser, gerade bevor er unter dem Floß verschwand, und ich erinnere mich deutlich, wie ich die Hand ausstreckte nach meinem besten Freund Johannes, wie um ihn aus der äußersten Not zu befreien, gerade in dem Augenblick, als er in den Wasserstrudel hinabgerissen wurde, der ebenso groß war wie der, als die Sintflut die fast entkleideten Frauen in das riesige Wasserloch hinabsog.

Das nächste, woran ich mich erinnere, muß mehrere Stunden später gewesen sein.
Ich saß ganz hinten auf dem Floß. Es war auf den Strand getrieben.
Es war Ryssholmen.
Ich wußte genau, wie es war, und doch war ich nie dort gewesen. Die meisten glaubten, daß es circa hundert Meter im Durchmesser sei, von dichtem altem Fichtenwald mit unfaßbar langen und kräftigen Ästen bedeckt, voll von Schlangen und toten Russen. Aber keiner war dagewesen, keiner aus dem ganzen Dorf.
Und hier war es, hier mußte ich suchen. Hier mußte es sein.
Johannes saß zusammengekauert ganz vorn auf dem Floß. Er war wieder hochgekommen. Aber er sagte nichts, und ich wußte, daß etwas geschehen war.
– Johannes, sagte ich. Du bist nicht böse, weil ich dich nicht rausgezogen habe.
Es muß bewölkt gewesen sein, ich erinnere mich, daß es sehr diesig war, nicht dunkel, aber Dämmerung, wie es in bestimmten wolkigen Nächten sein konnte. Er hatte sich wieder auf das Floß gezogen, obwohl ich es nicht wollte.
– Daß du nicht ertrunken bist, sagte ich leise.
Er antwortete nicht. Aber nach einer Weile erhob er sich, sprang auf die Steine, ging durch das Uferschilf, und ging an Land. Das Komische war, daß er Filzstiefel anhatte. Ich glaubte einige Sekunden lang, daß ich träumte, aber ich hörte die Geräusche sehr klar, als er durch das seichte Uferwasser platschte, und im Traum hört man ja keine Geräusche.
Er ging holmeinwärts. Ryssholmen ist sehr klein, das wuß-

ten wir ja. Vielleicht hundert Meter im Durchmesser. Es würde nicht schwer sein, ihn wiederzufinden.

Das Komische waren die Filzstiefel. Sie schlappten und machten Geräusche, als er in den Fichtenwald ging und verschwand.

Damals wußte ich noch nicht, daß Ryssholmen viel größer war, als ich geglaubt hatte, daß es etwas verbarg, und daß dies das letzte Mal für mehr als fünfundvierzig Jahre war, daß ich Johannes wiedersehen sollte. Er verschwand im Inneren der Insel, die ich während meiner ganzen Jugend gefürchtet hatte, ohne ihren richtigen Namen zu kennen und ohne zu wissen, daß Der Wohltäter mich eines Tages in das Innere der geheimnisvollen Insel führen würde, wo Johannes, mein einziger Freund, auf mich wartete. Jetzt war ich nur vorübergehend befreit. Ich war befreit. Ich war befreit von ihm, ohne zu wissen, daß ich für immer von ihm eingefangen war; und erst viel später sollte ich ihn wiederfinden, in Kapitän Nemos Bibliothek, in dem Fahrzeug, das sich im innersten wassergefüllten Krater des Vulkans befand, vor der Küste von Nyland, wo nur Hjoggböle eingezeichnet war auf der Karte auf dem verschimmelten Butterbrotpapier, die der Wegweiser meines Wohltäters gewesen war.

5   Als es richtig Tag wurde, suchte ich lange nach ihm.
Bevor ich mit der Erforschung der Insel begann, repetierte ich sorgfältig alle gelernten Fakten über das Territorium, das ich nun besuchte. Ryssholmen war sehr klein. Es gab dort hundertjährige Fichten. Die russischen Soldaten, die hier begraben waren, hatten einhundertfünfzig Jahre hier gelegen. Die Insel war voller Kreuzottern. Trotz alledem fühlte ich nicht das kleinste bißchen Angst.

Ich begann damit, daß ich quer über den Holm ging, dann wieder zurück, dann in Kreisen, dann am Ufer entlang. Unter den Fichten wuchs kein Gras. Der Boden war schwarz oder braun von alten Nadeln. Ich ging im Kreis, im Kreis und rief seinen Namen, Johannes. Ich rief und bat, daß er sich zu erkennen geben solle.

Er war nicht auf dem Holm.

Ich ging zurück zum Floß. Ich merkte, daß ich hungrig war, holte Sven Hedmans Unikabox hervor, in der ich den Proviant aufbewahrte, und öffnete sie. Die Melasse verwahrte ich in einer Konservendose. Ich öffnete die Dose und aß mit den Fingern.

Ich kriegte es ins Gesicht. Ich machte mir nicht die Mühe, mich zu waschen. Eine kurze Weile fühlte ich mich aufgeregt, nahm mich aber zusammen. Ich fror nicht. Ich wußte, daß Johannes verschwunden war, er hatte mich auf der Insel allein gelassen. Er auch. Ich aß die Melasse. Ich war allein gelassen worden.

Am Nachmittag flaute der Wind ab, und der See lag glatt da. Ich war vollständig ruhig, wunderte mich jedoch darüber, daß Kapitän Nemo nicht kam, als ich ihn anrief.

Er war doch wohl nicht geworden wie der Menschensohn. Aber nein, ich verwarf den Gedanken.

Im Wasserspiegel sah ich, daß ich es war, der sich spiegelte. Es war entschieden ich, obwohl die Melasse um den Mund und auf den Backen schwarz geworden war. Ich wollte mich nicht waschen.

Ich rief aufs neue Kapitän Nemo an, nun mit lauter Stimme, beinah als wäre ich ungeduldig oder wütend geworden, sah aber ein, daß Nachmittage im Sommer nicht seine beste Zeit waren. Tagsüber schlief er wohl. Nachts war er dagegen mein Wohltäter; aber ich wäre froh gewesen, wenn er mir trotzdem einen Rat hätte geben können.

Die Fichten waren leicht zu besteigen. Die Äste gingen tief herunter und waren unerhört dick, fast wie Baumstämme, sie waren wie die Finger Gottes, dick und strafend ausgestreckt in alle Richtungen. Ich kletterte hinauf und kletterte auf einem von ihnen hinaus. Der Gottesfinger zitterte nicht. Ich hielt mich an dem oberen Finger fest, um nicht abzurutschen, und lauschte verwundert dem Sausen. Ich konnte drei, vier Meter auf dem Ast nach außen gehen, und sah jetzt weit.

Zwei Boote sah man, die nach Norden ruderten. Schwache Rufe konnte man hören.

Ich setzte mich auf den Ast hin, bis sie außer Sichtweite waren. Sie suchten die Ufer ab, immer noch.

Wo sollte ich hin mit dem Floß. Sie würden es vielleicht sehen.

Ich kletterte hinunter, ging zum Floß und nahm das Lakensegel herunter. Ich ging durch Wasser, fühlte keine Müdigkeit. Ich war erfüllt von der Stärke der Finger Gottes.

Das Floß versteckte ich im Schilf. Sie würden nicht an Land gehen. Und das Floß würden sie nicht finden.

Die Wolken verschwanden in einem leichten Dunst, die Sonne stand niedrig. Ich nahm drei Schiffszwiebäcke und weichte sie in Wasser ein. Nachdem ich mir meinen Proviant einverleibt hatte, legte ich mich auf die Fichtennadeln und blickte nach oben.

Ich versuchte zusammenzufügen, was geschehen war, aber es gelang mir nicht. Man faßt es nicht, wie Mama diese Lüge über Johannes und Eeva-Lisa auf der Treppe herausschleudern konnte. Wäre er mir nahe gewesen, hätte ich ihn getröstet. Aber er hatte mich verlassen. Kapitän Nemo, den ich ein weiteres Mal anrief, kam nun plötzlich auf einen hastigen Besuch. Er meinte, daß die Zeit nun reif sei. Zu was, fragte ich beinah ungeduldig. Sich zusammenzunehmen, antwortete er. Aber dazu mußt du zuerst den toten Jungen wiederfinden.

Damit verschwand er. Kein Wort über Johannes; als hätte es ihn nicht gegeben. Ich kletterte wieder auf meinen Aussichtsposten auf Gottes Finger in der Fichte. Der Finger zitterte jetzt, als schäme sich Gott dafür, daß Kapitän Nemo Zeit für

Ratschläge hatte, aber nicht sein Sohn. Die Sonne stand niedrig. Vier Ruderboote waren jetzt zu sehen, alle auf dem Weg zum inneren Teil des Sees.

Sie waren wie die Kühe. Sie zogen heim zum Stall. Ich sah sie in Richtung des engen Sundes verschwinden, dann waren sie fort.

Gottes Finger hörte auf zu zittern. Ich dachte darüber nach, was Kapitän Nemo mir gesagt hatte. Ich setzte mich unter den Baum. So mußte es sein.

Es muß nahe an Mitternacht gewesen sein, als ich ihn fand.

Die Sonne war untergegangen, der Wassernebel hing über dem See. Ich war ruhig und gefaßt.

Drei Runden war ich am Ufer gegangen, bevor ich den toten Jungen fand. Ich hatte recht gehabt. Er war unter das Eis getrieben und am Ufer von Ryssholmen hängengeblieben. Kapitän Nemo hatte meine Gedanken gelenkt. Aber dennoch hatte ich hauptsächlich selbst gedacht.

Ich erkannte ihn wieder. Zuerst konnte man glauben, es wäre ein sauber abgenagtes Hechtskelett. Aber wenn man näher heranging, war es ganz klar. Er hing, beinahe unmöglich zu entdecken, ein Stück oberhalb der Uferkante zwischen zwei Steinen fest. Als das Eis aufbrach, war er wohl dort hinaufgetrieben worden. Es waren nur die weißen Knochen übrig, aber der Kopf war besonders sauber abgenagt. Man glaubt, daß es schrecklich aussehen muß. Aber es war alles vollkommen sauber und fein und nettig, wie eine kleine weiße Knochenpuppe. Ich rief nach Kapitän Nemo, aber er antwortete nicht. Da beugte ich mich nieder und hob Eeva-Lisas toten Jungen auf.

Ich spülte ihn am Strand ab.

Ich holte die Unikabox. Ich drückte die Wurst ganz weit in die Ecke, dann das halbe Brot, die Zwiebäcke, das Flachbrot, danach die Wasserflasche, danach die Margarine im Papier. Es waren noch zwölf Zuckerstücke übrig. Dann das Messer.

Dann die verschlossene Konservendose mit der restlichen Melasse. Dann nahm ich den toten Jungen und legte ihn vorsichtig an den freien Platz auf der anderen Hälfte der Unikabox.

Ich rückte das Essen zur Seite, so daß er es ziemlich bequem hatte. Dann drückte ich das Schloß zu und spannte den Riemen fest.

Fertig.

Ich schob das Floß aus der Abdeckung. Die Unikabox stellte ich ganz vorn hin, wo Johannes gesessen hatte. Ich stieß ab. Die Stange war mein einziges Ruder.

Mir war feierlich zumute, ich stakte durch den Wassernebel, ich war sehr ruhig. Johannes hatte mich verlassen, und ich hatte den toten Jungen gefunden, und alles war gegangen, wie es gehen sollte.

Ich ging bei Tunnudden an Land, wo Sanfrid Renström einmal die Scheißtonnen so dicht ans Seeufer gestellt hatte, daß das Wasser gestiegen war und sie fortgeschwommen waren, so daß er hinausrudern und sie mit dem Boot holen mußte und danach zum allgemeinen Gespött wurde. Ich brachte die Unikabox an Land, und stieß das Floß hinaus.

Ich blieb eine Weile stehen und sah zu, wie es weiter und weiter hinausglitt, und schließlich im Nebel verschwand. Sie würden es schon finden. Dann würden sie suchen, aber nicht finden. Dann würden sie das Floß auseinanderschlagen und die Nägel herausziehen und die Stämme den Fluß hinunterschicken.

Und niemand würde wissen.

Ich nahm die Unikabox mit dem Proviant und dem toten Jungen, griff sie am Riemen und ging hinauf durch den Wald. Ich dachte nicht daran, daß ich barfuß war. Es tat nicht weh. Der Pfad war weich. Die Kiefern waren freundlich und rauschten gelb und nettig. Ich war froh und dankbar gegenüber meinem Wohltäter, der mich geleitet und mir Rat gegeben hatte.

Die Melasse fühlte sich steif an im Gesicht. Mit der Unikabox in der Hand ging ich dann den ganzen Weg hinauf zur Grotte der toten Katzen.

2
Die Grotte der toten Katzen

1 Sortierte heute nacht Johannes' Mitteilungen aus Kapitän Nemos Bibliothek.

Er spielt mit meinen Namen, als ob das helfe. Er hat meinen Namen durchgestrichen, nennt mich jetzt anders. Es ist das dritte Mal, daß er mich verändert.

Schämt sich wohl.

Heute nacht Schnee, rasch weggeregnet. Ich vermisse die hellen Winternächte dort oben. Man erinnert sich gut an das Licht in den Winternächten.

Und das Nordlicht. Wo ist das alles eigentlich hin.

Ich habe die Grotte der toten Katzen wieder besucht, in diesem Mai 1990.

Der Bensberg noch da, der Wald auch, aber es ist anders auf die falsche Weise. Fuhr dann zurück zum Flugplatz. Notierte kurz: »Alles ist anders.«

Die Grotte war kleiner, kam mir gleichsam geschrumpft vor. Der Berg war niedriger. In der Grotte nichts mehr zu finden, auch nicht das einst vollkommen saubere Skelett einer Katze.

Es schrumpft mir dahin.

Warum schrumpft es. Am Schluß ist es vielleicht nicht mehr da, wenn ich mich nicht beeile.

Man muß sich vielleicht beeilen, bevor alles dahinschrumpft. Das ist es wohl, was zusammenfügen heißt.

2   Ich ging mit der Unikabox in der Hand den ganzen Weg zur Grotte der toten Katzen hinauf, ohne daß ein einziger Mensch mich sah.

Es ging aufs Ende der Nacht zu, die Sonne fiel recht flach durch den Eingang herein, und die Grotte war ziemlich hell. Ich setzte mich neben das Katzenskelett, das von einem Katzenmädchen war. Sie saß ganz ruhig an die Wand angelehnt, die hintere Steinwand, als sei sie ein Hackklotz, an den man sich anlehnen konnte. Man glaubt, daß Skelette häßlich sind, aber sie sind eigentlich ganz nettig.

Sie saß da und blickte über das Tal. Man sah es durch die Öffnung. Hätte sie reden können, hätte man wohl etwas sagen können, aber es ist klar, daß man mit einem Skelett nicht sprechen kann. Sie konnte wohl auch nicht viel zu sagen haben. Und wonach sollte ich fragen.

Nach viel, übrigens.

Ich rief in meinen Gedanken Kapitän Nemo an, aber er antwortete nicht, hatte wohl keine Zeit. Ich wartete ein klitzekleines Weilchen. Die Sonne wanderte über den Boden der Grotte, dann rief ich ihn noch einmal an, sah aber ein, daß man warten mußte.

Das Tal war, wie es zu sein pflegte. Ich flennte ein bißchen, wurde dann aber ruhig. Man konnte ein Stück des Sees sehen, aber nicht Ryssholmen, und der Vulkan in der Mitte der Insel, zu dem ich später den Eingang finden sollte und wo die Nautilus lag, war still. Kein Rauch zu sehen. Das war auch die Erklärung dafür, daß niemand im Dorf verstanden hatte. Wäre Rauch aus der Mündung gekommen, wären alle andächtig dahin gepilgert, auch von der Lokalpresse, und es hätte im *Norran* gestanden.

Ich setzte mich neben das Katzenmädchen. Auch ich saß an die Wand der Grotte gelehnt. So hatte das Katzenmädchen mehrere Jahre geschlafen. So war es wohl, wenn man tot war. Nichts war einfacher.

Das Schwerere war wohl eher, wiederaufzuerstehen. Dafür mußte man um Rat fragen.

Ich schlief für eine Weile ein.

Niemand kam im Traum zu mir. Ich rief Niemand wieder an, aber er war wohl beschäftigt. Ich dachte, daß man einen Schlag versetzt bekommt, aber nichts ist hoffnungslos, das pflegte ich zu denken, dann schlief man ruhiger, und es fiel einem leichter, sich zusammenzunehmen.

Die Unika hatte ich nicht geöffnet.

Als ich wach wurde, hatte die Sonne sich über den Boden bewegt. Es war wie eine Uhr, fast wie der Mondschein auf dem Boden im Holzschuppen, der mich daran erinnerte, daß die Zeit verging. Ich machte mir nicht mehr soviel daraus, wieviel Uhr es war. Es war irgend etwas. Das war es immer. Jeden Tag zur gleichen Zeit imitierte sie sich selbst. Man mußte darauf achten, daß man sich daran erinnerte, daß trotz allem irgend etwas geschehen war, obwohl die Uhrzeit sich gleich war.

Es war nur zu gut, daß ich die Unikabox hatte. Da hatte ich das Essen, also den Proviant, der mich in meiner Not retten sollte. Und das andere hatte ich auch.

Man sollte wohl auspacken.

Ich erwachte, und es sang böse im Kopf, da wußte ich für einen kurzen Augenblick weder ein noch aus und fing deshalb an, mir ins Gedächtnis zu rufen, wie das grüne Haus gebaut war.

Ich ging das Haus gründlich durch, sozusagen, damit es nicht verschwände, wenn ich es in einer Notsituation brauchte. Ich stellte mir vor, wie man durch das Haus gehen konnte, wie es gebaut und eingerichtet war, vor allem der Schlafraum oben. Ich fand einen Pinn und zeichnete den Plan auf, wie eine Karte, und gab darauf auch an, wie die Feuerleiter unter dem Schlafraumfenster angebracht war, also dem im Giebel, aber vor der Eberesche, die ein Glücksbaum war und auf der es im Winter Schnee und Vögel gab. Dann zeichnete ich in groben Zügen eine Karte von Schweden darum herum, aber so, daß das Haus an seinem richtigen Platz war.

Schon nach einer kurzen Weile war es wieder gut. So ist es oft, nichts ist hoffnungslos. Man muß wissen, was man tun kann, während man auf den Wohltäter wartet.

Nachdem ich es aufgezeichnet hatte und es wieder gut geworden war, wurde es wieder unangenehm, aber nur für eine ganz kurze Zeit.

Ich entschloß mich, ohne Umschweife die Unikabox auszupacken.

Der Lederriemen war nicht schwer zu lösen, es war ein Haken daran, ganz natürlich.

Ich nahm den Deckel ab. Nun galt es, das Geborgene auf eine zweckmäßige Art und Weise anzuordnen. In einer schweren Notsituation, hatte Kapitän Nemo mich in einem früheren Gespräch gelehrt, konnte eine richtige und kluge Planung Leben retten. Ich nahm deshalb die Schiffszwiebäcke und legte sie auf einen trockenen Ast, damit sie trocken blieben. Es waren noch fünf Stück übrig. Das Messer wurde daneben gelegt. Die Margarine links davon, vom Katzenmädchen aus gesehen, danach das Brot, das ich nach einem Augenblick des Zweifels auf den Ast legte, neben den Schiffszwieback. Die Wasserflasche. Die Wurst. Das halbe Brot. Die Zuckerstücke. Die Margarine daneben.

Die Dose mit der Melasse, die zu dem für mich Wertvollsten des Geborgenen gehörte, beschloß die Reihe der Bedarfsgegenstände.

Dann wurde es wieder unangenehm, aber ich nahm mich zusammen und hörte ziemlich schnell auf zu heulen. Man muß sich immer zusammennehmen.

Die Frage war, wohin ich den toten Jungen setzen sollte.

Noch einmal wiederholte ich für mich selbst die Gründe, warum Kapitän Nemo anders war als zum Beispiel der Menschensohn.

Der Menschensohn hatte seine Wunde in der Seite, aus der Blut und Wasser kamen und in die man hineinkriechen konnte. Aber er hatte nie, wie Kapitän Nemo, richtig gezeigt, daß man sich auf ihn verlassen konnte, wenn zum Beispiel die Not vor der Tür stand.

Das hatte ich gegen den Menschensohn. Man wollte es nicht geradeheraus sagen, aber man konnte sich nicht richtig auf ihn verlassen.

Er hatte gleichsam zu viele, um die er sich kümmern mußte. Man hatte das Gefühl, wenn es einem richtig schlecht ging, gab es immer jemand anderen, dem es vielleicht noch schlechter ging.

Und dann wurde man allein gelassen.

So betrachtet, bestand der Menschensohn die Prüfung nicht richtig. Wenn man jemanden allein läßt, zum Beispiel einen richtigen Übeltäter, wie sollten da die Übeltäter vertrauen können. Dann wurden sie wie die Frösche aus der Quelle ausgeschöpft und hatten keinen einzigen, der sie verteidigen konnte.

Das war der wichtigste Unterschied. Kapitän Nemo, mit dem war es so, daß ich mich mehr und mehr ihm anvertraute in den Stunden der Not, wenn der Menschensohn anderweitig beschäftigt war und die ausgeschöpften Übeltäter nicht verteidigte.

Das waren die Gründe. Mir fielen alle Gründe ein, und ich fand, als ich sie prüfte, daß sie richtig waren.

Man konnte, natürlich, den toten Jungen in Sven Hedmans Unikabox liegenlassen.

Sie enthielt ja nun keinen Proviant mehr. Man konnte ihn dort liegenlassen, wie auf den Leichenfotos auf der Kredenz in der kleinen Kammer, und einfach nettig aussehen lassen auf seine Weise. Aber da der Aufenthalt in der Grotte der toten Katzen möglicherweise lang werden würde, war das vielleicht nicht so rechtschaffen.

Es bestand ein Unterschied zwischen rechtschaffen sein und nicht. Es war der gleiche Unterschied wie zwischen den Nettigen und den nicht.

Ich nahm daher mit bloßen Händen den toten Jungen vorsichtig aus Sven Hedmans Unikabox. Er war ziemlich trocken und schön. Es war ja ein ganzer Frühling im See vergangen, und nun war er getrocknet.

Ich ging zur hinteren Wand der Grotte und setzte ihn neben das Katzenmädchen. Er war fast kleiner als sie. Sie sahen ziemlich fein und nettig aus alle beide, und schauten mit den leeren Augen über das Tal hinweg, wo man das Wasser des Sees sehen konnte, aber nicht Ryssholmen, wo die großen Fichten wuchsen, mit Ästen so dick wie Gottes Finger, die zunächst nicht gezittert hatten, aber dann, als ich die Rufe von den Suchbooten hörte, anfingen zu zittern, als habe Gott Angst bekommen.

Darüber konnte man eine Weile nachdenken. Ich hatte mir früher nie vorstellen können, daß Gott Angst hatte, aber dann hatten die Finger gezittert, wie an Elma Markströms Händen. Sie hatte Zitterhände.

Eigentlich konnte man es mögen, daß Gott Angst hatte.

Der Junge sagte nichts, auch das Katzenmädchen nicht. Was sollten sie sagen. Erstens war es immer schwer, auf etwas zu kommen, was man sagen sollte. Zweitens waren sie beide tot. Aber keins von beiden sah bösartig aus.

Ich nahm einen Schiffszwieback, zerbrach ihn, tunkte ihn in die Melasse und hielt ihn aus Spaß an den Mund des Katzenmädchens. Sie rührte sich nicht. Ich hielt die Hand still. Sie probierte nicht.

Doch wagte ich es nicht, dem toten Jungen den Melassezwieback anzubieten. Ich aß ihn selbst auf. Ich fühlte mich fein jetzt. Es kam ab und zu ein bißchen von dem Furchtbaren, aber nur ganz kurz. Dann verschwand es.

Ich fühlte mich besser, nachdem ich den Zwieback gegessen hatte. Es waren jetzt nur noch vier Zwiebäcke übrig.

Hätte ich einen Notizblock und einen Bleistift gehabt, hätte ich eine Bergungsliste schreiben können, oder ein Gedicht, aber ich hatte keinen Notizblock und keinen Bleistift.

Die Sonne hatte aufgehört, über den Fußboden zu wandern.

Ich setzte mich an den Eingang der Grotte und blickte über das Tal.

Man konnte vom See unten Rufe hören. Dann konnte man keine Rufe mehr hören.

Gegen Mitternacht wurde ich von Kapitän Nemo aufgesucht.

Ich war eingenickt, als ich ein Flüstern hörte, das mich im Nu hellwach machte. Jemand flüsterte meinen Namen. Ich sperrte gleichsam die Augen auf vor Verwunderung, aber in der Grotte war keine Person zu sehen. Ich betrachtete nun genau das Katzenmädchen, und den toten Jungen an ihrer Seite; der tote Junge war ein klitzekleines bißchen zur Seite gefallen, als wolle er sich gegen sie lehnen. Es sah ziemlich merkwürdig aus.

Es waren nur sie und ich. Der tote Junge gehörte sozusagen zur Familie, wenn man so wollte, aber von dem Katzenmädchen hatte ich so nie gedacht. Nicht vorher. Aber als der tote Junge sich ein klitzekleines bißchen neigte, kam man leicht auf den Gedanken. Sie saßen sozusagen dort und plauderten.

In dem Moment hörte ich aufs neue ein Flüstern, und diesmal lauter. Es war nicht zu überhören. Es kam von dem toten Jungen. Er sagte zu mir:

– De muß ruus. Eh is druuss. Eh waart uf dih.

– Wassaachse, erwiderte ich.

– Geh nich un schlorf da rummig, de muß ruus, wiederholte da der tote Junge mit ziemlich scharfer Stimme.

Es verschlug einem völlig die Sprache. Irgendwie wurde man ganz stumm, beinah empört, wie als Egon Bäckström im Bethaus eingeschlafen war und gerülpst hatte, während er schlief, und nicht einmal Anstand genug hatte, in der Juniorenvereinigung am folgenden Freitag Gott um Vergebung zu bitten. Ich wußte, daß der tote Junge nicht reden konnte, weil er einerseits schon lange tot war und andererseits nie sprechen gelernt hatte, weil er nie geboren worden war.

Ich mußte also irre geworden sein.

Doch es war nicht nur dies, das mich völlig aus der Fassung brachte. Was mich am meisten aufregte, war nicht, daß er redete, obwohl er nicht durfte, weil er tot war, sondern daß er mich in einem so groben, beinah unhöflichen Dialekt ansprach. In der Volksschule war es nicht erlaubt, das lokale Bonnska zu sprechen, denn dort lernten wir Schwenska, aber der tote Junge war nie in eine Schule gegangen.

Ich faßte mich jedoch. Es bestand kein Grund, böse zu werden. Ich hatte ihm ja selber einen Augenblick in dem Dialekt geantwortet, ohne groß darüber nachzudenken.

Ich betrachtete lange die zwei an der Felswand.

Sie waren vollkommen still. Meine Erregung legte sich allmählich. Aber noch lange, nachdem meine Erregung sich gelegt hatte, fühlte ich, daß das Herz schlug und schlug. Ich begriff, daß ich geträumt hatte, im Traum hatte er zu mir gesprochen, in dem groben Dialekt; ich hatte also schlimm geträumt, aber ich war noch nicht irre.

Ich warf scherzhaft einen kleinen Stein nach dem toten Jungen, der getroffen wurde und zusammenzuckte, gleichsam vorwurfsvoll, aber ich bereute es sofort.

Erst da wurde mir klar, was er gesagt hatte. Jemand wartete vor dem Grotteneingang auf mich.

Kapitän Nemo saß vor der Grotte, auf der rechten Seite, und er hatte lange gesessen, das sah ich, denn als er sich erhob, beobachtete ich, daß er vom nachtfeuchten Gras hinten naß geworden war.

Ich bat sogleich um Verzeihung, weil ich so spät kam, aber er brachte mich mit einer Handbewegung zum Schweigen.

Es war Morgen, und Nebel bedeckte das Tal, und der See konnte nicht betrachtet werden. Er hatte Nebel im Gesicht, und die gleiche Farbe. Es wurde einem gleichsam feierlich zumute, wenn man ihn sah.

Er hatte etwas in der Hand.

– Komm herein, bat ich ihn, aber er schüttelte den Kopf. Er wollte mir nur etwas mitteilen.

Wir setzten uns auf den Boden.

Er habe sich Sorgen um mich gemacht, erklärte er. Es würde sich hinziehen, bis Entsatz eintreffe; im Normalfall hätte er vielleicht eine Signalleitung ziehen können, deren Draht ich hätte folgen können bis zur nächsten Nachricht, doch die Zeit erlaube dies nun nicht. Man suche mich im Dorf, aber man suche an der falschen Stelle. Niemand kannte ja die Grotte der toten Katzen außer uns dreien, Johannes, Kapitän Nemo und mir selbst. Und weil ich mich nicht zu erkennen geben konnte, war es jetzt wichtig, daß ich Kleidung bekam, und Proviant. Noch sei gutes Wetter, erklärte er, aber der Sommer habe ein Ende, der September würde kommen, dann dringe die Kälte durch Mark und Bein.

Ich mußte mich ausrüsten.

Für wie lange Zeit muß ich mich ausrüsten, fragte ich. Er antwortete nicht direkt auf die Frage, gab mir aber ein Stück Stoff, das er mitgebracht hatte. Es war ein Kleiderstoff. Ich fragte ihn, wie ein Kleiderstoff die Kälte abhalten könne in den Nächten, wo sie sonst durch Mark und Bein dringe, aber er lachte erst belustigt, wurde dann wieder ernst, und befahl mir, den Stoff zu wenden, so daß das Muster sichtbar würde.

Das tat ich.

Und zu meiner großen Verwunderung erkannte ich den

Kleiderstoff wieder, mit Tulpen, aus dem Eeva-Lisa sich einmal ein Kleid genäht hatte. Ich fragte ihn, wo er diesen Stoff herhabe. Ich habe ihn von Eeva-Lisa bekommen, antwortete Kapitän Nemo. Weiß sie, wo ich mich aufhalte, fragte ich. Ja, erwiderte er. Wo ist sie denn selbst, fragte ich. Das kann ich nicht erzählen, antwortete er, aber sie schickt dir ihren Gruß und bittet dich, Vertrauen zu haben.

Ich legte mir den Stoff um. Kapitän Nemo half mir. Wir achteten beide darauf, ihn so über meine Achseln zu legen, daß die Blumen, es waren Tulpen, nach unten wuchsen.

Vor Kapitän Nemo legte ich einen Bericht über die Situation und das Geborgene betreffend ab, sowie über die Vorräte, die ich noch hatte.

Das Brot. Die Schiffszwiebäcke (jetzt vier Stück). Die Wasserflasche, die Margarine, das Messer, neun Zuckerstücke und eine Dose Melasse, ungefähr zu einem Drittel gefüllt. Ich zählte den Proviant auf und bat um Rat. Er dachte nach und meinte dann, daß ich seine Hilfe benötigte. Diese neuen Vorräte, erklärte er, werde er in der nächsten Nacht bringen. Bis dahin müsse ich mich von dem ernähren, was ich hatte.

In den Taschen der Arbeitsbluse hatte er ein bißchen Würfelzucker, und zwei Stücke Blutkloß.

Ich fragte ihn, wo er den Blutkloß gefunden habe, ich hatte Kapitän Nemo nämlich nie zuvor mit Blutkloß gesehen. Er antwortete darauf nicht, meinte aber, der Schimmel auf der einen Seite des Kloßes könne leicht mit dem Messer entfernt werden, das auf diese Weise gute Dienste tat. Ich fragte nun, wo er die neuen Vorräte finden wolle. Er antwortete, daß es in Alfred Sjögrens Nebenhaus Flachbrot gebe, und da dieses Haus am Waldrand liege, beabsichtige er, sich in der kommenden Nacht leise dahin zu schleichen und ohne gesehen zu werden hineinzugehen und die Flachbrotringe mitzunehmen.

Hast du vor zu stehlen, fragte ich entsetzt. Nein, antwortete er, aber du bist ein Mensch in äußerster Not, ich bin dein Wohltäter, deshalb muß ich so handeln.

Man muß sich deiner erbarmen, sagte er. Ich nickte zustimmend.

Und er sagte: In einer der nächsten Nächte werde ich einen Freund von dir mitbringen. Einen, der dir auch beistehen kann. Wer ist das, fragte ich, ist es Eeva-Lisa.

Nein, antwortete er. Ein anderer Freund. Aber frag nun nicht mehr.

Er erhob sich, erinnerte sich plötzlich an etwas und steckte die Hand in die Tasche. Er überreichte mir einen Notizblock und einen Bleistift.

Er gab sie mir, und ging. Er war immer noch naß hinten.

Ich ging in den Tulpenstoff gehüllt in die Grotte. Der tote Junge und das Katzenmädchen schliefen jetzt ruhig.

Ich legte mich auf den Boden der Grotte, eingehüllt in Tulpen. Ich träumte vom Wohltäter, und von dem Freund, der meinem Wohltäter zufolge in der kommenden Nacht, oder einer der folgenden Nächte, zu Besuch kommen würde.

3 Früh am nächsten Morgen verließ ich die Grotte und ging zu dem umgesägten Elchturm.

Der Boden der Kanzel und das Geländer darum lagen eingestürzt und teilweise zerbrochen: niemand war dagewesen, um den Turm zu reparieren, oder das Holz einzusammeln. Ich betrachtete wachsam das Tal unter mir. Ich konnte jemanden über den Hofplatz von Sehlstedts gehen sehen, ganz schwarz und klein. Aber keine Boote auf dem See, und niemand, der rief.

Es war wohl Yngve, der über Sehlstedts Hof gegangen war, dachte ich. Dann überlegte ich, ob es etwas bedeutete. Aber es bedeutete nichts. Ich verstand, daß es sich in der Notlage, in der ich mich als Gestrandeter befand, so verhielt, daß das, was früher etwas bedeutet hatte, nun nichts mehr bedeutete. Ich verstand, daß ich das früher Bedeutende aussondern mußte, nachdem die Situation eine ganz andere geworden war.

Ich begann, die Ein-Zoll-Bretter loszubrechen. Der Turm war solide gebaut gewesen, und ich schuftete hart.

Es war leicht, sich vorzustellen, daß Eeva-Lisa und der Feind einmal oben auf dem Turm gewesen waren. Hier hatte das eigentliche Unglück angefangen. Aber dann machte ich mir klar, daß man nie wissen konnte, wo ein Unglück eigentlich anfängt. Es konnte weit früher gewesen sein, zum Beispiel als wir ausgetauscht wurden, oder als Mama versuchte, die Frösche auszuschöpfen, oder so. Deshalb war der Elchturm nicht schuldiger als irgend etwas anderes.

Ich bekam zehn Bretter zusammen und schlug die Nägel mit einem Stein hinein. Dann trug ich alles zur Grotte der toten Katzen hinunter, in zwei Touren.

Ich baute einen Fußboden zum Schlafen.

Es war ein Bretterbett. Es bestand aus den Brettern des umgesägten Elchturms.

Der tote Junge beobachtete meine Arbeit mit einem sehr feinen Lächeln auf seinem knochenweißen Gesicht. Ich wünschte, ich hätte seine Gedanken lesen können. Er konnte nicht wissen, woher die Bretter geholt worden waren, und welche Bedeutung sie gehabt hatten, nicht nur in meinem Leben, sondern auch in seinem.

Ich wünschte, er hätte einen Namen gehabt.

Ich richtete ihn auf, und er hatte nichts dagegen einzuwenden.

Er hatte noch Seegras an dem einen Bein, das wie das eines Vogels war und im Unterschied zum übrigen Skelett nicht weiß. Während der Nachtstunden kam er mir unruhiger vor als am Tage.

Einmal schien er fort zu sein, also so, daß er den Platz neben dem Katzenmädchen verlassen hatte. Da ging ich vor die Grotte und rief nach ihm. Er antwortete nicht. Als ich zurückkam, saß er wieder an der Seite des Katzenmädchens, aber mit einem kleinen eigentümlichen Lächeln auf den Lippen.

Dem Notizblock, Kapitän Nemos letztem Geschenk, hatte ich bis zu diesem Zeitpunkt keinen Gedanken gewidmet.

Ich öffnete den Notizblock, und fand zu meiner Verwunderung, daß dort ein Gedicht niedergeschrieben war, mit kräftiger Handschrift, vermutlich mit einem sogenannten Zimmermannsbleistift. Man kann sagen: ein Poem.

Da stand:
Ein Feuerzeug mit Stahl und Feuerstein
Eine Tonne Schiffszwieback
Einige Bücher, Papier, Federn und Tinte
Zwei Äxte, zwei Sägen, zwei Hobel, ein Paar Eisenstangen
Ein Hammer, Nägel und verschiedenes anderes Werkzeug
Zwei vollständige Anzüge
Zwei Dutzend Hemden
Zwei Büchsen, zwei Säbel, zwei Jagdmesser und ein Paar Pistolen
Ein kleines Faß Pulver und ein Viertelfaß Schrot
Ein Fernrohr sowie
Eine Rolle Segeltuch

Ich blickte auf das Gedicht wie versteinert. Ich kannte zwar die Handschrift nicht, begriff aber sofort, was Kapitän Nemo mir gegeben hatte.

Es war der Notizblock, in den mein Vater seine Gedichte geschrieben hatte, bevor er starb.

Er hatte die Gedichte mit einem Zimmermannsbleistift geschrieben. Dann war er gestorben, als ich erst sechs Monate alt war, und Mama in dem grünen Haus war spät des Abends von der Krankenstation nach Hause gekommen, und der Chauffeur, es war Marklin, hatte sich umgewandt und das mit dem sich erbarmen gefragt.

Und ich hatte geglaubt, daß der Notizblock verbrannt worden sei. Aber das war er nicht. Papa hatte eine Bergungsliste geschrieben. Und er hatte Kapitän Nemo gebeten, mir den Notizblock zu überbringen.

Ich verstand. Ich konnte es nicht fassen, daß er schon damals, als ich so klein und noch nicht einmal ausgetauscht worden war, begriffen hatte, was mit mir geschehen würde. Und welche Ratschläge ich brauchte. Aber man verstand so vieles nicht, wenn man in Not war.

Er hatte das Gedicht mit der Bergungsliste für mich, seinen eigenen Jungen, geschrieben. Nun war Kapitän Nemo damit gekommen. Und als ich einsah, daß Papa mich nicht allein gelassen hatte, wurde mir ganz anders, und ich fing an zu flennen.

Ich wußte genau, was das bedeutete. Es waren Papas Gedichte. Er hatte sie für mich geschrieben.

Früh am Morgen des folgenden Tages erwachte ich von einem Ruf.

Kapitän Nemo stand im Grotteneingang und machte mir ein Zeichen herauszukommen. Er hatte die Flachbrotringe bei sich, und eine Schaffelldecke. Ich verstand, daß er sich ungesehen Zugang zu dem Nebengebäude verschafft hatte und seine Unternehmung glücklich ausgegangen war.

Ich dankte meinem Wohltäter eifrig, doch er hieß mich mit einer Handbewegung schweigen, und war auf einmal verschwunden.

Ich kehrte zu meinem Schlaf zurück. Ich fand jedoch, bevor ich wieder in Schlaf fiel, daß der tote Junge – oder das Katzenmädchen – leise jammerte. Aber sie schienen in gar keiner Weise verändert zu sein und blickten geradeaus wie vorher.

Ich befeuchtete ihre Lippen mit Melasse, aber sie bewegten die Lippen nicht, und sagten nichts.

Keine weiteren Laute. Die Bretter hielten die Kälte ab. Ich hatte die Schaffelldecke über das Holzbett gebreitet.

Keine Träume.

4   Von der Spitze der Kiefer sah ich, daß sie bei Sehlstedts angefangen hatten, die Talwiesen zu mähen.

Während mehrerer Nächte kein Kapitän Nemo. Der tote Junge saß vollkommen still, und schien abweisend.

Was hab ich dir getan, fragte ich mehrmals. Wir müssen doch zusammenhalten.

Er antwortete nicht.

Eins der Gedichte auf dem Notizblock, mit Zimmermannsbleistift geschrieben, hatte ich übersehen. Es stand auf der letzten Seite.

Ich las es ziemlich schnell, und verstand nichts. Nachher habe ich dann gesehen, daß Johannes genau diese Seite, herausgerissen aus dem Notizblock, in Kapitän Nemos Bibliothek eingefügt hat.

Es war ein ziemlich schlechtes Gedicht. Handelte hauptsächlich von Liebe. Vier Zeilen, und gereimt.

Es tat furchtbar weh. Die Bergungsliste hatte er für mich geschrieben, um mir ein Gedicht zu geben, das in großer Not half. Aber das Gedicht auf der letzten Seite, das im übrigen reichlich schlecht war, hatte er für Mama in dem grünen Haus geschrieben.

Selbst hatte sie bestimmt, daß Gedichteschreiben Sünde war, und gesagt, daß sie den Notizblock verbrannt habe. Es sollte Papa, so dachte sie wohl, erspart bleiben, einiger Gedichte wegen in der Hölle zu brennen.

Was weh tat, war, daß er es für sie geschrieben hatte. Und obgleich es ein recht schlechtes Gedicht war, allerdings mit

Reimen, begriff ich, daß wir verschiedene Menschen in ihr gesehen hatten.

Nun ist es zu spät, noch einmal nachzusehen. Man fügt oft zu spät zusammen. Warum mußte Kapitän Nemo eigentlich mit dem Notizblock kommen, mit der letzten Seite noch daran, wenn es dann nur so weh tat. Man wird ziemlich wütend, wenn man daran denkt.

Eeva-Lisas toter Junge blickte geradeaus und weigerte sich zu antworten, als ich ihm das Gedicht laut vorlas.

»Nun liegen wir vollständig stille«. Wir? Man wurde ganz irre, wenn man es sich vorstellen sollte.

Die Bergungslisten im Notizblock konnte ich verstehen. Aber dies hier war schwerer. Er mußte es für Mama in dem grünen Haus geschrieben haben.

Denn sonst gab es niemanden, für den er es hätte schreiben können. Ich versuchte mir sie vorzustellen, wie er sie beschrieb, wie sie damals waren, vielleicht fünfundzwanzig Jahre alt, aber es ging nicht.

Es begann, böse in meinem Kopf zu singen. Wenn es böse singt, wird man beinah verzweifelt. Die, für die er das Gedicht geschrieben hatte, mußte ja die gleiche sein, die auf der Treppe stand und Eeva-Lisa anschrie. Wenn man sich das vorstellte, bedeutete es doch, daß ich und Johannes und Eeva-Lisa nie begriffen hatten, wie sie eigentlich war.

Ich meine: Wir hatten sie allein gelassen. Und nicht auf Marklin im Bus gehört, als er sich umdrehte. Sie war es, derer man sich hätte erbarmen sollen, nicht ich.

Kapitän Nemo hatte mir den Notizblock mit den Gedichten gegeben. Sie kamen von Papa, und waren geschrieben zur Hilfe in meiner Not. Warum sollte dann dieses letzte Gedicht dabeisein, das bewirkte, daß es in meinem Kopf böse sang.

Der tote Junge lächelte. Ich wurde ziemlich wütend, und schüttete ihm ein wenig Melasse in die Augen.

Ich konnte sehen, welche Tageszeit es war, aber vergaß, die Tage zu zählen.

Sehlstedts hatten sechsundzwanzig Heuböcke, die von der Kiefernspitze aus sichtbar waren.

Es wurde schwerer und schwerer, die Worte und das Flüstern des toten Jungen und des Katzenmädchens auszuhalten.

Sie taten, als sei nichts, aber sagten viel, untereinander. Ich erzählte es Kapitän Nemo, als er in der nächsten Nacht kam.

Er gab vor, nicht zu verstehen, ließ aber vier neue Blutklöße da, die er in Hugo Hedmans Keller geholt hatte, sowie einen Liter Milch, den er in der vorherigen Nacht heimlich gemolken hatte. Ich fragte ihn, warum es so leicht sei zu schlafen, und so schwer wach zu sein, aber er erklärte es nicht.

Die Tage waren am schlimmsten. In den Nächten träumte ich viel davon, ein Vogel zu sein, der zwischen Winterfenster und Sommerfenster eingeschlossen war, und wenn ich aufwachte, fror ich.

Du hast Fieber, sagte Kapitän Nemo beunruhigt.

Ich gab dem toten Jungen von der Milch ab. Er öffnete den Mund ein wenig, und es lief ein bißchen hinunter, aber vor allem außen. Ich merkte, daß er dankbar war, denn in dieser Nacht flüsterte er nichts.

Was hast du gegen mich, fragte ich mit scharfer Stimme. Alles, alles tat ich für Eeva-Lisa. Und sie ließ mich allein mit dem Versprechen, in dieser Welt wiederaufzuerstehen, aber noch ist sie nicht gekommen. Was ist das für eine Mutter, die du hast.

Scharf, wie eine Bibel, sprach ich zu ihm. Er saß nur dort mit den leeren Augen voller Melasse. Da versuchte ich zu flüstern, mit der Sanftstimme. Ach Liebes du, sagte ich, es war so furchtbar, zum Seeufer hinunterzugehen mit dir im *Norran*, und deine Mama blutete so furchtbar, ich hätt zum Sven Hedman reingehn solln, und auf der Beerdigung sahen viele mich an, als hätt ich die arme Kleine, also deine Mama, ums Leben gebracht, aber Liebes du, sie hat mir gesagt, ich soll dich in die Zeitung tun.

Er lächelte nur. Er versuchte wohl, vor sich selbst und vor mir, zu entschuldigen, was geschehen war. Mich, oder sie, oder Mama in dem grünen Haus.

Allerdings kein Wort über den, der sie verraten hatte.

Ich wischte ihm mit dem Tulpenstoff die Melasse aus den Augenhöhlen.

Wenn der tote Junge und das Katzenmädchen schwiegen und Kapitän Nemo damit beschäftigt war, für andere Der Wohltäter zu sein, dann wurde es so still, daß man bösen Gesang hören konnte.

Eeva-Lisa hatte versprochen, wiederaufzuerstehen. Wenn es besonders still war, also mehr besonders als normal still, saß ich da und hoffte auf Eeva-Lisas Wiederauferstehung.

5 Ich wachte davon auf, daß jemand an meinen Arm rührte. Es war Kapitän Nemo. An seiner Seite hatte er Mama aus dem grünen Haus.

Wie siehst du aus, sagte sie freundlich. Es ist die Melasse, sagte ich. Nimm die Seife und wasch dich, sagte sie. Wie hast du mich wiedergefunden, fragte ich, aber sie machte sich nicht die Mühe, es zu erklären.

Sie sah ganz merkwürdig aus in den Augen, ganz lieb. Ich bin hierhergekommen, um vor dir eine Sünde zu bekennen, die mich sehr bedrückt hat, und für die ich Vergebung haben möchte, sagte sie. Ist es wegen Eeva-Lisa, fragte ich. Bisse verrück, erwiderte sie fast scharf. Nein, aber ich bereue, daß du nie eine Katze haben durftest. Aber die erste, die wir hatten, hat aufn Herd geschissen, un da wurd ich eem bös. Nu hab ich dir eine Katze mitgebracht, damit du se haam kannst, wo du in äußerster Not biss. Hast du eine Katze mitgebracht, sagte ich beschämt, und fügte eilends hinzu: Ja, das mit dem Herd ist ganz erklärlich.

Ich bereue, daß ich dich weggetauscht habe, ein bißchen, sagte sie gleichsam beiläufig. Johannes hat es ja eigentlich nie gegeben, sagte sie, beinahe feierlich. Nee, sagte ich, das ist ganz natürlich. Ja, sagte sie, aber daß du nie eine Katze haben durftest, ist doch das Schlimmste. Kannst du mir vergeben.

Ich nickte. Wenn die Erstkatze auf den Eisenherd schiß, ist es völlig erklärlich, sagte ich. Ach Liebes du, wie nettig du biss, sagte sie da, jetzt habe ich meine Sünde bekannt.

Sie hatte Eeva-Lisas Tulpenkleid an. Es war ganz komisch, weil ich in den gleichen Baumwollstoff eingewickelt dalag, aber keiner von uns fand, daß das ein Grund war, sich zu ereifern.

Hier hasse das Katzenvieh, sagte sie. Es ist Eeva-Lisa. Sie iss wiederauferstann. Warum warsse so bös auff 'e Eeva-Lisa, sagte ich vorsichtig. Ja aber alle Kinder ham sich doch zesammgerottet, so daß ich völlig allein gelassen war, sagte sie streng. Noch mehr als vorher, und keiner war da, der sich einer einsamen Frau erbarmte. Ja, das ist klar, sagte ich. Ist das hier Eeva-Lisa.

Doch, sagte sie und hörte sich lieb an. Und sie ist jetzt wiederauferstanden.

Sie sah sich in der Grotte um, blickte auf den toten Jungen und das Katzenmädchen, sah den Proviant an, und nickte.

Und dann gingen sie. Kapitän Nemo hatte kein einziges Wort gesagt. Aber die Katze ließen sie da.

Man sah ja direkt, daß es Eeva-Lisa war, obwohl man sich in gewisser Weise auch daran gewöhnen mußte.

Sie hatte die gleichen schönen dunklen schrägen Augen wie früher, und hatte einen schwarzen Pelz, aber ziemlich mager.

Wie ist es dir gegangen, Eeva-Lisa, fragte ich. Doch, sagte sie. Du hast aber lange gebraucht, sagte ich. Ich bin aber auch ziemlich weit weg gewesen, sagte sie. Es war furchtbar in jener Nacht, sagte ich, aber ich trug den toten Jungen im *Norran* hinunter, und jetzt habe ich ihn hierher zurückgeholt. Ich weiß, sagte sie, man muß immer zurückholen.

Sie war so klug.

Ich nahm mir den Kleiderstoff mit den Tulpen, die nach unten wuchsen, ab und wickelte sie vorsichtig darin ein. Jetzt sollst du schlafen, sagte ich, dann mußt du alles erzählen, wie es gewesen ist. Und du auch, sagte sie, soll ich wirklich schlafen jetzt. Das sollst du, sagte ich. Daß der Fuchs dich nicht geschnappt hat. Ja, obwohl es manchmal hart war, sagte sie. Ich habe Milch, sagte ich, die sollst du morgen früh bekommen. Jetzt sollst du schlafen.

Ich legte sie in die Armbeuge, mit der Nase nach innen. Sie war so schön und zart. Daß du trotz allem wiederauferstehen konntest. Mmmm, sagte sie.

Sie schlief fast im selben Moment. Ich streichelte ihr über den Tulpenstoff. Es war genau, wie ich es mir vorgestellt hatte, damals, als ich es nicht wagte.

Sechzehn Tage lebten und redeten wir zusammen. Es war, wie es sein sollte. Genau wie ich mir die Liebe immer vorgestellt hatte. Wir würden dasitzen und einander erwidern, und manchmal würde ich mit der Hand über den Tulpenstoff streichen, und dann würde sie mir zulächeln.

Sechzehn Tage durften wir zusammensein, und ich konnte alles sagen, was ich wollte. Das Komische war, daß es sich trotzdem für mich nicht zusammenfügte. Man sagt alles genau, wie es ist, und es ist gut. Aber es fügt sich nicht zusammen. Das kann man eigentlich erst tun, zusammenfügen, wenn man Kapitän Nemos Bibliothek durchgeht und nachsieht, wie man es auchsagen kann. Zuerst auchsagt man es. Dann vergeht ein langes Leben, man reist weit, man tut

Menschen weh, und sie tun einem selbst auch recht weh. Und dann fängt man an zusammenzufügen.

Aber sechzehn Tage mit Eeva-Lisa in der Grotte der toten Katzen, das war trotzdem der Anfang. Ich glaube, daß sie deshalb wiederauferstanden ist, und zu mir zurückkam.

Und die letzte Nacht – ich wußte da noch nicht, daß es die letzte war, aber sie wurde es – sagte sie etwas zu mir, woran ich nachher viel denken sollte. Ich bin weggewesen, flüsterte sie, während sie mit der Nase in meiner Armbeuge lag und den Tulpenstoff um sich hatte, wie wir es immer hatten, aber bin zurückgekehrt. Danach werde ich dich wieder verlassen. Und du mußt jetzt still sein, ein paar Jahre, und nachdenken. Du hast erst nicht geglaubt, daß es möglich wäre, daß man stirbt, und dann in diesem Erdenleben wiederaufersteht. Aber du siehst ja, daß es möglich ist. Das Schlimmste kommt jetzt. Jetzt sollst du erwachsen werden. Aber du mußt zusammenfügen. Wenn du das nicht tust, dann hat es überhaupt keinen Sinn gehabt, mein Leben, mein Tod, und meine Wiederauferstehung.

Was soll ich zusammenfügen, sagte ich. Das wirst du begreifen, sagte sie. Man bekommt einen Schlag, aber nichts ist hoffnungslos. Um das zu sagen, bin ich zurückgekommen. Aber was soll ich denn zusammenfügen, wiederholte ich.

Sie hatte schwarze schräge Augen und einen feinen Pelz. Und sie war zurückgekommen. Es sollte viele Jahre dauern, bis ich ihre Antwort verstand. So ist es mit denen, die wiederauferstanden sind. Es braucht Zeit, bevor man versteht, was sie sagen, und warum sie zurückgekehrt sind.

Also erzählte sie, wie es war. Und ich verstand nichts. Und da kuschelte sie sich wieder in meiner Armbeuge zusammen, und schlief ein, mit der Nase nach oben.

Und wie ich auch suche in Kapitän Nemos Bibliothek, kann ich niemals, niemals das finden, das aussagt, was die wiederauferstandene Eeva-Lisa mir in jener Nacht erzählte. Man kann nur zusammenfügen.

Sie fanden mich am 21. August 1945.

Ich vermute, daß sie Kapitän Nemo einmal beobachtet hatten, als er umhergeschlichen war und meinen Proviant holte, und verstanden. Es waren drei Mann, die mich wiederfanden und holten, und viel zu sagen gab es nicht. Ich leistete beinah überhaupt keinen Widerstand, sagte aber zu ihnen, daß ich die Melasse und den Proviant mitnehmen wolle, und daß der tote Junge mitsolle, aber daß sie das Katzenmädchen lassen könnten.

Sie zogen mir einen warmen Pullover an, sammelten den Proviant zusammen, waren vielleicht ein wenig bestürzt über den toten Jungen, aber rollten ihn in Zeitungspapier ein, wieder vom *Norran*, und nahmen ihn mit.

Dann verließen wir die Grotte der toten Katzen.

Das Holz vom Elchturm mußte zurückbleiben.

Eeva-Lisa war hinausgeschlüpft, als sie durch den Grotteneingang hereinkamen. Sie versuchten nicht, sie zu fassen, und ich sagte nichts. Sie verschwand in den Wald, sie war zurückgekehrt, wie sie versprochen hatte; aber nun verschwand sie in den Wald meiner Kindheit.

Ich weiß, daß der Fuchs gefährlich ist, und daß es hart wird, aber ich weiß, daß sie durchkommt.

Sie brachten mich hinunter zu dem grünen Haus, bevor sie mich weiterbeförderten in Verwahrung.

Mama kam uns in der Tür entgegen, nahm mich bei der rechten Hand, sie sah wieder nettig aus in den Augen. Nahm mich bei der Hand und führte mich hinauf zum Schlafraum, wo sie mich aufs Bett legte. Dort, sagte sie, solle ich ein Weilchen schlafen. Als sie gegangen waren, sah ich, daß sie am Fenster stand, sie versuchte still zu sein, aber ich hörte, daß sie flennte.

Da stand ich auf und nahm sie bei der Hand. So standen wir eine Weile und blickten über das Tal: über die Eberesche, und die Hagebuttenhecke, und die Quelle mit den Fröschen. Ich hielt sie ganz ganz fest an der Hand, damit sie nicht traurig sein sollte. Und sie nahm die Hand nicht fort, sondern so durften wir stehenbleiben, bis sie mich schließlich zum Bett führte und dort saß und mich ansah, während wir darauf warteten, daß ich einschlief.

Ich sagte nichts, und sie auch nicht. Aber wir brauchten auch nichts mehr zu sagen, denn alles war schon gesagt, damals, als sie mich in der Grotte besucht hatte. Ich hatte ihr vergeben wegen der Sache mit der Katze, und sie hatte mir vergeben, weil ich mich ihrer nicht erbarmt hatte, und wir verstanden alles.

Und es war, wie es sein sollte.

Epilog
(Ausgangspunkte)

Hat es den Feind nicht gegeben, muß man ihn wiedererschaffen.

Ich schwieg vier Jahre und zwei Monate, während man mich betrachtete, und ich versuchte, die Dinge in einen Zusammenhang zu bringen. Es war ja nicht so, daß ich nichts zu sagen hatte, wie sie glaubten. Aber ich dachte nach.
Dann wurde ich gesund, wie sie sagten. Aber obwohl sie glaubten, daß ich krank gewesen sei, was ich nicht gewesen war, wurde ich auch da nicht gesund, weil ich es nicht zusammengefügt bekam.
Es waren die Bergungslisten im Notizblock, die mich verstehen ließen, wie ich anfangen mußte. Ich fand sie, nach all diesen Jahren, in Kapitän Nemos Bibliothek wieder.

Ich bin die Bibliothek bald durchgegangen.
Nicht alles, das schaffe ich wohl nicht. Aber ich habe zusammengefügt, und versucht, zu Ende zu denken.
Ich schaffe es nie, das weiß ich. Aber ich träume manchmal, weil so viele Jahre vergangen sind, seit es geschah, träume heimliche und glückliche Träume, daß es wirklich möglich wäre: nicht nur zu versuchen zusammenzufügen, ich versuche wirklich, ohne daß es mir am Ende gelingt. Und am Schluß schreiben zu können: so war es, so ging es zu, dies ist die ganze Geschichte.

Erwachte 3 Uhr 45, der Traum von der Grotte der toten Katzen immer noch ganz gegenwärtig. Strich unwillkürlich mit dem Finger übers Gesicht, über die Haut der Wange.
War der Antwort sehr nahe gewesen.
Stand auf.
Draußen über dem See hing ein eigentümlicher Morgennebel; die Dunkelheit war aufgestiegen, hatte aber eine schwe-

bende graue Decke zurückgelassen, nicht weiß, sondern mit einer Art Widerschein der Dunkelheit; sie schwebte ein paar Meter über dem Wasser, das absolut glatt und still war, wie Quecksilber. Die Vögel schliefen, eingebohrt in sich selbst und ihre Träume. Konnten Vögel träumen? Der Nebel hing so tief, daß er nur die Sicht auf das Wasser und die Vögel freigab, nur eine schwarze, unbewegte Wasserfläche, ein unendliches Meer. Ich konnte mir vorstellen, daß ich mich an einem letzten Ufer befand, und vor mir nichts.

Eine letzte Grenze. Und die Vögel, eingebohrt in ihre Träume.

Plötzlich eine Bewegung: ein Vogel, der aufflog. Ich hörte keinen Laut, sah nur, wie er mit den Flügelspitzen die Wasseroberfläche peitschte, freikam, schräg aufstieg; es geschah plötzlich, und so leicht, so schwerelos. Ich sah, wie er abhob und aufstieg, der grauen Decke des Nebels entgegenstieg, und verschwand. Und nicht einen Laut hatte ich gehört.

Ich wartete, aber nichts mehr, absolut nichts. Vielleicht war es so für sie in jener Nacht im Holzschuppen, an den Hackklotz gelehnt. Ich glaube es. Überhaupt nicht so furchtbar wie das Mal, als sie mich allein ließ.

Nur wie ein Vogel, der auffliegt und steigt und plötzlich nicht mehr da ist, und zurückkehrt, wie der Uhrzeiger, aber verändert, wenn auch nicht äußerlich.

Er vermerkt am Rand die Kodewörter, nun kann ich leicht die meisten deuten.

»Das Leichenfoto. Plötzlich sieht er sich selbst.«
»Signal.«

Die Beschwörungen habe ich schließlich akzeptiert, also daß es sie gibt. Wenn man sieht, daß es Beschwörungen sind, sind sie leichter zu ertragen.

»Nach seinem Tod fand man in seiner Tasche einen Notizblock mit Gedichten, die er geschrieben hatte, mit der Hand, mit Bleistift. Es war ein bißchen eigenartig, Holzfäller dort oben pflegten wohl nicht so häufig Gedichte zu schreiben.

Man verbrannte das Heft sofort.

Ich weiß nicht warum. Aber vielleicht war es so, daß Gedichte Sünde waren, daß die Kunst etwas Sündiges war, daß er gefallen war, und daß es daher am besten war, sie zu verbrennen. Aber ich möchte manchmal wissen, was da stand.

Also: man verbrannte, und dann war es weg. Eine Mitteilung, die nie abgesandt wurde. Manchmal glaube ich, daß ein Teil dessen, was ich selbst zu tun versucht habe, aufgefaßt werden muß als der Versuch der Rekonstruktion eines verbrannten Notizblocks.«

Nicht Rekonstruktion: Beschwörungen.

Es war vielleicht nicht so, daß ich schwieg, während ich in Verwahrung war.

Aber ich sagte nichts.

Sie fanden viele Arten, mich zu erklären, in den Jahren, als ich in Verwahrung war.

Am Schluß glaube ich, daß sie begannen, mich gern zu haben. Es gab so viele Erklärungen, und ich sagte zu allen ja, um sie dazu zu bringen, mich nettig zu finden.

Ich schwieg, aber sprach lebhaft. Den Brand erwähnte ich nie. Er war eben ganz natürlich. Man kann schier verzweifeln über Menschen, die nicht verstehen, daß die Frösche verteidigt werden müssen, daß Der Wohltäter durch die Himmelsharfe singt, wenn der Menschensohn vorgibt, keine Zeit mehr zu haben, daß ein Mensch in diesem Erdenleben wiederauferstehen kann, und daß die Eberesche ein Glücksbaum ist, auf dem im Winter Schnee und Vögel sind.

Alles ist ja eigentlich einfach. Aber es hat lange gedauert, es einfach zu machen.

Johannes ist nie wiederauferstanden.
So ist es: wenn es jemanden nicht gegeben hat, dann kann er nicht sterben, und dann kann er auch nicht wiederauferstehen. Er war mein bester Freund. So hatte ich sein wollen, obwohl er es war, der zum Verräter wurde.
Das versuchte ich denen zu erklären, die mich verwahrten. Aber nichts verstanden sie.

Sie schenkten mir eine Katze, denn sie glaubten, daß ich Katzen sehr gern hätte; ich sollte Verantwortung übernehmen für die Katze, das würde während der Verwahrung meinen Charakter festigen.
Wie lächerlich. Andererseits war es wirklich an der Zeit. Und sie verstanden nicht, daß Eeva-Lisa in den Wald meiner Kindheit geflohen war, wo sie gut klarkam, und wartete.

Ich öffnete die Schleusen zu den Wassertanks, und stieg ins Boot. Alle Lichter in der Nautilus brannten. Drinnen in der Bibliothek lag Johannes auf der Küchenbank und sah nettig aus, und war tot.
Wiederauferstehen, das kann man ja nur selbst, und in diesem Erdenleben. Das war es wohl, was ich schließlich begriff. Einfacher als das ist es nicht. Aber wer hat gesagt, daß es einfach sein soll.
Die Wände der Franklingrotte verblaßten langsam, als das Fahrzeug sank. Ich saß im Aluminiumboot und war vollkommen ruhig. Die Nautilus sank langsam durch das schwarze Wasser, die Lichter wurden blasser und blasser, und am Schluß war es nur noch wie ein schwaches Nordlicht, das flakkerte, und verschwand.

Ich ruderte hinaus, und war frei. Dorthinaus mußte ich ja zurück, obgleich frei.

Sven Hedman besuchte mich einmal im Verwahrungsraum.

Ich glaube, er hatte mich gern. Er sagte, daß wir uns besser um 'e Alfild hätten kümmern müssen, als sie zum Pferd wurde. Ich sagte nichts, aber wir waren am Ende einig.

Als er ging, tätschelte er mir das Maul, als ob auch ich ein Pferd wäre.

Um Sven Hedman hätte ich mich auch besser kümmern sollen.

Josefina, Mama in dem grünen Haus, kam ein einziges Mal auf Besuch, bevor sie starb.

Sie hatte Schwierigkeiten zu sprechen, aber sie wollte wiederkommen, sagte sie, da war etwas, das sie nicht verstand. Sie war gleichsam verzweifelt. Aber ich dachte, daß es keinen Grund gab, verzweifelt zu sein. Eeva-Lisa war ja zu mir zurückgekommen. Und obgleich sie glaubten, daß sie damals aus der Höhle geschlüpft und im Wald verschwunden sei, war sie ja bei mir geblieben.

Es war so einfach, wenn man nur nachdachte.

Josefina sah alt aus, als sie ging. Trotzdem war sie noch immer auf eine Weise schön, obwohl sie alt war, und traurig.

Sie verstünde nicht, hatte sie gesagt. Aber wer hat gesagt, daß es zu verstehen ist. Das kann man nicht, aber wer wären wir, wenn wir es nicht versuchten.

Klares Wetter heute nacht. Man sieht die Sterne, aber kein Nordlicht.

Wo ist es hin.

So war es, so ging es zu, dies ist die ganze Geschichte.

Inhalt

Prolog
(Die fünf letzten Vorschläge)
5

1
Die Eindringlinge in dem
grünen Haus
33

1 Die Ankunft der Siedler 35
2 Ein unerklärlicher Irrtum 53

2
Das Ereignis
mit dem Pferd
81

1 Alfild 83
2 Das Abenteuer des Pferds 103

3
Die Ankunft auf der
Insel im Meer
113

1 Die Entdeckung des Ameisenhaufens 115
2 Der Feind wird entlarvt 131
3 Die Nacht im Holzschuppen 153
4 Die Tiefe des Sees 177

4
Die Wiederauferstehung
183

1 Die geheimnisvolle Insel 185
2 Die Grotte der toten Katzen 207

Epilog
(Ausgangspunkte)
231

HANSER

»Ein ungewöhnlich suggestiver und poetischer Roman.« SÜDDEUTSCHE ZEITUNG

Aus dem Isländischen von Angelika Gundlach
200 Seiten. Halbleinen, Fadenheftung

Den jungen Páll bringt die unglückliche Liebe zu einem Mädchen regelrecht um den Verstand. Gudmundsson erzählt die tragische Geschichte seines Bruders Páll – der meint, er sei Gaugin oder van Gogh oder beide zugleich – in schreiend komischen und zutiefst bewegenden Szenen. Ein großer neuer Erzähler aus Island, der durch eine ganz eigene, packende und zugleich poetische Sprache überrascht. »Gudmundsson ist ein eindrucksvolles Stück literarischer Trauerarbeit gelungen.« *Klaus Böldl, Süddeutsche Zeitung*